Christopher Isherwood

Mr Norris Changes Trains

•

노리스 씨 기차를 갈아타다

베를린 이야기 1

창 비 세 계 문 학

45

•

노리스 씨 기차를 갈아타다
베를린 이야기 1

•

크리스토퍼 이셔우드
성은애 옮김

창비

차례

•

일러두기

1. 이 책은 Christopher Isherwood, *Mr Norris Changes Trains* (New York: New Directions Books 2013)를 번역 저본으로 삼았다.

2. 본문 중의 각주는 옮긴이의 것이다.

3. 원문에 영어가 아닌 외국어로 표기된 부분은 각주에 독일어는 '(독)', 프랑스어는 '(프)'라고 표시하고 그대로 옮겼다.

4. 외국어는 가급적 현지 발음에 준하여 표기하되, 일부 우리말로 굳어진 것은 관용을 따랐다.

『베를린 이야기』
1954년 미국판 저자 서문

이 책에 대하여

1929년부터 1933년까지, 가끔씩 독일의 다른 지역과 영국을 방문한 것을 제외하면 나는 거의 줄곧 베를린에서 살았다. 그때부터 나는 언젠가는 내가 만난 사람들과 내가 겪은 일들에 대해 쓰겠노라고 결심했다. 그래서 나는 상세하게 일기를 썼고, 그것이 결국 내 베를린 이야기에 자료가 되어준 셈이다.

1933년 베를린을 떠나고 바로 든 생각은 그 자료들을 발자끄풍으로 빽빽하게 잘 짜인 한편의 거대한 멜로드라마 소설로 만들어보겠다는 것이었다. 나는 그 소설을 '없어진 사람들'이라고 부르고 싶었다. 이 영어 제목, 혹은 독일어 제목은 기가 막히게 불길하게 보였다. 나는 그 제목을 당시 독일에서 벌어진 정치적 사건들과 우리 시대를 비극적으로 일컫는 '길 잃은 사람들'이나 '저주받은 사람들'이라는 의미로뿐만이 아니라, 따옴표로 강조한 '실종된 사람들' 즉 점잖은 사회가 기겁하면서 피하는 그런 개인들을 풍자적으로 지칭하는 의미로 쓰고 싶었다. 아서 노리스, 폰 프레그니츠, 쎌리 볼스 같은 사람들 말이다.

발자끄라면 내가 독자들에게 소개해주고 싶은 일군의 인물 전체를 그럴듯하게 포함하는 하나의 플롯 구조를 고안해냈을지도 모른다. 그러나 그 과업은 내 능력을 벗어나는 일이었다. 내가 만들어 낸 것은 말도 안되는 써브플롯과 우연의 일치로 연결된 잡다한 이야기였고, 종이에 이야기를 진전시키려 할 때마다 나는 좌절했다. 『없어진 사람들』을 쓰지 않아 얼마나 다행인지!

또 이 인물들은 마치 한 무리의 샴쌍둥이들처럼 내 머릿속에서 함께 자라나서, 가장 섬세한 수술로만 그들을 서로 분리해낼 수 있었다. 까나리아 제도의 한 호텔 지붕을 오르락내리락하면서 『노리스 씨』의 플롯을 구성하고 플롯과 무관한 모든 사람과 모든 요소를 내버리던 그 아침엔 내내 신경이 날카롭게 긴장됐다. 1934년 5월이었다. 며칠 후 나는 떼네리페 섬[1] 오로따바의 한 펜션 정원에 앉아 소설 쓰기에 착수했다. 펜션 주인은 태평한 성품의 영국인이었는데, 그는 내가 일을 하고 있을 때면 껄껄 웃으며 아직 젊을 때 수영을 해야 한다고 말했다. "이봐요, 그러니까, 결국 백년 후에 보면 당신이 이 이야기를 쓰건 안 쓰건 무슨 상관이겠소?" 매일 오후 4시가 되면 그는 어슬렁거리는 관광객들을 술 한잔하라고 끌어들이려

----

1 까나리아 제도에서 가장 큰 섬.

고, 입구의 큰 스피커로 레코드판을 거침없이 꽝꽝 틀어대곤 했다. 정작 관광객은 거의 오지 않았지만, 그 재즈 음악이 들려오면 나는 항상 하루 일을 끝내야 했다. 8월 12일, 나는 일기장에 이렇게 썼다. "『노리스 씨』 완료. 전축은 내가 동의하지 않는 삶에 대한 진술을 끊임없이 반복하고 있다." 나는 아직도 내가 그 소음이 시작되기 전에 끝내겠노라고 결심하고 한 눈으로 시계를 보며 마지막 장을 얼마나 급하게 써댔는지 기억난다.

『노리스 씨』는 1935년에 출간됐다. 영국에서는 원래 제목대로 나왔다. 『노리스 씨 기차를 갈아타다』. 그러나 미국 쪽 출판인 윌리엄 모로우는 이것이 애매하다고 했고——그래서 나는 제목을 『노리스 씨의 마지막』으로 바꾸었다. 끝에 아주 희미한 물음표를 붙여야 하는 제목이다.

그다음으로 나는 「쌜리 볼스」 이야기를 썼다. 이것은 1937년에 얇은 단행본으로 나왔다. 다른 세 작품——「노바크가 사람들」 「란다우어가 사람들」 「베를린 일기: 1930년 가을」——은 존 레먼[2]의 『뉴 라이팅』에 게재됐다. 그리고 마침내 『베를린이여 안녕』 완결본이 1939년에 출간됐다.

정말 안녕이다! 그후 몇년간 내가 알던 베를린은 고대 카르타고처럼 죽어 있는 듯 보였다. 그러나 마침내 1945년이 됐고 유럽 승전의 날이 다가왔다. 그 여름 뉴 디렉션스 출판사에서는 『노리스 씨』와 『베를린이여 안녕』을 한권으로 묶어 『베를린 이야기』로 출

---

[2] 루돌프 존 프레더릭 레먼(Rudolf John Frederick Lehmann, 1907~87). 영국의 문인. 『뉴 라이팅』(*New Writing*)과 『런던 매거진』(*London Magazine*)을 창간함.

간할 준비를 하고 있었다. 교정지를 보고 있는데, 칠년 만에 처음으로 내 가장 가까운 '적군' 친구인 하인츠로부터 편지가 왔다. 그는 러시아에서 참전했고 나중에 미군 포로가 됐다고 했다. 전쟁이 끝나고 그가 있던 포로수용소의 지휘부가 어찌어찌 그와 다른 포로들을 도망가게 해주고, 나중에 그의 편지에 '탈출!'이라고 표시해 집으로 부쳐주기도 했다는 것이다. 하인츠의 편지를 읽고 또 읽자니 마치 마비된 다리에 피가 돌듯이 아프고도 기쁘게, 결국 베를린이—혹은, 어쨌거나 베를린 사람들이—여전히 살아 있다는 느낌이 내 마음속에 생겨나기 시작했다.

그리고 1951년 여름, 존 밴 드루턴이 「샐리 볼스」를 가지고 연극을 만들겠다고 결정했다. 그가 각색한 「나는 카메라다」는 그 특유의 능숙한 속도로 집필됐고, 그해 가을 공연할 준비가 됐다. 뉴욕에 리허설을 보러 갔을 때, 나는 우선 주연배우 줄리 해리스와 함께 홍보용 사진을 찍기 위해 스튜디오로 가야 했다. 그때까지 나는 해리스 양을 만난 적이 없었고, 「결혼식 손님」에서의 그 유명한 연기도 보지 못했었다.

그때, 눈이 반짝이는 날씬한 여인이 말도 안되게 새까만 쌔틴 드레스를 입고 옅은 불꽃색 머리 위에 작은 모자를 삐딱하게 얹은 채 철없고 시건방지게 키득키득 웃으며 탈의실에서 나왔다. 샐리 볼스의 화신이었다. 해리스 양은 내 책 속 샐리보다 더 본질적으로 샐리 볼스였고, 오래전에 내가 만든 인물에 아이디어를 주었던 실제 그녀보다 훨씬 더 샐리 같았다.

나는 그 상황이 황당하여 반쯤 넋이 나갈 지경이었다. "정말 슬프네요"라고 나는 그녀에게 말했다. "나는 스무살이나 더 먹었는데 당신은 그 나이 그대로 있으니." 우리는 사진사의 카메라가 찰칵대는 동안, 연극의 몇몇 대화들과 애드리브로 추가된 새로운 대사들을 주고받으며 깔깔대고 웃고, 과장된 연기를 하고, 서로 끌어안았다. 나는 그녀에게서 눈을 뗄 수가 없었다. 나는 말문이 막혔고, 매혹되었다. 그녀는 누구지? 그녀는 어떤 사람이지? 그녀 안에 얼마만큼이 해리스 양이고, 밴 드루턴이고, 내가 베를린에서 알던 그녀이고, 나 자신인 거지? 더이상 말할 수가 없었다. 나는 그녀가 예술적 존재로서, 순수한 사랑으로부터 창조되었기에 어떤 인간도 그럴 수 없는 방식으로 사랑스러웠다는 것만 알 수 있었을 뿐이다.

리허설을 보면서 나는 때로는 코믹하게, 때로는 감상적으로, 예술과 삶의 관계에 대해서 많은 생각을 했다. 『베를린이여 안녕』을 쓰면서 나는 실제 과거의 어떤 부분을 파괴했다. 일부러 그렇게 했다. 내가 창조해낸, 단순화되고, 좀더 그럴듯하고, 좀더 짜릿한 허구의 과거가 그 자리를 대신 차지하는 것이 더 좋았기 때문이었다. 정말 이제는 진짜로 어떤 일이 일어났는지 기억하는 것이 힘들어졌다. 그저 내가 이런 일이 일어났더라면 하고 바라던 것, 즉 내 이야기 속에 그 일들이 어떻게 일어나도록 만들었나만을 알 뿐이다. 그리하여 실제의 과거는 이십년 전의 실제 크리스토퍼 이셔우드와 함께 점점 사라졌다. 이야기 속 크리스토퍼 이셔우드만 남아 있게 된 것이다.

그전에는 이런 상황을 생각해본 적이 없었다. 그것이 특별히 어떤 의미가 있지 않았기 때문이다. 만약 내 과거가 인공적이라 하더라도, 최소한 지금까지는 전적으로 내 것이었다. 이제 존, 줄리, 그리고 나머지 사람들이 갑자기 그것을 덮쳐서 그 일부를 그들의 예술적 목적을 위해 가져가버렸다. 그 모든 재능 있는 사람들이 무대 위에서 내 과거를 그렇게 재해석하고 수정하고 변형시키는 것을 지켜보면서 나는 중얼거렸다. "이제 난 더이상 개인이 아니다. 나는 하나의 공동 작업이다. 나는 공공의 영역에 있다."

브로드웨이에서 그 연극이 성공적으로 개막한 후, 나는 영국으로 갔다. 종전 이후 세번째 방문이었다. 이번엔 독일에도 가야 한다는 것을 나는 알고 있었다. 그건 분명한 의무였다. 그러나 얼마나 두려웠는지! 나는 내가 알던 사람들을 만나고 내가 그들을 도울 방법이 현실적으로는 전혀 없다는 사실에 직면하기가 두려웠다. 나는 낯익은 장소들이 폐허가 되어 있는 것을 보게 될까봐 두려웠다. 결심은 했지만 무의식은 계속 반항했다. 십이지장궤양도 생겼고, 계단에서 다리를 거의 부러뜨릴 뻔했다. 런던에서 비행기를 타고 가면서는 비행기 사고를 기대했고, 약한 눈보라 속에서 템펠호퍼 펠트[3]에 안전하게 착륙하자 거의 실망스럽기까지 했다. "분명 심인성心因性 눈보라였을 거야." 한 친구가 나중에 말했다.

나는 충격받을 준비를 하고—준비를 너무 많이 하고—도착했다. 공항에서 가는 길들은 내가 예상했던 것처럼 그렇게 음울하지는 않았다. 밤이었기 때문에 어차피 보이는 것이 별로 없었던데다가, 우리가 가는 길목의 집들이 마침 다른 곳에 비해서 좀 덜 파

[3] 히틀러 집권기에 건설된 베를린 시내의 공항. 서베를린에 위치하여 베를린 봉쇄 때 사용됐고, 2008년에 폐쇄됨.

손됐던 것이다. 마침내 차에서 내리자 다른 종류의 충격이 느껴졌
다. 어느새 나는 쿠어퓌르스텐담[4]의 새 네온등이 켜진 상점과 술집
들 사이에 와 있었고, 신식 호텔로 들어서자 게오르게 그로스[5]의 만
화에서 바로 걸어나온 듯 씨가를 피우는 목이 굵은 사업가들에 둘
러싸이게 됐다. 바뀐 것은 나지 이 사람들이 아니었다. 이제 나는
이들과 함께 살 여유가 생긴 것이다. 예전에 가난한 영어 선생으
로 베를린에 살 때, 나는 이런 장소를 바깥에서만 봤고, 보도를 걸
어 지나가면서 반감과 도덕적 우월감과 선망이 뒤섞인 눈으로 그
들을 엿보기만 했다. 그러나 그 시절 (1952년 2월) 쿠어퓌르스텐담
은 상대적으로 전쟁에 다치지 않고 번영을 누리는 몇 안되는 지역
중 하나였다. 그 끝에 있는 19세기 고딕 양식 기념교회[6]는 너덜거리
고 삐죽삐죽한 모양의 폐허가 되어 그 어느 때보다도 더 고딕풍으
로 보였다. 그 너머의 타우엔치엔 가衙[7]는 마치 부서진 기념비의 거
리 같았다. 형체 없는 잔해 더미 사이의 넓은 틈새로 거대한 사막
처럼 파괴된 중심부 지역이 보였고, 나무도 없이 눈에 덮인 채 기
이한 모습으로 남은 제복 입은 장군이나 말을 탄 벌거벗은 님프의
조각상들이 점점이 흩어져 있는 티어가르텐 공원에 승전 기념탑이
쓸쓸하게 서 있는 것이 눈에 띄었다. 그 뒤로 골격만 남은 기차역
이 삭막하게 보였다. 쏘비에트 구역으로 가는 입구인 브란덴부르

4 흔히 줄여서 '쿠담'이라 부르는 베를린 시내의 번화가.
5 George Grosz(1893~1959). 베를린 출신 화가. 바이마르 공화국 시대 베를린의 삶
  을 풍자적으로 묘사함.
6 카이저 빌헬름 기념교회를 말함.
7 베를린의 쇼핑가.

크 문 위로는 파란 겨울 하늘을 배경으로 붉은 깃발이 나부끼고 있었다. 이런 풍경에는 이중적으로 낯선 무엇인가가 있었다. 거대한 도시가 부서지고 죽어버린 것을 보는 것만 해도 충분히 낯선데, 그 폐허 가운데서도 도시가 활발하게 사람들로 바글거리고 있는 광경은 더더욱 낯설었다. 베를린은 스스로 살아 있음을 확신하는 것처럼 보였고, 그곳에서 몇시간쯤 보내고 나면 당신도 정말 그렇다는 데 동의하게 됐을 것이다.

내가 살던 동네는 놀렌도르프 광장 뒤편으로, 호텔에서 걸어서 십분 정도 거리였다. 나는 집주인 '슈뢰더 부인'이 아직 거기 산다는 것을 알고 있었다. 우리는 그동안 연락을 해왔지만, 마지막 순간 취소되어 실망을 줄까봐 나는 베를린에 온다고 알리지 않았다. 전쟁 전에도 이곳은 쇠락하고 사람들이 꺼리는 동네였다. 그러나 다시 보니 정말 끔찍한 기분이 들었다. 건물 앞면은 포탄 파편으로 움푹움푹 패였고, 낡고 닳아 있어서, 마치 스핑크스의 얼굴처럼 묘하게 흐리멍덩하고 무표정한 모습을 하고 있었다.

아주 젊고 활달한 외국인만이 그런 곳에서 살면서 즐길 수 있을 것 같다는 생각이 들었다. 가난과 정치적 증오와 절망으로 가득하던 1930년대 초 베를린의 광경을 즐기던 나에게도 뭔가 젊은이 특유의 매몰찬 무엇인가가 있지 않았던가. 그날 아침 나는 내가 정말로 나이를 먹어버렸음을 느꼈다. 우리 집 옆집은 폭격을 맞았다. 허공으로 불쑥 튀어나온 삼층의 반쪽짜리 방구석에는 멋진 타일로 만든 난로가 아직도 서 있었다. 경건한 발걸음으로 나는 해가 들지 않는 깊숙하고 눅눅한 마당으로 들어서서, 낮에도 컴컴하고 곰팡

내 나는 계단을 올라가 슈뢰더 부인의 문 앞까지 갔다. 그녀는 나를 알아보고 건물 전체에 다 울리도록 비명을 질렀다.

그녀는 좋아 보였고, 오십대이던 그 시절보다 칠십대인 지금이 더 좋아 보였으며, 훨씬 날씬해져 있었다. (내 이야기에 묘사된 자기 모습에 대해서 그녀가 유일하게 반발한 부분은 '뒤뚱뒤뚱 걸었다'라는 표현이었다.) 그렇지만 그녀 역시 평균적인 베를린 사람들만큼이나 힘든 시간을 보냈다. 질병과 가난으로 그녀는 훨씬 좁은 이 아파트로 이사를 해야 했고, 그러고 나서도 하나 남은 여분의 침실과 부엌에 세입자를 둬야만 했으며, 전쟁 때, 그리고 폭격이 이어지던 끔찍한 마지막 해에는 그녀와 세입자 모두가 거의 내내 지하실에서 지내야 했다. "그 아래에 사오십 명이 있었어. 우리는 서로 끌어안고 어쨌든 모두 함께 죽을 거 아니냐고 말하곤 했지. 이시부 씨, 우리 모두 어찌나 기도를 많이 했던지 아주 독실해졌었다니까."

그러고는 베를린이 함락되고 러시아 군인들이 와서 무기를 찾아 집들을 뒤졌다. 슈뢰더 부인은 무서울 것이 없다고 생각했지만, 마지막 순간 끔찍하게도, 달아난 이딸리아 출신 세입자가 방에 소총을 놔두고 간 것을 알게 되었더란다. 그 총과 함께 발각된다면 그녀는 분명 총살당하고, 건물은 소각될 것이었다. 그래서 그녀는 친구와 함께 소총을 분해하여 그 조각들을 옷 아래 숨겨 운하로 가서 버리기로 했다. 그들은 마침내 그러는 데 성공하긴 했지만, 중간에 음흉한 의도를 가지고 그들을 따라온 러시아 군인들과 만나 모골이 송연하기도 했단다.

"길거리에 나서기만 하면 그들이 따라왔어." 약간 자기만족이 없지는 않은 어조로 슈뢰더 부인이 말했다. "그래서 나는 눈을 찌그리고 — 이렇게 말이야 — 등에는 혹을 만들어넣고 다리를 절뚝거리곤 했지. 날 봤어야 하는데, 이시부 씨! 그러면 그 러시아 놈들도 날 더이상 쫓아다니지 않았어. 진짜 늙은 할망구처럼 보였거든!"

그녀가 이야기를 마칠 즈음 우리는 둘 다 웃고 울다 지칠 지경이었고, 리프프라우밀히[8] 한병을 이미 다 비운 뒤였다.

슈뢰더 부인은 내 옛 친구들 중 단 두명의 소식만 알고 있었다. 바텐더 보비는 전쟁에서 무사히 살아남아 결혼을 했고, 지금 암시장에서 활동하는 오토 노바크는 카펫을 사고 싶다며 얼마 전에 아파트에 나타났다는 것이다.

"하나도 안 변했더구먼. 옷도 아주 잘 입고 — 아주 멀쩡한 신사던데. 분명 뒤에 돈 많은 여자가 하나 있는 것 같아. 아, 정말 자기 앞가림은 확실하게 할 사람이잖아. 여전히 쌩쌩하고. 그냥 저리 가라고 해버렸어."

이 이야기를 들으며 나는 늘 그렇듯 거대하고 무차별적인 군사적 혼란 속에서도 자신의 모습을 유지하며 살아남을 수 있는 개인의 능력에 경이를 느꼈다. 이것이 슈뢰더 부인의 2차대전 이야기였고, 그 유일한 교훈은 이랬다. "이렇든 저렇든, 그 모든 것에도 불구하고, 삶은 계속된다."

----

8 라인 강 유역의 백포도주.

작별인사를 하면서 그녀는 놋쇠로 된 돌고래 모양 시계를 줬는데, 내가 『베를린이여 안녕』 두번째 페이지에서 어떻게 그것이 부서질 수가 있겠느냐고 예언적으로 언급한 바 있는 그 시계였다. 얼핏 보기에도 부서질 수가 없었다. 폭격 때문에 방 건너편으로 내동댕이쳐졌지만, 초록색 대리석 받침대에 약간 흠이 났을 뿐이었다. 이제 그것은 캘리포니아의 정원에 놓인 내 책상 위에 있다. 그리고 그것이 나보다, 그리고 조만간 이 동네에 무엇이 떨어지든 그것보다 오래 살아남을 것이라고 생각하면 기분 좋다. 나는 이것을 절친한 친구가 준 기념품으로서, 그리고 모든 외적 변화에 저항하는, 어떤 장소와 환경에서도 그렇게도 굳건하게 부서지지 않는 어떤 것에 대한 상징으로서 소중히 간직하고 있다.

그 부서지지 않는 어떤 것, 나는 곧 내가 베를린으로 돌아가야만 했던 것은 바로 그것을 찾기 위해서였음을 깨달았다. 그리고 나는 그 도시의 공기와 주민들의 목소리에서 거의 곧바로 그것을 느낀 듯했다. 겨울의 베를린은 뉴욕처럼 엄청나게 활기찬 분위기를 띤다. 저녁마다 나는 호텔을 나와서 흥분된 상태로 잠잘 생각도 없이 이 술집 저 술집을 배회했다. 나는 그저 독일어를 말하고 듣고 싶을 뿐이었다. 그 풍부하고 자신감 넘치고 기억에 생생한 베를린 억양의 어조들에 결코 싫증이 나지 않을 것만 같았다. 나는 관용구와 은어가 거의 바뀌지 않은 것을 알고 놀랍고도 기뻤다. 베를린 사람들은 이야기하기를 좋아한다. 투박한 직설화법을 쓰는데, 무례하면서도 친밀하다. 심지어 투덜거릴 때도 약간 명랑한 느낌이 있다.

1930년대 초에 내가 알던 베를린과 1950년대 초에 내가 다시 찾은 베를린, 이 두 도시를 비교하면, 여러 면에서 후자가 장편소설, 혹은 연작소설의 배경으로 훨씬 더 흥미진진하다는 것을 인정해야만 하겠다. 1952년 베를린의 삶에는 강렬하게 극적인 이중성이 있었다. 한 도시를 둘로 나누는 보이지 않는 경계선,[9] 즉 전쟁을 하는 두 세계 사이의 전선이 있었고, 그 경계를 넘어서 사람들이 실제로 납치되어 감옥이나 무덤으로 사라지곤 했다. 그러나 수천명의 베를린 사람들은 직장과 집을 오가며 이 보이지 않는 전선을 매일 극히 일상적인 방식으로, 걸어서 혹은 버스나 전차를 타고 자유롭게 넘나들었다. 서베를린에 사는 사람들 다수가 동베를린 경찰의 블랙리스트에 올라 있었고, 갑자기 러시아가 진군해온다면 그들은 아마도 탈출할 희망이 없을 것이었다. 그러나 두 세계 사이의 이 중간지대에서 사업이나 스포츠, 새 차, 새 아파트, 새 애인에 대한 일상적인 이야기를 들을 수 있었다. "맙소사," 나는 지인이 그런 주제들로 한시간 넘게 이야기하자 그에게 외쳤다. "당신은 마치 미니애폴리스에 살고 있는 것 같네요!" 그 시절에 이것은 칭찬으로 받아들여졌다. 그 시절, 베를린 사람들은 자신들의 침착함에 대해서 약간 자부심을 가지고 있었고, 그럴 만했다. 그리고 여전히 그들은 그럴 만한 자격이 있다.

노리스 씨가 이 거친 세파에서 어떻게 성공했겠느냐고? 어쩌면 그는 자신에게는 물고기가 너무 크고 조류가 너무 세다는 것을 알아차렸을까? 쎌리 볼스는 재건시대 신흥 부자의 호감을 사려고 했

---

9 베를린 장벽이 설치된 것은 1961년임.

20

을까, 아니면 미국, 영국, 프랑스 장교들을 더 선호했을까? 오토 노바크는 여전히 암시장에서 활동했을까, 아니면 신나치 집단에 들어갔을까? 베른하르트 란다우어는 전쟁의 잔해 사이에서 자신의 회사를 재건할 수 있었을까, 아니, 그렇게 할 마음은 있었을까? 이 모든 것은 내가 말할 수 없는 일이다. 나도 내 삶의 경로에 따라 다른 곳으로 가게 돼버렸으니까. 그러나 나는 어떤 젊은 외국인이 이 전후의 도시와 사랑에 빠졌기를, 그리고 그곳에서 그에게 벌어진, 혹은 벌어질 법했던 일에 대해 지금 쓰고 있기를 바란다.

1954년 7월
캘리포니아 쎈타모니카에서
크리스토퍼 이셔우드

노리스 씨 기차를 갈아타다

W. H. 오든을 위하여

1장

첫인상은, 그 낯선 이의 눈이 유난히 연한 푸른색이라는 것이었다. 그 푸른 눈이 내 눈과 몇초간 무심히 마주쳤고, 멍하고 분명 겁먹은 듯 보였다. 놀란 듯 보이면서도 천진난만한 장난기가 서린 그 눈은 내가 구체적으로는 기억해낼 수 없는 어떤 사건, 아주 옛날 열네댓살 무렵 교실에서 있었던 일을 얼핏 떠올리게 했다. 그의 눈은 뭔가 교칙을 어기다가 들켜서 놀란 소년의 눈과 같았던 것이다. 물론 그가 내게 뭘 들켰다거나 한 것은 아니었다. 그의 생각만 제외하면 말이다. 아마도 그는 내가 자기 생각을 읽을 수 있다고 생각했는지도 모른다. 어쨌든 그는 내가 찻간을 가로질러 내 자리에서 그의 자리로 다가갈 때까지 내 소리를 듣지도 나를 보지도 못한 것 같았다. 왜냐하면 그는 내 말소리에 화들짝 놀랐기 때문이다. 너무 깜짝 놀라는 바람에 그가 움찔하는 모습이 다시 내게도 영향을 미쳤다. 본능적으로 나는 한걸음 뒤로 물러났다.

마치 그건 우리가 길에서 서로 몸을 부딪힌 것과 똑같았다. 우리는 둘 다 당황했고, 둘 다 사과를 하려고 했다. 어떻게든 그를 안심시키려고 나는 미소를 지으며 질문을 반복했다.

"저, 성냥 하나만 주실 수 있을까요?"

그랬는데도 그는 즉시 대답하지 않았다. 그는 머릿속으로 뭔가 재빨리 계산이라도 하는 듯, 초조하게 움직이는 손가락으로 어쩔 줄 몰라하며 조끼 주변을 만지작거렸다. 동작으로 봐서는 옷을 벗거나, 권총을 꺼내거나, 아니면 내가 그의 돈을 훔치지 않았는지 확인하려는 듯 보이기도 했다. 그러고 나자 구름 한점이 걷히고 맑고 푸른 하늘이 드러나듯이 그의 시선에서 동요의 순간이 지나갔다. 마침내 그는 내가 무엇을 원하는지 알아챘다.

"네, 네. 아 — 그럼요. 물론이죠."

말을 하면서 그는 왼쪽 관자놀이를 손끝으로 섬세하게 만지고, 기침을 하더니 갑자기 미소를 지었다. 미소가 무척 매력적이었다. 미소를 짓자 내가 본 중 가장 못생긴 이가 드러났다. 깨진 돌멩이들 같았다.

"그럼요," 그가 반복했다. "기꺼이."

그는 비싸 보이는 부드러운 회색 정장의 조끼 주머니에서 금으로 된 라이터를 엄지와 다른 손가락으로 우아하게 꺼냈다. 그의 손은 희고 작았으며, 손톱이 아름답게 다듬어져 있었다.

나는 내 담배를 권했다.

"음——고맙습니다. 고마워요."

"먼저 붙이시죠."

"아니요, 아닙니다. 정말."

우리 사이에 라이터의 작은 불꽃이 반짝였다. 우리의 과장된 예의 바름이 만들어낸 그 분위기만큼이나 쉽사리 꺼져버릴 불꽃이. 숨만 한번 쉬어도 그 불꽃을 꺼뜨릴 수 있었고, 경솔한 몸짓이나 말 한마디로도 망가뜨릴 수 있었다. 이제 담배 두대에 모두 불이 붙었다. 우리는 각자의 자리로 물러나 앉았다. 그 낯선 이는 여전히 나를 미심쩍어하고 있었다. 그는 자신이 도를 넘어선 것이 아닌지, 지겨운 사람 혹은 사기꾼에게 자신을 갖다바친 것이 아닌지 생각하는 중이었다. 그의 소심한 마음은 뒤로 물러나고 싶어했다. 나는 나대로 읽을거리가 아무것도 없었다. 일고여덟시간 동안 완전한 침묵 속에서 여행하게 될 것이라는 생각이 들었다. 나는 말을 걸기로 결심했다.

"국경에 몇시쯤 도착하는지 아시나요?"

그 대화를 돌이켜봐도 이 질문이 특별히 유난스러운 것은 아니었던 듯하다. 내가 그의 대답에 관심이 없었던 것은 사실이다. 나는 잡담을 시작할 수 있게 해주고, 그러면서도 동시에 캐묻는 느낌을 주거나 무례하지는 않게 그냥 뭔가를 묻고 싶었을 뿐이었으니까. 질문은 낯선 이에게 놀라운 효과를 냈다. 분명 나는 그의 관심을 끄는 데는 성공했다. 그는 나를 오래도록 이상한 시선으로 바라봤고, 얼굴이 조금 굳어진 것 같았다. 그것은 포커 게임을 하다가 갑자기 상대편이 스트레이트 플러시를 들었다고 추측하고는 더 신중해야겠다고 생각하는 사람의 시선이었다. 마침내 그는 천천히 신중한 어조로 대답했다.

"글쎄요, 정확하게는 모르겠습니다. 한시간 정도 걸리지 않을까요."

잠깐 멍했던 그의 시선은 다시 흐려졌다. 불쾌한 생각이 말벌처럼 그를 괴롭히고 있는 것 같았다. 그는 그것을 피하려고 머리를 살짝 움직였다. 그러고는 놀랍게도 약간 발끈한 어조로 덧붙였다.

"국경들이란…… 정말 끔찍하고 불쾌하죠."

나는 이 말을 어떻게 받아들여야 할지 알 수가 없었다. 그가 일종의 온건한 국제주의자이거나 국제연맹의 일원이 아닐까 하는 생각이 머리를 스쳤다. 나는 동조한다는 듯이 과감하게 말해봤다.

"국경은 없어져야죠."

"정말 동감입니다. 그래야 해요, 네."

그 어조는 분명 따뜻했다. 그의 코는 크고 뭉툭하고 살집이 많았으며, 턱은 양옆으로 삐져나온 듯 보였다. 마치 망가진 콘서티나[1] 같았다. 말을 할 때면 턱이 아주 묘한 모양으로 일그러졌고, 상처가 난 것처럼 깊이 팬 보조개가 느닷없이 턱의 양옆에 나타났다. 빨갛게 익은 뺨 위로, 이마가 마치 대리석 조각처럼 희었다. 기이하게 잘린 진회색 앞머리가 이마를 가로질러 **빽빽하고 풍성하게**, 그리고 무겁게 덮여 있었다. 나는 잠시 살펴보고 나서 매우 흥미롭게도 그가 가발을 쓰고 있음을 깨달았다.

---

1 작은 아코디언같이 생긴 악기.

28

"특히," 성공에 힘입어 나는 계속 말을 이었다. "이 모든 관료적인 절차들도요. 여권 검사 같은 것들 말입니다."

그러나 아니었다. 이건 옳지 않았다. 나는 그의 표정에서 내가 뭔가 새롭고 불편한 이야기를 던졌다는 사실을 즉시 알아차렸다. 우리는 비슷하지만 분명 다른 언어로 이야기하고 있었던 것이다. 그러나 이번에는 낯선 이의 반응이 불신의 반응은 아니었다. 그는 당황스럽게도 솔직하게, 호기심을 숨기지 않은 채 물었다.

"여기서 문제를 겪은 적이 있으신가요?"

내가 이상하다고 생각한 것은 그 질문이라기보다는, 그가 질문하는 어조였다. 나는 어리둥절함을 감추려고 미소 지었다.

"아, 아니요. 정반대죠. 대개는 뭘 아예 열어보지도 않아요. 여권으로 말하자면, 거의 들여다보지도 않는답니다."

"그렇다니 기쁘네요."

그는 내 얼굴에서 내가 무슨 생각을 하고 있는지 봤음에 틀림없다. 서둘러 이렇게 덧붙였기 때문이다. "바보 같겠지만, 번거롭고 귀찮게 구는 건 딱 질색이거든요."

"그럼요, 저도 잘 알죠."

나는 싱긋 웃었다. 그의 행동에 대해 만족스러운 설명을 찾아냈기 때문이었다. 저 사람은 사소하고 순진하고 사사로운 밀수 행위를 하고 있는 거였다. 아마도 아내에게 줄 실크 한폭이나, 친구에게 줄 씨가 한상자 같은 것. 그러니 이제 그는 당연히 겁이 나기 시작하는 것이다. 분명 그는 관세가 얼마나 되건 지불할 수 있을 정도로 부유해 보였다. 잘사는 사람들이란 이상한 쾌감을 즐기는 법이다.

"그럼 국경을 넘어보신 적이 없는 건가요?" 내가 친절하게 그를 보호하는 우월한 존재처럼 느껴졌다. 나는 그의 기분을 풀어주리라. 그리고 최악의 상황이 닥치면 세관원의 마음을 누그러뜨릴 그럴듯한 거짓말도 가르쳐주리라.

"최근에는 없어요. 전 보통 벨기에를 경유해서 여행하거든요. 여러가지 이유가 있죠. 네." 그는 다시 모호한 표정을 지으며 말을 멈추고 근엄하게 턱을 쓰다듬었다. 동시에 문득 무엇인가가 그에게 내 존재를 의식하게 만들어준 것 같았다. "아마도, 이쯤 되면 제 소개를 해야 할 것 같네요. 아서 노리스입니다. 음, 자산가라고 할까요?" 그는 긴장한 듯 킥킥 웃다가 깜짝 놀라며 외쳤다. "아니요, 일어서지 마세요, 제발요."

움직이지 않고 악수를 하기에는 너무 멀었다. 우리는 앉은 채로 허리를 굽혀 예의 바르게 인사하는 것으로 타협했다.

"제 이름은 윌리엄 브래드쇼입니다." 내가 말했다.

"세상에, 그럼 써펵의 브래드쇼 집안 아니신가요?"

"그럴 겁니다. 전쟁 전에는 입스위치 근처에서 살았어요."

"정말요? 정말입니까? 한때 호프-루카스 부인 댁에 머무른 적이 있는데요. 매틀록 근처에 멋진 집이 있었죠. 결혼 전의 성이 브래드쇼였다고 하더군요."

"네, 맞아요. 그분이 제 고모할머니 애그니스입니다. 칠년 전에 돌아가셨어요."

"그래요? 저런, 저런. 정말 안됐네요. 물론 제가 그분을 뵌 것은 아주 젊을 때였죠. 그때는 중년 부인이었는데. 그러니까, 제가,

1898년도 이야기를 하고 있는 거예요."

이즈음 나는 그의 가발을 몰래 살펴보고 있었다. 나는 그때까지 그렇게 정교하게 잘 만든 가발을 본 적이 없었다. 뒤통수 부분에서 가발이 원래 머리칼과 섞여 빗질이 되어 훌륭하게 잘 어우러졌다. 단지 가르마 때문에 가발이라는 것이 드러났지만, 그것조차도 3, 4야드만 떨어져서 보면 모르고 지나칠 정도였다.

"아, 아," 노리스 씨가 말했다. "정말이지, 세상이 너무 좁군요."

"제 어머니는 만난 적이 없으시죠? 해군 장성이시던 아저씨도 요?"

이제 나는 완전히 포기하고 친척 놀이를 하기 시작했다. 지루하긴 하지만 부담 없고, 여러시간 계속될 수도 있는 놀이였으니까. 벌써 나는 내 앞에 놓인 일련의 손쉬운 패가 보였다. 아저씨들, 아주머니들, 사촌들, 그들의 결혼과 그들의 자산, 유산상속세, 주택 담보대출, 매각 등등. 그리고 사립학교와 대학으로 넘어가, 음식을 비교하고, 선생들과 유명한 결혼과 유명한 소동에 관한 일화들을 주고받기. 나는 어떤 어조를 택해야 할지 정확히 알고 있었다.

그러나 놀랍게도 노리스 씨는 어쩐지 이 놀이를 하고 싶어하지 않는 듯했다. 그는 다급하게 대답했다.

"만난 적 없는 것 같아요. 네. 전쟁 이후로 영국 친구들과는 연락이 끊겼거든요. 일 때문에 외국에 많이 다니기도 했고요."

'외국'이라는 말에 우리는 자연스럽게 창밖을 내다봤다. 홀란드가 식곤증처럼 부드럽게 우리의 시선을 지나쳐 흘러가고 있었다. 둑길을 따라 달려가는 전차에 둘러싸인 고요한 늪지대의 풍경.

"이 나라를 잘 아세요?" 내가 물었다. 가발을 알아채고 나서는 그에게 극존칭을 쓰기가 어쩐지 어려웠다. 어쨌건 그가 가발을 쓴 이유는 젊어 보이기 위해서니까, 우리의 나이 차이를 이렇듯 강조하는 것은 눈치 없고 심술궂은 일일 테다.

"암스테르담은 잘 압니다." 노리스 씨는 불안하게 남몰래 턱을 손으로 문질렀다. 그가 이런 동작을 하거나 으르렁대듯 미소를 띠며 입을 벌리는 방식은 묘했는데, 마치 우리 안에 들어 있는 늙은 사자처럼, 무서운 느낌이라고는 없었다. "잘 압니다. 네."

"정말 가보고 싶어요. 아주 조용하고 평화롭겠죠."

"그 반대예요. 분명 유럽에서 가장 위험한 도시 중 하나일 겁니다."

"그래요?"

"네. 저도 암스테르담에 애착이 크긴 하지만, 그 도시엔 세가지 치명적인 약점이 있다고 늘 주장하지요. 첫째로, 집에 계단들이 너무 가팔라서 심장발작을 일으키거나 목이 부러지지 않고 올라가려면 전문적인 등산가가 되어야 해요. 둘째로, 자전거 타는 사람들이 많아요. 그 사람들은 시내로 다 몰려들어서, 인간 생명에 대해 요만큼도 고려하지 않고 자전거를 타는 것을 무슨 자랑으로 여깁니다. 오늘 아침에도 정말 가까스로 위기를 면했답니다. 그리고 세번째로, 운하들이 있죠. 여름에는, 아시다시피…… 정말 비위생적이에요. 아, 정말 비위생적이죠. 내가 무슨 고생을 했는지 다 이야기할 수도 없어요. 여러주 동안 계속 목감기로 고생했다니까요."

벤트하임에 도착할 무렵까지, 노리스 씨는 대부분의 유럽 주요 도시의 나쁜 점에 대한 강의를 이어갔다. 그가 얼마나 여행을 많이 했는지 놀라웠다. 그는 스톡홀름에서 류머티즘으로 고생했고, 카우나스²에서는 찬바람 때문에 고생했고, 리가에서는 지루했으며 바르샤바에서는 극도로 무례한 대접을 받았으며, 베오그라드에서는 자신이 좋아하는 상표의 치약을 구할 수 없었다. 로마에서는 벌레 때문에 짜증이 났고, 마드리드에서는 거지 때문에, 마르세유에서는 택시 경적 때문에 불쾌했다. 부쿠레슈티에서는 화장실과 관련해서 아주 불쾌한 경험을 했으며, 콘스탄티노플은 물가가 비싸고 취향도 뒤떨어졌다. 그가 기꺼이 인정하는 두 도시는 빠리와 아테네뿐이었다. 특히 아테네. 아테네는 그의 정신적 고향이었다.

이제 기차가 멈췄다. 푸른 제복을 입은 창백하고 땅딸막한 사내가 국경 지대의 역에서 일하는 관리들 특유의 동작에서 풍기는 약간 불길하게 느긋한 분위기를 띠며 플랫폼을 오가고 있었다. 그들은 간수들과 다르지 않았다. 마치 우리 중 누구도 더는 여행하지 못할 것만 같았다. 열차의 복도 저 끝에서 목소리가 울려퍼졌다. "독일 출입국관리소입니다.³"

"내 생각에," 노리스 씨가 세련되게 미소 지으며 말했다. "가장 즐거웠던 기억은 아침나절에 테세우스 신전 뒤의 진기한 옛 거리를 이리저리 돌아다니며 보낸 거예요."

그는 극도로 불안했다. 그는 섬세하고 흰 손으로 새끼손가락에

---

2 리투아니아 중남부의 도시. 러시아어로는 꼬브노.
3 (독) Deutsche Passkontrolle.

끼고 있던 인장 반지를 계속 문질러댔다. 불안정한 푸른 눈은 복도를 재빨리 흘끔흘끔 살폈다. 목소리는 가식적으로 들렸다. 높은 목소리로 능글맞게 억지로 즐거운 척하는 것이, 마치 전쟁 이전 응접실 희극[4] 속 등장인물의 목소리와 닮았다. 그는 너무 큰 소리로 말을 해서 옆 칸 승객들도 분명 그의 목소리를 들을 수 있을 정도였다.

"기대하지도 않았는데 정말 매력적인 모퉁이들이 나타난다니까요. 쓰레기 더미 한가운데 기둥이 하나 떡 서 있기도 하고……"

"독일 출입국 관리소입니다.[5] 모두 여권을 준비해주십시오."

관리 한명이 우리 칸의 입구에 나타났다. 그의 목소리에 노리스 씨는 아주 약간, 그러나 눈에 보일 정도로 놀랐다. 그에게 정신을 추스를 시간을 주고 싶어서 나는 내 여권을 급하게 내밀었다. 내 예상대로, 여권을 제대로 보지도 않았다.

"베를린 갑니다." 노리스 씨는 매력적인 미소와 함께 여권을 건네주며 이렇게 말했다. 그 미소가 정말로 매력적이어서 약간 지나쳐 보일 정도였다. 관리는 아무 반응도 없었다. 그는 그저 툴툴거리며 상당히 관심 있게 여권의 페이지들을 넘길 뿐이었다. 그러고는 여권을 복도로 가지고 나가서 창가의 빛에 비춰 봤다.

"특이한 점은요," 노리스 씨가 내게 대화 조로 말했다. "어떤 고전문학을 봐도 리카비토스 언덕에 대한 언급이 없다는 겁니다."

나는 그가 어떤 꼴인지 보고 놀랐다. 손가락은 꼬여 있었고, 목

---

4 상류사회 인물들을 다루는 세태 희극.
5 (독) Deutsche Passkontrolle.

소리는 거의 통제되지가 않았다. 대리석 같은 이마에는 땀이 정말로 방울방울 맺혔다. 이것이 그가 말하는 '번거롭게 구는' 것이라면, 이것이 그가 법을 어길 때마다 겪는 고통이라면, 그렇게 신경을 많이 써서 일찌감치 대머리가 된 것도 놀라운 일이 아니었다. 그는 극심하게 고통스러워하는 시선으로 복도 쪽을 바라봤다. 다른 관리가 왔다. 그들은 우리에게 등을 돌린 채로 함께 여권을 검사하고 있었다. 노리스 씨는 수다스럽고 정보를 주는 듯한 자신의 어조를 가히 영웅적인 노력으로 간신히 유지하고 있었다.

"내가 아는 바로는 거기엔 늑대들이 우글거렸던 것 같아요."

이제 나중에 온 관리가 여권을 가지고 있었다. 그는 마치 여권을 어디론가 가져가려는 것처럼 보였다. 그의 동료는 검게 반짝이는 작은 수첩을 들여다보고 있었다. 고개를 들고 그가 갑자기 물었다.

"지금 쿠르비에르 가 168번지에 사시는 건가요?"

잠시 나는 노리스 씨가 기절할 것 같다고 생각했다.

"에 ― 네…… 저는……"

코브라를 만난 새처럼, 그의 눈은 무기력하게 홀린 듯 질문하는 사람에게 고정돼 있었다. 마치 그 자리에서 체포될 것을 예상하고 있다고 여겨질 정도였다. 실제로 벌어진 일은, 그 관리가 자기 수첩에 뭔가 적어넣더니 다시 투덜대면서 발길을 돌려 다음 칸으로 갔다는 것이었다. 그의 동료는 여권을 노리스 씨에게 돌려주고 "감사합니다"라고 말하며 예의 바르게 인사하고 그 뒤를 따라갔다.

노리스 씨는 한숨을 깊이 내쉬며 딱딱한 나무 의자에 푹 주저앉았다. 잠시 동안 그는 말을 할 수 없는 것 같았다. 그는 커다란 흰 실크 손수건을 꺼내들고, 가발을 흩뜨리지 않도록 조심하면서 이마를 살살 눌러 닦았다.

"죄송하지만 창문을 좀 열어주시면 감사하겠습니다." 그가 마침내 힘없는 목소리로 말했다. "갑자기 여기가 끔찍하게 덥네요."

나는 서둘러 창문을 열었다.

"뭘 좀 갖다드릴까요?" 내가 물었다. "물이라도?"

그는 힘없이 손을 내저어 거절했다. "감사합니다만…… 아니요. 금방 괜찮아질 겁니다. 심장이 예전 같지 않아요." 그는 한숨을 쉬었다. "이런 종류의 일을 겪기엔 너무 늙었나봐요. 이렇게 여행을 하며 돌아다니는 게…… 아주 나빠요."

"저기, 그렇게 신경을 쓰시면 안됩니다." 나는 그 어느 때보다도 그 순간 그를 보호해주고 싶었다. 이렇게 애정 어린 보호 본능이라니, 그는 그리도 손쉽고 위험하게 내게서 그것을 끌어냈고, 이것은 미래에 우리가 연루될 모든 일들을 채색해버렸다. "아무것도 아닌 일 가지고 신경을 쓰시잖아요."

"아무것도 아니라니요!" 그는 애처롭게 반박하듯 외쳤다.

"물론이죠. 어쨌거나 몇분이면 바로잡힐 거였잖아요. 당신을 같은 이름의 다른 사람과 착각한 겁니다."

"정말 그렇게 생각해요?" 그는 어린애처럼 확인받고 싶어했다.

"아니면 어떤 설명이 있을 수 있습니까?"

노리스 씨는 이에 관해서는 확신이 없는 듯했다. 그는 미심쩍어하면서 말했다. "글쎄요 — 에 — 없네요, 제 생각에도."

"게다가, 아시다시피 종종 있는 일이잖아요. 아무 죄 없는 사람들이 유명한 보석 강도로 오인되기도 하고요. 옷을 모두 벗기고 샅 샅이 수색하기도 하죠. 그런 일을 당했다고 생각해보세요."

"정말요!" 노리스 씨가 낄낄댔다. "생각만으로도 조신한 내 뺨이 빨개지네요."

우리는 함께 웃었다. 나는 내가 이렇듯 성공적으로 그의 기분을 풀어줘서 기뻤다. 그렇지만 대체 세관원이 도착하면 무슨 일이 벌 어질까, 나는 생각했다. 왜냐하면 밀수한 선물에 대한 내 추측이 옳 다면, 바로 그것이 그가 불안한 진짜 원인일 테니까. 여권에 관한 사소한 오해 때문에 그가 그렇게 타격을 받는다면, 세관원을 보면 분명히 심장발작을 일으킬 것이다. 나는 아예 이 문제를 터놓고 말 해서 그 물건들을 내 여행가방에 숨기는 게 어떠냐고 제안하는 게 낫지 않을까 생각했다. 그러나 그는 다가오는 시련을 의식하지 못 한 채 아주 편안한 상태였으므로 나는 그의 마음을 어지럽힐 용기 가 나지 않았다.

내가 완전히 틀렸다. 세관 검사가 다가오자 노리스 씨는 오히려 즐거워 보였다. 그는 조금도 불편한 기색을 보이지 않았고, 그의 짐 에서는 관세를 매길 어떤 것도 발견되지 않았다. 그는 커다란 꼬 띠 향수병을 놓고 관리와 웃으며 유창한 독일어로 농담을 나눴다. "아, 네, 이건 확실히 제가 개인적으로 쓰는 물건입니다. 절대로 떠 나보내지 않을 거예요. 손수건에 한방울 뿌려드릴게요. 아주 맛깔 스럽고 상쾌한 향이 나요."

마침내 모든 것이 끝났다. 기차는 덜컹거리며 천천히 독일을 향 해 들어갔다. 식당차의 종업원이 복도로 와서 작은 종을 울렸다.

"자, 이제," 노리스 씨가 말했다. "이렇게 깜짝 놀라는 일도 있었고, 여행하면서 당신이 정말 소중하게도 정신적으로 지지해줘서, 뭐라고 감사해야 할지 모르겠어요. 그러니 내가 점심을 사게 해주세요."

나는 고맙다고 말하며 기꺼이 그러겠다고 했다.

식당차에 편안하게 앉아서 노리스 씨는 꼬냑을 작은 잔으로 주문했다.

"원래는 식사 전에 술을 마시지 않는데, 경우에 따라선 술이 있어야 할 때도 있어요."

수프가 나왔다. 그는 한술 뜨더니 종업원을 불러 부드럽게 나무라는 투로 말했다.

"여기 양파가 너무 많이 들어간 것 같지 않아요?" 그는 걱정스럽게 물었다. "부탁 하나만 들어줄래요? 이걸 직접 맛을 좀 봐줬으면 하는데."

"네, 손님." 종업원이 말했다. 엄청 바빴던 그는 약간은 무례한 느낌으로 접시를 획 치워버렸다. 노리스 씨는 괴로워했다.

"봤어요? 맛보려고 하지도 않았어요. 잘못됐다는 것을 인정하지 않으려는 거지. 맙소사, 정말 고집불통인 사람들이란!"

그러나 그는 인간 본성에 대한 이 작은 실망을 곧 잊어버렸다. 주의 깊게 포도주 리스트를 연구하기 시작했던 것이다.

"어디 보자…… 어디 보자…… 독일산 백포도주 한번 드셔보실래요? 어때요? 이게 맛이 복불복이라서. 기차에서는 늘 최악의 상황에 대비해야 하니까요. 그래도 한번 시도해보면 좋을 것 같은데,

어때요?"

독일산 백포도주가 나왔고 아주 성공적이었다. 노리스 씨는 작년에 빈에서 스웨덴 대사와 점심을 먹은 이래로 그렇게 좋은 백포도주를 마셔본 적이 없다고 했다. 그리고 그가 좋아하는 콩팥 요리가 나왔다. "아이고," 그가 즐겁게 말했다. "입맛이 확 사는데요…… 완벽한 콩팥 요리를 먹으려면 부다뻬스뜨에 가야 해요. 정말 눈이 번쩍 뜨이더라니까요…… 그런데 이것도 정말 맛있네요, 그렇지 않아요? 정말 맛있어요. 처음에는 끔찍한 붉은 고추를 씹는 기분이었지만, 그냥 내 상상력이 지나쳤던 거였네요." 그는 종업원을 불렀다. "주방장에게 내가 요리를 칭찬했다고 전해주고, 정말 훌륭한 점심에 인사 전한다고 말해주세요. 감사합니다. 자, 이제 씨가를 갖다주세요." 씨가가 나오자 그는 냄새를 킁킁 맡아보고는 두 손가락으로 집어들고 무게를 가늠했다. 마침내 노리스 씨가 쟁반에서 가장 큰 씨가를 골랐다. "자, 당신은 씨가 안 피우죠? 오, 피워봐야 해요. 자, 자, 이거 말고 다른 나쁜 짓도 하겠죠?"

이때쯤 그는 기분이 최고조였다.

"나이가 들수록 이런 소소한 위안에 더 가치를 두게 되는 것 같아요. 일반적으로 여행할 때는 일등석을 타죠. 늘 돈값을 하니까. 훨씬 배려가 넘치게 대접을 받거든요. 예를 들어 오늘만 해도 봐요. 내가 삼등석에 타지만 않았더라도 그들이 나를 그렇게 귀찮게 할 꿈도 못 꿨을 텐데. 독일 관리들이 여기저기 있잖아요. '부사관 종족'이라고 부르지 않던가요? 정말 훌륭한 표현이야! 정말로……"

노리스 씨는 잠시 생각에 잠겨 말없이 이를 쑤셨다.

"내 세대는 사치를 미적인 관점에서 보도록 교육받았어요. 전쟁 이후로는 사람들이 더이상 그렇게 보는 것 같지가 않아. 너무 천하고 무식할 때가 많아요. 쾌락을 너무 조잡하게 여기는 것 같지 않아요? 때로는, 실업자들도 너무 많고 어디나 고충이 있으니까, 스스로 죄의식을 느끼기도 하지요. 베를린은 상황이 정말 나쁘거든요. 아, 정말 나빠요…… 분명 당신도 알겠지만요. 내 나름대로는 도우려고 노력해보지만, 바다에 물 한방울 보태기예요." 노리스 씨는 한숨을 쉬며 냅킨으로 살짝 입술을 닦았다.

"그리고 우리는 이렇게 사치스러운 여행을 하고 있잖아요. 분명 사회개혁가들은 우리를 욕하겠지요. 그렇지만 반대로 생각하면, 누군가가 이 식당차를 이용하지 않으면 여기서 일하는 사람들 모두 실업수당이나 받아야 하는 거니까…… 맙소사, 맙소사. 요새는 정말 모든 것이 너무 복잡해요."

우리는 동물원 역에서 헤어졌다. 노리스 씨는 도착하는 여행객들이 밀쳐대는 가운데 내 손을 오래도록 잡고 있었다.

"또 만납시다, 젊은이. 또 만나요. 작별이라는 말은 하지 않을게요. 가까운 시일 내에 다시 만날 거라고 생각하니까. 이 끔찍한 여행을 하면서 겪은 어떤 불편함도 당신을 알게 되어 후하게 보상받았다는 생각이 들어요. 이번주에 언제 내 아파트에서 차 한잔하면 어떨까 하는데요. 토요일로 할까요? 여기 내 명함입니다. 제발 와준다고 해요."

나는 가겠노라고 약속했다.

2장

노리스 씨의 아파트는 입구가 두개였다. 두 문은 나란히 있었다. 양쪽 다 가운데에 작고 둥근 구멍이 있었고, 반짝거리게 광을 낸 손잡이와 놋쇠 문패가 달려 있었다. 왼쪽 문패에는 '아서 노리스. 출입금지'라고 새겨져 있었다. 오른쪽 문에는 '아서 노리스. 수출·수입'이라고 새겨져 있었다.

잠시 망설이다가 나는 왼쪽 문의 초인종을 눌렀다. 초인종 소리가 깜짝 놀랄 만큼 컸다. 분명 아파트 전체에 또렷하게 다 울릴 정도였다. 그러나 아무런 일도 일어나지 않았다. 안에서는 아무 기척도 나지 않았다. 다시 초인종을 누르려고 하는데, 문의 구멍으로 눈 하나가 나를 쳐다보고 있는 것이 느껴졌다. 그 눈이 얼마나 오래 거기 머물렀는지는 알 수 없었다. 나는 그 구멍으로 쳐다보는 눈을 마주 봐야 할지, 아니면 보지 못한 척해야 할지 몰라 당황하고 불안했다. 나는 여봐란듯이 천장과 바닥, 벽을 둘러보고 나서는, 그 눈이 사라졌는지 확인하기 위해 용감하게 몰래 흘끔 구멍 쪽을 봤다. 아직 아니었다. 당황하여 나는 아예 문을 등지고 서버렸다. 거의 일분이 흘렀다.

마침내 내가 돌아선 것은 다른 문, 즉 수출·수입이라고 새겨진 문이 열렸기 때문이었다. 어떤 젊은이가 문간에 서 있었다.

"노리스 씨 계십니까?" 내가 물었다.

젊은이는 미심쩍게 나를 훑어봤다. 그는 촉촉하고 연한 황색 눈동자에 죽 색깔의 얼룩덜룩한 피부를 가졌다. 작고 땅딸한 몸에 어울리지 않게 머리는 커다랗고 둥글었다. 그는 멋진 실내복과 에나멜가죽 신을 신고 있었다. 나는 그의 외모가 전혀 마음에 들지 않았다.

"약속하셨나요?"

"네." 내 어조는 극도로 퉁명스러웠다.

그 즉시 젊은이의 얼굴에는 번지르르한 미소가 번졌다. "아, 브래드쇼 씨입니까? 잠시만 기다려주세요."

깜짝 놀라게도 그는 내 면전에서 문을 닫아버렸고, 잠시 후 왼쪽 문을 열고 다시 나타나서는 내 옆으로 서서 들어오라고 했다. 이 행동은 더더욱 특이해 보였는데, 왜냐하면 들어가자마자 보니 출입금지 쪽의 입구와 수출업체 쪽의 입구는 그저 두꺼운 커튼 하나로 구분돼 있을 뿐이었기 때문이다.

"노리스 씨께서 곧 오신다고 전해달라 하십니다." 머리가 큰 청년이 에나멜가죽 신발의 뒤축을 들고 두꺼운 카펫을 조심스럽게 가로지르며 말했다. 그는 마치 누가 들을까봐 두려워하는 듯 아주 조용히 말했다. 커다란 응접실 문을 열고 그는 말없이 몸짓으로 내게 의자에 앉으라고 권하고는 물러갔다.

혼자 남은 나는 약간 어리둥절해져서 주위를 둘러봤다. 가구, 카펫, 색의 조화까지 모든 것이 훌륭한 취향을 보여주고 있었다. 그렇지만 그 방은 묘하게도 특색이 없었다. 마치 무대 위에 꾸며진 방, 혹은 고급 가구점의 진열대 같았다. 우아하고, 비싸고, 조심스러운. 나는 노리스 씨의 배경이 훨씬 이국적일 것이라고 기대했었다. 중국풍의 어떤 것, 황금색과 붉은색 용 같은 것이 그에게 잘 어울릴 것 같았다.

젊은이는 나가면서 문을 약간 열어놓았다. 바로 밖에서 그가 마치 전화에 대고 하듯이 이렇게 말하는 것이 들렸다. "신사분이 와 계십니다." 그러고는 훨씬 더 뚜렷하게 노리스 씨의 목소리가 응접실 반대편 벽에 달린 문 뒤에서 대답하는 것이 들렸다. "아, 그래? 고마워."

나는 웃음이 났다. 이 사소한 코미디는 다소 사악해 보일 정도로 불필요했으니까. 잠시 후 노리스 씨가 잘 손질된 두 손을 불안하게 비비면서 방으로 들어왔다.

"아이고, 이렇게 영광스러울 데가! 제 누추한 지붕 아래 오신 것을 환영합니다."

별로 건강해 보이지 않네, 나는 생각했다. 오늘은 그의 얼굴이 장밋빛이 아니었고, 눈 밑에는 그늘이 져 있었다. 그는 안락의자에 잠시 앉았다가, 마치 가만히 앉아 있을 기분이 아니라는 듯이 곧 일어났다. 가발도 다른 것을 쓴 모양이었다. 가발의 이음매가 마치 살인처럼 선명하게 드러나 있었으니까.

"집 구경 하실래요?" 그는 손끝으로 예민하게 관자놀이를 짚으며 물었다.

"그럼요." 나는 미소를 지으면서도, 노리스 씨가 뭔가 매우 급한 일이 있는 것이 분명해 당황스러웠다. 수선스럽게 서두르며 그는 내 팔꿈치를 잡고 자기가 방금 나온 그 벽의 문으로 나를 이끌었다.

"이쪽 먼저 가죠. 네."

그러나 두어걸음도 가기 전에 입구 쪽에서 갑자기 어떤 말소리가 터져나왔다.

"안됩니다. 만나실 수 없어요." 나를 아파트 안으로 안내한 젊은이의 목소리였다. 낯설고 우렁차고 화난 목소리가 대답했다. "더러운 거짓말! 여기 있는 거 다 아는데!"

노리스 씨는 총에 맞은 것처럼 우뚝 멈춰섰다. "오, 이런!" 그는 거의 들리지 않게 속삭였다. "오, 이런!" 그는 놀라서 어쩔 줄 몰라 하며 어디로 가야 할지 절박하게 궁리하는 것처럼 방 한가운데 가만히 서 있었다. 기대려는 것인지 아니면 나보고 가만히 있어달라고 호소하는 것인지, 그는 내 팔을 더 꽉 움켜쥐었다.

"노리스 씨는 밤늦게나 돌아오실 겁니다." 젊은이의 목소리는 이제 미안해하는 것이 아니라 단호했다. "기다리셔봐야 소용없어요."

그는 위치를 옮겨 바로 밖에 섰는데, 응접실로 들어오는 길을 막으려는 것 같았다. 다음 순간 응접실 문이 조용히 닫히고 짤깍 열쇠 돌아가는 소리가 들렸다. 우리는 방 안에 갇힌 것이었다.

"여기 있구먼!" 우렁차고 위협적인, 모르는 이의 목소리가 외쳤다. 잠시 후 옥신각신하는 소리가 나더니 그 젊은이가 문에 거세게 부딪힌 것처럼 묵직하게 쿵 소리가 났다. 쿵 소리가 나자 노리스 씨가 움직였다. 놀랍게도 날렵하게 단번의 동작으로 그는 나를 이끌고 옆방으로 갔다. 우리는 문가에 서서 언제라도 더 후퇴할 태세를 하고 있었다. 나는 그가 내 옆에서 숨을 헐떡거리는 소리를 들을 수 있었다.

그러는 동안 그 낯선 이는 응접실 문을 부숴서 열기라도 하겠다는 듯 흔들어댔다. "이 사기꾼아!" 그는 무시무시한 목소리로 외쳤다. "나한테 잡힐 때까지 그대로 있어!"

워낙 특이한 일이라 나는 무섭다는 생각도 거의 잊어버렸다. 문밖에 와 있는 사람은 난동을 부리는 주정꾼이거나 미친놈일지도 모르는데 말이다. 나는 이게 다 뭐냐는 듯 노리스 씨를 쳐다봤고, 그는 안심시키는 어조로 속삭였다. "조금 있으면 갈 것 같아요." 이상한 점은, 비록 두려워하기는 했지만, 그가 이 상황에 대해서 전혀 놀라는 것처럼 보이진 않았다는 것이다. 그의 어조로 미루어봐서는 마치, 불쾌하지만 자주 발생하는 자연현상, 이를테면 거센 폭풍우에 대해 이야기하고 있다고 생각할 수 있을 정도였다. 그의 푸른 눈은 경계하는 빛을 띤 채 불안하게 번득였다. 그는 문손잡이에 손을 올리고 순식간에 문을 닫아버릴 준비를 갖추고 있었다.

그러나 노리스 씨가 옳았다. 낯선 이는 응접실 문을 흔드는 데 곧 지쳐버렸다. 베를린식 욕설을 쏟아부으며, 그의 목소리가 사라져갔다. 잠시 후 아파트 현관문이 엄청나게 큰 소리를 내면서 닫히는 소리가 들렸다.

노리스 씨는 안도의 한숨을 쉬었다. "오래 못 갈 줄 알았어." 그는 흡족하게 말했다. 그는 주머니에서 무심하게 봉투 한장을 꺼내어 부채질하기 시작했다. "짜증나." 그가 중얼거렸다. "어떤 사람들은 도대체 너무 배려가 없어…… 불편하게 해서 정말 미안해요. 전혀 예상 못했어요, 진짜로."

나는 웃었다. "괜찮습니다. 재미있었어요."

노리스 씨는 기분이 좋아 보였다. "그렇게 가볍게 받아주니 기쁘네요. 당신 나이에 그런 우스꽝스러운 부르주아적 편견들에서 자유로운 사람은 참 드문데 말이죠. 우리는 공통점이 참 많은 것 같아요."

"네, 그런 것 같네요." 나는 이렇게 말했지만, 특정한 어떤 편견이 우스꽝스럽다는 것인지, 또 그게 저 화난 방문객과 무슨 관계가 있다는 것인지 확실하게 알지는 못했다.

"내가 파란만장하게 오래도 살았지만, 확실하게 말할 수 있는 건 그 바보 같음이나 걸리적거리며 방해하는 데 있어 정말 베를린의 소상인과 대적할 만한 사람을 만나본 적이 없어요. 그러니까, 큰 회사들 얘기가 아니고요. 그들은 늘 합리적이죠, 어느정도는……"

그는 분명 은밀한 분위기였고, 응접실 문이 열리고 그 머리 큰 젊은이가 문간에 다시 나타나지 않았더라면 엄청나게 흥미로운 정보를 말해줄 참인 것 같았다. 그가 나타나자 노리스 씨는 바로 생각의 끈이 끊긴 듯이 보였다. 이내 그의 태도가 사과하듯, 걱정스럽고 모호해졌다. 마치 그와 내가 정교한 예의범절을 보임으로써만 그냥 넘어갈 수 있는 정도의, 사회적으로 우스꽝스러운 짓을 하다가 걸린 것처럼.

"소개하죠. 슈미트 씨 — 브래드쇼 씨. 슈미트 씨는 내 비서고 내 오른팔이죠. 이런 경우에는," 노리스 씨는 신경질적으로 키득거렸다. "왼손이 무슨 일을 하는지 오른손이 아주 잘 알고 있다고 말할 수 있겠죠."

불안하게 기침을 몇번 한 후 그는 이 농담을 독일어로 번역하려고 했다. 분명 무슨 말인지 이해하지 못한 슈미트 씨는 아예 재미있어하는 척도 하지 않았다. 그러나 그는 나를 향해 미소 지으며 자기 사장이 시도하는 유머를 경멸 어린 관용으로 함께 이해해주자는 표정을 지었다. 나는 반응하지 않았다. 나는 이미 슈미트를 싫어하게 됐으니까. 그는 이것을 알아챘고, 그 순간 나는 그가 알아채서 기뻤다.

"잠시 따로 뵐까요?" 그는 분명 나를 모욕하려는 의도가 담긴 어조로 노리스 씨에게 말했다. 그의 타이, 옷깃, 실내복은 여전히 깔끔했다. 조금 전에 분명히 거칠게 취급당한 흔적은 어디서도 보이지 않았다.

"그래. 음 — 그래야지. 물론. 당연히." 노리스 씨의 어조는 심통이 난 듯했지만 또 온순했다. "잠시 실례할까요? 손님을 기다리게 하는 건 싫지만, 이 일이 좀 급해놔서."

그는 서둘러 응접실을 가로질러 세번째 문으로 사라졌고 슈미트가 그 뒤를 따랐다. 슈미트는 물론 그 소동의 전말을 이야기해줄 것이었다. 나는 좀 엿들어볼까 생각해봤지만, 너무 위험하다고 결론 내렸다. 어쨌든 노리스 씨를 좀더 알게 되면 언젠가 이 이야기를 할 수 있을 테니까. 노리스 씨는 말을 조심하는 사람이라는 인상은 주지 않았다.

나는 주변을 둘러보고 그때까지 내내 서 있던 방이 침실이라는 것을 깨달았다. 별로 크지 않아서 더블베드 하나와 커다란 옷장, 삼면거울이 달린 화려한 경대로도 공간이 꽉 찼다. 경대 위에는 상점 하나를 다 채우고도 남을 만큼의 향수병, 로션, 소독약, 얼굴에 바르는 크림, 피부 영양 크림, 분, 연고 등이 진열되어 있었다. 나는 탁자의 서랍 하나를 슬쩍 열어봤다. 립스틱 두개와 눈썹 펜슬 하나밖에 들어 있지 않았다. 더 살펴보기도 전에 응접실 문이 열리는 소리가 들렸다.

노리스 씨가 수선을 피우며 다시 들어왔다. "자, 이렇게 유감스러운 간주가 지나갔으니 이제 이 멋진 아파트의 순방을 계속해드도록 하죠. 요 앞에 단순하게 생긴 침상이 보이시죠. 런던에서 특별 제작한 거랍니다. 독일제 침대는 말도 안되게 작다고 늘 생각하거든요. 이건 최상급 스프링이 장착됐답니다. 보시다시피 나는 보수적이라서 영국제 시트와 담요도 고수하고 있지요. 독일제 깃털 침구를 쓰면 정말 끔찍한 악몽을 꾸거든요."

그는 아주 활달한 모습으로 빠르게 이야기했지만, 나는 비서와의 대화가 그를 우울하게 만들었음을 바로 알아봤다. 낯선 이의 방문에 대해서는 다시 언급하지 않는 것이 현명할 듯했다. 노리스 씨는 분명 그 이야기를 그만하고 싶어하니까. 조끼 주머니에서 열쇠를 하나 집어올리더니 그는 옷장 문을 열어젖혔다.

"나는 매일 정장을 갈아입는 것을 원칙으로 하고 있어요. 허영이라고 할지도 모르지만, 인생의 중대한 순간에 내 기분과 딱 맞는 옷을 입는다는 것이 내게 어떤 의미인지 알게 된다면 놀랄 겁니다. 그렇게 하면 자신감이 생기는 것 같아요."

침실 건너편에는 식당이 있었다.

"이 의자들을 좀 보세요." 노리스 씨가 이렇게 말하고는, 당시 내 생각으로는 아주 이상하게도, 다음과 같이 덧붙였다. "이 식탁 세트가 4000마르크 정도 돼요."

식당에서 통로를 지나면 부엌이었고, 여기서 나는 차를 준비하느라 바쁜, 시무룩한 얼굴의 청년을 소개받았다.

"이 친구는 내 집사 헤르만이에요. 이 친구는 내가 이제까지 고용한 요리사 중에서 예전에 상하이에서 고용했던 중국 청년과 더불어 가장 뛰어난 요리사죠."

"상하이에선 어떤 일을 하셨어요?"

노리스 씨는 애매한 표정을 지었다. "아. 어디서 뭘 했느냐고요? 말하자면, 거친 물살을 헤치고 고기를 낚았다고 할까. 네…… 그러니까, 1903년 얘기를 하고 있는 거예요. 지금은 상황이 많이 달라졌다고 들었어요."

우리는 다시 응접실로 돌아왔고, 헤르만이 쟁반을 들고 뒤따라왔다.

"자, 자," 노리스 씨가 컵을 집어들면서 말했다. "우리는 휘젓는 시절을 살고 있군요. 차를 휘젓는 시간 말입니다.”

나는 어색하게 미소 지었다. 나중에 그를 더 잘 알게 되고 나서야 나는 그 낡아빠진 농담들이 (그는 그런 구식 농담 레퍼토리가 아주 많았다) 애초에 듣고 웃으라고 하는 것이 아니라는 사실을 깨달았다. 그 농담들은 단지 그의 하루 일상에서 어떤 일과에 속하는 것일 뿐이었다. 그런 농담을 하지 않는 것은 마치 식전 기도를 빼먹는 것과 같았다.

그렇게 의식을 거행하고 나서 노리스 씨는 침묵에 빠졌다. 그는 분명 그 소란스러운 손님에 대해 다시 걱정하고 있었다. 여느 때처럼, 마음대로 할 수 있는 시간이 되자 나는 그의 가발을 살펴보기 시작했다. 아마 내가 매우 무례하게 빤히 쳐다봤던 것 같다. 그가 갑자기 고개를 쳐들고 내 시선이 가는 방향을 봤으니까. 그가 단순히 이렇게 물어와서 나는 화들짝 놀랐다.

“비뚤어졌나요?”

나는 얼굴이 빨개졌다. 엄청나게 쑥스러웠다.

“아주 조금요.”

그리고 나는 웃음을 터뜨렸다. 우리 둘 다 웃었다. 그 순간 나는 그를 끌어안을 뻔했다. 우리는 마침내 그 물건을 언급한 것이다. 우리는 너무 마음이 후련해서 마치 서로 사랑을 고백하고 난 두 사람 같았다.

“조금만 더 왼쪽으로 가야 할 것 같아요.” 이렇게 말하면서 나는 도움의 손길을 내밀었다. “제가……”

그렇지만 이건 너무 많이 나간 것이었다. “아이고, 안돼요!” 노리스 씨는 자기도 모르게 놀라서 뒤로 물러나며 외쳤다. 금세 그는 다시 정신을 차리고 애처로운 미소를 지었다.

"이건 그러니까 — 음 — 은밀한 내실에서 해야 제격인 화장술의 신비 중 하나라서요. 양해해줘요."

"그런데 이번 것은 그리 잘 맞는 것 같지가 않아요." 그는 잠시 후 침실에서 돌아오며 말을 이었다. "내내 마음에 안 들어요. 그냥 차선책밖에 안되는 거예요."

"몇개나 가지고 계신데요?"

"전부 다 해서 세개요." 그는 소유한 자의 겸손한 태도로 손톱을 들여다봤다.

"수명이 얼마나 되나요?"

"유감스럽게도 아주 짧아요. 십팔개월 정도마다 새로 마련해야 하고, 굉장히 비싸요."

"얼마나 하는데요, 대략?"

"300에서 400마르크 사이요." 그는 진지하게 정보를 제공했다. "내 것을 만들어주는 사람이 쾰른에 사는데, 거기 직접 가서 맞춰야 하거든요."

"번거로우시겠어요."

"맞아요."

"한가지만 더요. 어떻게 그게 떨어지지 않고 붙어 있죠?"

"요만큼 접착제를 바르는 거예요." 노리스 씨는 마치 그게 가장 큰 비밀이라는 듯 목소리를 조금 낮췄다. "바로 여기요."

"그걸로 충분한가요?"

"일상적으로 사용하기에는 그래요. 하지만 내 파란만장한 이력 중에는, 얼굴이 화끈거리는 얘기지만, 홀랑 잃어버린 경우도 여러 번 있었다고 인정해야만 하겠네요."

차를 마신 후 노리스 씨는 응접실 반대편 문 뒤에 위치한 서재를 보여줬다.

"여기 아주 귀한 책들이 좀 있어요." 그는 내게 말했다. "아주 재미있는 책들이죠." 그의 어조는 수줍게 그 말들을 강조하고 있었다. 나는 멈춰서서 제목을 읽었다. 『황금 채찍을 가진 소녀』 『스미스 양의 고문실』 『여학교에서의 감금: 채찍질을 좋아하는 몬터규 도슨의 비밀 일기』. 여기서 나는 처음으로 노리스 씨의 성적 취향을 엿보았다.

"언젠가 내 수집품 가운데 다른 보물들도 보여드릴게요." 그는 능글맞게 덧붙였다. "당신을 좀더 잘 알게 됐다고 느껴지면요."

그는 작은 사무실로 나를 데리고 갔다. 여기가 내가 도착했을 때 그 불청객이 기다리고 있던 곳이었네, 하고 나는 깨달았다. 이상하게 썰렁한 방이었다. 의자 하나, 탁자 하나, 서류 보관장 하나, 그리고 벽에는 커다란 독일 지도가 걸려 있었다. 슈미트는 보이지 않았다.

"비서는 나갔어요." 노리스 씨가 설명했다. 그는 마치 그 방에 불쾌한 기억이 있다는 듯 기분 나쁜 표정을 하고는 불안한 눈길로 벽을 둘러봤다. "타자기를 청소하러 갔어요. 좀 아까 그 얘기를 하려고 나를 보자고 한 거였어요."

이 거짓말은 전적으로 터무니없어서 나는 기분이 좀 상했다. 그가 내게 심금을 다 터놓으리라고 벌써 기대하진 않았다. 그러나 나를 바보 취급할 필요는 없지 않을까. 날카로운 질문을 던지는 데 이제는 거리낄 필요가 없다고 느껴져서 솔직하게 캐물었다.

"정확히 무엇을 수출하고 수입하시는 건가요?"

그는 질문을 침착하게 받아들였다. 그의 미소는 엉큼하고 무미건조했다.

"그러니까, 이런 시절에 뭔들 수출해보지 않았겠어요? 음 — 수출할 수 있는 건 모두 수출해봤다고 할 수 있을 것 같네요."

그는 마치 부동산 중개인 같은 동작으로 서류 보관장의 서랍 하나를 열었다. "최신 모델이죠."

서랍은 텅 비어 있었다. "수출하신 것 중 하나만 얘기해주세요." 나는 웃으며 졸랐다.

노리스 씨는 생각을 해보는 것 같았다.

"시계요." 그가 마침내 말했다.

"그걸 어디로 수출하시는 건가요?"

그는 초조하고 은밀한 동작으로 턱을 문질렀다. 이번엔 내 짓궂은 괴롭힘이 목표를 정확히 맞혔다. 그는 허둥지둥했고, 약간 짜증스러워했다.

"글쎄요, 실무적인 설명을 많이 듣고 싶으면 내 비서에게 물어야 할 거예요. 내가 일일이 신경 쓸 시간이 없어서. 그 모든 좀더 — 어 — 너저분한 세부 사항들은 전적으로 그에게 맡겨졌거든요. 네……"

3장

크리스마스가 지나고 며칠 후, 나는 아서에게 (이제 우리는 서로 편하게 이름으로 불렀다) 전화를 걸어 실베스테르 축일[6]을 함께 보내자고 제안했다.

"윌리엄, 물론 정말 좋아. 너무나 좋아…… 이 특별히 불길한 새해의 탄생을 축하하는 데 이 이상 매력적이고 상서로운 친구는 상상할 수도 없어. 함께 만찬을 하기로 하는데, 다만 불행하게도 내게 선약이 하나 있는데. 그래, 어디서 만나면 좋을까?"

"트로이카 어때요?"

"좋지. 그럼 자네에게 다 맡길게. 젊은 사람들이 많은 데 가면 내

---

6 (독) Silvesterabend. 교황 실베스테르 1세(재위 314~35)의 기일로, 섣달그믐임.

가 좀 잘못 찾아온 것 같은 기분이 들까봐. 반백 수염에 한쪽 발은 이미 무덤에…… 누군가는 '아니, 아니에요!'라고 말하겠지. 젊음이란 얼마나 잔인한지. 신경 쓰지 마. 사는 게 다 그렇지, 뭐……"

아서가 전화로 이야기를 시작하면 멈추게 하기가 힘들었다. 나는 종종 수화기를 탁자에 몇분간 내려놓고 있기도 했다. 그러다 다시 집어들어도 여전히 그는 빠른 속도로 이야기를 늘어놓고 있다는 것을 알기에. 그러나 오늘은 영어 수업을 기다리고 있는 학생이 있었고, 그래서 그의 말을 잘라야 했다.

"좋아요. 트로이카에서 11시요."

"딱 좋아. 그러면 그사이에 나는 조심해서 먹고 일찍 자서 포도주와 여인과 노래[7]의 밤을 즐길 만반의 준비를 해야지. 특히 포도주.[8] 잘 있어, 안녕."

섣달그믐, 나는 주인아주머니와 다른 세입자들과 함께 저녁을 먹었다. 트로이카에 도착했을 때는 이미 취해 있었나보다. 옷 보관소의 거울을 들여다보고 내가 가짜 코를 달고 있는 것을 깨닫고 충격받은 것이 기억나니까. 그곳은 사람들로 바글거렸다. 누가 춤을 추는지, 누가 그냥 서 있는지 분간할 수가 없을 정도였다. 잠시 둘러보다가 나는 구석에 있는 아서에게 갔다. 그는 외알 안경을 끼고 윤기 나는 검은 머리를 한 젊은 신사와 같은 테이블에 앉아 있었다.

---

7 (독) Wein, Weib und Gesang. '포도주와 여인과 노래를 사랑하지 않는 자는 평생 바보일 뿐이다'라는 오래된 격언에서 온 것임.

8 (독) Wein.

"아, 왔군, 윌리엄. 우리를 저버린 거 아닌가 걱정하기 시작하던 참이지. 내 가장 소중한 친구 두사람을 서로 소개할까? 브래드쇼 씨, 그리고 여긴 폰 프레그니츠 남작."

생선처럼 미끈둥하고 상냥한 남작은 머리를 끄덕였다. 마치 물살을 헤치고 헤엄치는 대구처럼, 그는 내 편으로 몸을 기울이고 물었다.

"실례합니다만, 나뽈리에 가보셨나요?"

"아니요. 가본 적 없습니다."

"용서하세요. 죄송합니다. 우리가 전에 만난 적 있는 느낌이 들어서요."

"그럴지도 모르죠." 나는 그가 어떻게 외알 안경을 떨어뜨리지 않고 미소를 지을 수 있는지 궁금해하면서 예의 바르게 말했다. 그 안경은 테도 없고 끈도 없어서 마치 어떤 무시무시한 외과 수술로 말끔히 면도된 그의 분홍색 얼굴에 끼워진 것처럼 보였다.

"작년에 쥐앙레뺑⁹에 계셨나요?"

"아니요, 아닌데요."

"네, 알겠습니다." 그는 아쉽다는 듯 예의 바르게 미소 지었다. "그렇다면 실례했습니다."

"괜찮습니다" 하고 내가 말했다. 우리는 둘 다 마음껏 웃었다. 아서는 내가 남작에게 좋은 인상을 주고 있다는 것에 눈에 띄게 기뻐하며 함께 웃었다. 나는 샴페인 한잔을 한꺼번에 꿀꺽 마셨다. 삼

---

9 프랑스 남부 깐과 니스 사이의 해안도시.

인조 밴드가 연주를 하고 있었다. "안녕, 하와이, 나는 변치 않을 거야. 당신을 가지고 싶어."[10] 천장에 매달린 커다란 햇빛 가리개가 담배 연기와 뭉게뭉게 올라가는 더운 공기 사이에서 살랑살랑 흔들리는 아래로, 무희들이 뻣뻣하게 모여 서서 반쯤 마비된 듯한 리듬에 맞춰 흔들거렸다.

"여기 좀 덥지 않아?" 아서가 초조하게 물었다.

창가에는 자홍색, 에메랄드색, 주홍색, 색색가지 액체가 채워진 병들이 아래쪽 조명으로 환하게 빛나며 놓여 있었다. 그 병들이 온 방을 밝혀주는 듯이 보였다. 담배 연기에 눈이 따가워서 눈물이 흐를 지경이었다. 음악은 잦아들었다가 다시 무시무시하게 커지곤 했다. 나는 내 의자 뒤의 벽감에 쳐놓은, 기름 먹인 반들거리는 천으로 만든 검은 커튼을 손으로 쓰다듬었다. 기이하게도 커튼은 아주 차가웠다. 등불은 알프스의 소 방울 모양이었다. 바 위쪽으로는 복슬복슬한 흰 원숭이 한마리가 앉아 있었다. 그다음 순간, 정확하게 샴페인을 마신 만큼 취했을 때, 뭔가 환상을 본 것 같았다. 나는 한모금 마셨다. 그리고 이제 아주 선명하게, 어떤 열정이나 악의도 없이, 나는 삶이 진짜로 무엇인지 보았다. 그건, 내 기억으로는, 빙빙 돌아가는 햇빛 가리개와 관련이 있었다. 그래, 춤추게 내버려둬. 나는 중얼거렸다. 그들은 춤을 추고 있었다. 나는 기분이 좋았다.

"저기요, 난 여기가 좋아요. 정말로요." 나는 남작에게 열정적으로 말했다. 그는 별로 놀라지도 않았다.

---

10 (독) Grüss'mir mein Hawai, ich bleib'Dir treu, ich hab'Dich gerne.

아서는 엄숙하게 트림을 참고 있었다.

"아서, 그렇게 슬픈 표정 하지 마요. 피곤해요?"

"아니, 피곤하지 않아, 윌리엄. 그냥 생각을 좀 하는 거야. 이런 때에는 경건한 면이 없지 않거든. 당신들 젊은 사람은 즐기는 게 당연해. 당신들을 탓하는 게 아니야. 각자 자기만의 추억이 있는 거니까."

"추억이란 우리가 가진 것 중 가장 소중한 것이죠." 남작이 동의하며 말했다. 더 취하자 그의 얼굴이 천천히 무너지는 듯 보였다. 외알 안경 주변이 딱딱하게 굳었다. 외알 안경이 얼굴을 지탱하고 있었다. 그는 제멋대로인 눈썹을 치뜨고, 입꼬리는 약간 처지고, 가늘고 비단처럼 부드러운 검은 머리의 가르마를 따라 작은 땀방울이 맺힌 채로, 얼굴 근육으로 그것을 필사적으로 붙들고 있었다. 나와 눈이 마주치자 그는 내게로 헤엄쳐 오더니 우리를 갈라놓은 듯이 보이는 바다 표면으로 올라왔다.

"그런데요. 뭐 좀 물어봐도 돼요?"

"그럼요."

"A. A. 밀른의 『곰돌이 푸』 읽어봤어요?"

"네, 읽었어요."

"그럼, 말해봐요. 어땠어요?"

"아주 좋았죠."

"기쁘네요. 나도 좋아하거든요. 많이요."

그리고 우리는 모두 일어섰다. 그다음에 어떻게 됐느냐고? 자정이었다. 우리의 술잔이 맞부딪혔다.

"잘 가." 특별히 절묘한 인용을 하는 사람의 분위기를 띠면서 남작이 말했다.

"나는," 아서가 말했다. "당신 두사람 다 1931년에는 모든 일이 성공하고 행복하기를 빕니다. 성공하시고……" 그의 목소리가 불안하게 침묵으로 이어졌다. 초조하게 그는 묵직한 앞머리를 매만졌다. 밴드가 엄청나게 크고 폭발적으로 연주했다. 마치 천천히 힘들게 산 정상에 도달한 산악 열차처럼, 우리는 새해를 향해 곤두박질쳤다.

그후 두어시간의 사건들은 완전히 뒤죽박죽이었다. 우리는 작은 바에 있었는데, 내가 기억하는 것이라고는 주름 잡힌 선홍색 종이 띠가 매우 아름답게, 선풍기 바람을 따라 해초처럼 흔들리던 모습뿐이다. 우리는 불쑥 나타나 면전에서 우리를 놀려대는 짓궂은 여자애들이 우글거리는 거리를 돌아다녔다. 프리드리히 가 역의 최고급 식당에서 햄과 달걀을 먹었다. 아서는 어느새 사라지고 없었다. 남작은 이 일에 관해서 뭔가 말을 하지 않으면서 교활하게 굴었다. 왜 그러는지는 알 수 없었지만. 그는 자기를 쿠노라고 불러달라고 했고, 그가 얼마나 영국 상류층을 선망하는지 설명했다. 우리는 단둘이 택시를 타고 갔다. 남작은 그의 친구 중에 이튼 학교 출신 청년이 있다고 했다. 그 이튼 출신은 인도에 이년간 있었다. 그가 귀국한 이튿날 아침 그는 본드 가에서 옛 학교 친구를 만났다. 그들은 서로 오랫동안 보지 못했는데도, 그 학교 친구는 그냥 이렇게 말했다고 한다. "안녕, 지금은 얘기 못할 것 같아. 어머니와 쇼핑 가야 해." "이게 꽤 괜찮은 거라고 생각해요." 남작이 결론지었다.

"있잖아요, 이게 당신네 영국인들의 자기절제라는 거죠." 택시는 다리를 몇개 건너고 가스 공장을 지나갔다. 남작은 내 손을 꼭 잡고 젊다는 게 얼마나 멋진 일인지에 대해 장광설을 늘어놓았다. 그는 이제 흐리멍덩해졌고 그의 영어는 급격히 나빠지고 있었다. "저기, 여기요, 오늘 저녁 내내 당신 반응을 지켜봤거든요. 불쾌했던 거 아니죠?" 나는 주머니에서 가짜 코를 발견하고 그것을 코에 씌웠다. 약간 찌그러져 있었다. 남작은 강한 인상을 받은 듯했다. "정말 엄청 재미있어요." 곧이어 나는 속이 메슥거려 가로등 아래 택시를 세워야 했다.

우리는 높고 검은 벽이 둘러쳐진 길을 따라 달렸다. 벽 너머로 갑자기 십자가 장식이 눈에 띄었다. "맙소사!" 내가 말했다. "나를 묘지로 데려가는 겁니까?"

남작은 미소 지을 뿐이었다. 차가 멈췄고, 우리는 밤의 가장 어두운 구석에 도착한 것 같았다. 나는 무엇인가에 걸려 비틀거렸고, 남작이 친절하게 내 팔을 잡아줬다. 그는 여기 와본 적이 있는 것 같았다. 우리는 아치형 입구를 지나 마당으로 들어갔다. 몇몇 창문에 불이 켜져 있었고 축음기의 음악과 웃음소리가 얼핏 들렸다. 창문 하나에서 머리와 어깨의 쎌루엣이 몸을 내밀고 외쳤다. "새해 복 많이 받으세요!¹¹" 그러고는 세차게 침을 뱉었다. 침은 내 발 바로 옆 포석에 부드럽게 철썩 떨어졌다. 다른 얼굴들이 다른 창문에서 나타났다. "너냐, 파울, 이 돼지야?" 누군가가 소리쳤다. "붉은

---

11 (독) Prosit Neujahr!

전선[12]!" 또다른 목소리가 외쳤다. 그리고 좀더 큰 철퍼덕 소리가 이어졌다. 이번에는 맥주잔을 쏟아버린 것 같았다.

여기서부터는 그날 저녁 중 아무 감각도 없던 시간이다. 어떻게 남작이 나를 위층으로 데려갔는지, 나는 모르겠다. 고통스럽지는 않았다. 우리는 사람이 가득 차서 춤추고, 소리치고, 노래하고, 술 마시고, 우리와 악수하고, 등을 철썩 때리고 하는 방에 있었다. 엄청나게 큰 장식용 가스등 샹들리에를 전기등으로 바꿔놓은 조명에 종이 끈 장식을 이리저리 걸쳐놓았다. 나는 시선을 이리저리 돌려 크고 작은 물건들을 분별했다. 빈 성냥갑이 둥둥 떠 있는 끌라레 컵[13] 그릇, 목걸이에서 떨어져나온 부서진 구슬 하나, 고딕식 서랍장 위에 놓인 비스마르크 흉상 — 이런 것들이 잠시 보였다가 다시 색깔들이 뒤섞인 혼돈 속으로 흩어져버리곤 했다. 이런 식으로 하고 있는데 놀랍게도 갑자기 아서의 머리가 눈에 들어왔다. 입을 헤벌리고 가발은 왼쪽 눈 아래로 흘러내린 채였다. 나는 그의 몸을 찾아 더듬거리다가 소파 위에 완전히 널브러져서 어떤 여자의 상반신을 붙들었다. 얼굴은 먼지 냄새가 나는 레이스 쿠션 아래 파묻혔다. 파티의 소음이 마치 바다에서 휘몰아치는 파도처럼 밀려들었다. 이상하게도 편안한 느낌이었다. "잠들지 마세요." 내가 붙들고 있던 여자가 말했다. "아니요, 안 자요." 나는 대답하고는 일어나 머리를 매만졌다. 갑자기 술이 확 깨는 느낌이었다.

내 건너편 커다란 안락의자에 아서가 마르고 우울해 보이는 검

---

12 독일공산당(KPD) 내의 '붉은 전선 투사 연맹'을 말함.
13 적포도주에 브랜디, 탄산수, 레몬즙, 설탕을 섞어 차게 식힌 음료.

은 머리 여자를 무릎에 앉힌 채 앉아 있었다. 겉옷과 조끼까지 벗었고 마치 집 안에 있는 것처럼 보였다. 그는 요란한 줄무늬 멜빵을 하고 있었다. 셔츠 소매는 고무줄로 걷어올렸다. 두개골의 밑부분을 둘러싼 머리카락 몇올을 제외하면 그는 완벽히 대머리였다.

"그거 어떻게 한 거예요?" 나는 소리쳤다. "감기 들겠어요."

"내 아이디어가 아니야, 윌리엄. 철혈 재상에 대한 우아한 헌사라고 생각지 않아?"

그는 아까보다는 훨씬 기분이 좋아 보였고, 이상하게도 전혀 취해 있지 않았다. 그는 놀랍게도 술이 셌다. 눈을 들어보니 그의 가발이 비스마르크의 투구에 아무렇게나 올려진 것이 보였다. 비스마르크에게는 너무 컸다.

몸을 돌리는데 남작이 소파 내 옆에 앉은 것이 보였다. "안녕, 쿠노." 내가 말했다. "여기 어떻게 왔어?"

그는 대답하지 않고 예의 환하고 뻣뻣한 미소를 지으며 한쪽 눈썹을 필사적으로 치떴다. 그는 쓰러지기 일보 직전이었다. 언제라도 외알 안경이 떨어지려는 참이었다.

축음기에서 요란한 음악이 울려퍼졌다. 방에 있는 사람들 대부분이 춤을 추기 시작했다. 그들은 거의 모두 젊었다. 남자들은 셔츠 바람이었고, 여자들은 드레스 고리를 풀어놓은 채였다. 방의 공기는 먼지와 땀과 싸구려 향수 냄새로 뻑뻑했다. 덩치 큰 한 여자가 양손에 포도주를 한잔씩 들고 사람들을 팔꿈치로 헤치고 다가왔다. 그녀는 분홍색 실크 블라우스와 아주 짧은 흰 주름치마를 입었다. 발은 말도 안되게 작은 하이힐에 구겨넣었고, 그 위로 실크 스타킹을 신은 살이 불룩 삐져나와 있었다. 뺨은 반들거리는 분홍색이었고, 머리카락은 반짝이는 금발로 염색해서 그녀의 분칠한 팔뚝에 걸친 대여섯개의 반짝거리는 팔찌들에 맞췄다. 그녀는 등신대의 인형만큼이나 묘하고 섬뜩했다. 마치 인형처럼, 쏘아보는 듯한 녹청색 눈동자는 웃고 있지 않았다. 입술을 벌리고 금니가 몇개 드러나도록 미소를 띠고 있는데도 말이다.

"여긴 올가, 오늘의 여주인이야." 아서가 설명했다.

"안녕, 자기!" 올가는 내게 잔을 하나 줬다. 그녀는 아서의 볼을 꼬집었다. "자, 우리 애인은?"

그 동작이 너무 겉치레라서 나는 수의사가 말을 대하는 것 같다는 생각이 들었다. 아서는 키득거렸다. "아주 잘 선택한 표현이라고 할 수는 없을 것 같은데, 어때? 애인이라. 어떻게 생각해, 아니?" 그는 무릎에 앉은 검은 머리 여자에게 물었다. "정말 말이 없네. 오늘 저녁엔 기운이 없구나. 아니면 이 엄청나게 잘생긴 청년이 맞은 편에 있어서 정신을 쏙 빼놓은 건가? 윌리엄, 자네 한건 한 것 같네. 정말이야."

아니는 이 말에 미소를 지었다. 침착한 창녀의 엷은 미소였다.

그러고 나서 그녀는 허벅지를 긁적이며 하품했다. 그녀는 날렵하게 재단된 검은색 재킷과 검은 치마를 입고 있었다. 다리에는 무릎까지 올라와 끈으로 묶은 길고 검은 부츠를 신었다. 위쪽은 금장식으로 두른 묘한 디자인이었다. 그것 때문에 그녀의 의상 전체가 일종의 제복 같은 느낌을 줬다.

"아, 아니의 부츠가 맘에 드는군." 아서가 흡족하게 말했다. "그렇지만 자네가 다른 부츠도 봐야 해. 검은 굽이 달린 선홍색 가죽 부츠 말이야. 내가 맞춰준 거거든. 아니는 거리에선 그걸 안 신어. 너무 튀어 보인다나. 그렇지만 특별히 에너지가 넘치는 날에는 나를 만나러 올 때 그걸 신지."

그러는 동안 몇몇 남녀들이 춤을 멈췄다. 그들은 팔짱을 끼고 우리 주변에 둘러서서 마치 아서의 목에서 단어들이 눈에 보이게 튀어나오기를 기대하는 것처럼, 야만인의 순진한 관심으로 아서의 입만 쳐다보고 있었다. 남자 중 한사람이 웃기 시작했다. "아, 네," 그는 영어를 흉내 내어 말했다. "내가 영오 해써요, 아니에요?"

아서의 손이 무심하게 아니의 허벅지를 만졌다. 그녀는 일어나서 고양이가 무심하고 못되게 굴듯이 그 손을 찰싹 때렸다.

"오, 이런, 당신 오늘 저녁엔 아주 무자비한 기분이네. 내 버릇을 고쳐줘야 하는데. 아니는 굉장히 가혹한 여성이야." 아서는 큰 소리로 킬킬대며, 영어로 대화를 계속했다. "정말 오묘하게 예쁜 얼굴이라고 생각지 않아? 그 나름으로 완벽하잖아. 라파엘의 성모상처럼. 전에 내가 경구를 하나 만들었는데. 아니의 아름다움은 죄만큼 깊다.[14] 정말 독창적이지? 그렇지? 웃어줘, 제발."

"정말로 아주 괜찮은 것 같아요."

"죄만큼 깊다. 좋아하니 기쁘네. 처음에 든 생각이, 이걸 윌리엄에게 말해줘야 해, 하는 거였어. 내게 영감을 주니까. 자네가 나를 반짝거리게 해줘. 내가 늘 말하길, 세 종류의 사람만 친구로 사귀고

---
14 아름다움은 한꺼풀일 뿐이라는 의미의 영어 표현 'Beauty is only skin-deep'을 'sin-deep'으로 바꿔 패러디함.

싶다고 하거든. 아주 부자인 사람, 아주 재치 있는 사람, 그리고 아주 아름다운 사람. 친애하는 윌리엄, 자네는 두번째 부류에 속해."

나는 프레그니츠 남작이 어떤 부류에 속하는지 짐작할 수 있었고, 그가 듣고 있는 건 아닌지 주변을 둘러봤다. 그러나 남작은 다른 일에 정신이 팔려 있었다. 그는 소파 저쪽 끝에 기댄 채 운동복을 입은 건장한 청년에게 안겨서 그가 먹여주는 맥주를 억지로 들이켜는 중이었다. 남작은 맥없이 저항했고 맥주는 온통 그에게 쏟아져 흘렀다.

나는 내가 어떤 여자에게 팔을 두르고 있음을 깨달았다. 아마도 그녀는 내내 거기 있었을 거였다. 그녀는 내게 달라붙어 있었고, 다른 쪽에선 어떤 남자가 어설프게 내 주머니를 털려고 하고 있었다. 나는 항의하려고 입을 열었다가 그러지 않기로 했다. 그렇게 즐거운 저녁의 끝에 어찌 소란을 피운단 말인가? 남자는 마음대로 내 돈을 가져가도 괜찮았다. 기껏해야 3마르크밖에 남아 있지 않았으니. 어쨌든 남작이 모든 비용을 낼 것이었다. 그 순간 나는 그의 얼굴을 거의 현미경처럼 또렷하게 봤다. 그때서야 처음 알아챘는데, 그는 인공 일광 치료를 받고 있는 중이었다. 그의 코 주변 피부는 이제 막 벗어지려는 참이었다. 참 괜찮은 남자야! 나는 그에게 술잔을 들어 보였다. 그의 생선 같은 눈이 권투 선수의 팔 너머로 희미하게 빛났고, 그는 머리를 살짝 움직였다. 그는 말을 할 수 없는 상태였다. 몸을 돌려보니, 아서와 아니는 어느새 사라지고 없었다.

막연히 그들을 찾아나서겠다는 생각에 나는 비틀거리며 일어섰지만, 금세 새로 활발하게 이어지는 춤판 속에 휘말리고 말았다. 누군가 내 허리를, 목을 부여잡았고, 키스를 하고, 껴안고, 간질이고, 반쯤 옷을 벗겼다. 나는 여자들과, 남자들과, 두세사람과 한꺼번에 춤을 췄다. 오분에서 십분가량 지난 후에야 나는 반대편 입구에 이르렀다. 문밖은 깜깜한 복도였고, 그 끝에서 빛이 새어나오고 있었다. 복도에는 가구들이 꽉꽉 들어차 있어서 옆걸음으로 지나가야 했다. 복도를 비비적거리며 반쯤 지나갔을 때 내 앞쪽의 불 켜진 방에서 고통스러운 비명 소리가 들려왔다.

"안돼, 안돼![15] 제발! 맙소사! 사람 살려! 사람 살려![16]"

그 목소리를 모를 수가 없었다. 그들은 아서를 거기 가두고 물건을 강탈하고 때려눕히는 중이었던 것이다. 미리 알아차릴 수도 있었을 텐데. 우리가 이런 음침한 곳에 얼굴을 내미는 게 애초에 바보 같은 짓이었다. 다 자업자득이었다. 술 때문인지 용기가 났다. 허우적거리며 문 앞으로 다가가 벌컥 열었다.

처음 눈에 들어온 사람은 아니였다. 그녀는 방 한가운데 서 있었다. 아서는 그녀의 발치에 웅크리고 있었다. 그는 아까 입고 있던 옷을 마저 다 벗어버리고, 연보라색 실크 속옷과 고무 복대와 양말을 가볍게, 그러나 완벽하게 세련되게 입고 있었다. 한 손에는 구둣솔을 다른 손에는 노란색 구두 닦는 천을 들고 있었다. 올가는 그의 뒤에서 묵직한 가죽 채찍을 휘두르고 있었다.

"그게 깨끗하다는 거야, 이 돼지야!" 그녀는 무시무시한 목소리로 외쳤다. "당장 다시 닦아! 먼지 하나라도 있으면 일주일 내내 앉

15 (독) Nein, nein!
16 (독) Hilfe! Hilfe!

지도 못하게 때려줄 테다."

그녀는 이렇게 말하며 아서의 엉덩이를 찰싹 때렸다. 그는 고통과 쾌락의 비명을 지르고는, 아니의 부츠를 열정적으로 닦고 광내기 시작했다.

"제발! 제발!" 아서의 목소리는 마치 엉터리로 시늉을 하는 아이의 목소리처럼 새되고 명랑했다. "그만! 나 죽어요."

"그냥 죽이는 것도 과분하지." 올가가 다시 한대 찰싹 때리며 쏘아붙였다. "산 채로 껍질을 벗겨버릴 테다."

"오! 오! 그만! 제발! 오!"

그들은 너무 떠들고 있어서 내가 문을 벌컥 여는 소리도 듣지 못했다. 그러나 이제 그들은 나를 봤다. 내가 거기 나타나도 그들 중 누구도 전혀 당황하지 않았다. 실은, 내가 나타난 게 아서의 쾌락에 향신료를 더하기라도 한 것 같았다.

"오, 맙소사! 윌리엄, 날 좀 살려줘, 응? 너도 저들과 똑같이 무자비해. 아니, 내 사랑! 올가! 그녀가 나를 어떻게 하는지 좀 봐. 당장 나한테 무슨 짓을 할지 몰라!"

"들어와요, 자기." 올가는 호랑이가 즐기듯이 외쳤다. "잠깐만 기다려요! 다음은 당신 차례야. 엄마를 찾으면서 울게 해줄게!"

그녀는 내게 채찍을 장난스럽게 휘둘렀고, 그래서 나는 곧장 복도로 도로 나와버렸다. 아서의 즐겁고 고통스러운 외침을 뒤로하고.

몇시간 뒤 일어나보니 나는 머리를 소파 다리에 처박은 채 바닥에 웅크리고 누워 있었다. 머리는 용광로 같았고, 뼈 마디마디가 다

아팠다. 파티는 끝났다. 대여섯명의 사람들이 다 치워진 방 여기저기에 극도로 불편하게 각양각색의 자세로 뻗어 있었다. 햇살이 베니션 블라인드 사이로 빛났다.

널브러진 사람들 가운데 아서도 남작도 없다는 것을 확인하고는 나는 뻗은 몸들 사이로, 아파트를 나와, 아래층으로 내려와서, 마당을 가로질러, 길거리로 나왔다. 건물 전체가 죽은 주정뱅이들로 가득 차 있는 것 같았다. 나는 아무도 마주치지 않았다.

나와보니 내 거처에서 삼십분 정도 거리의 뫼케른브뤼케 역에서 멀지 않은 운하 근처 뒷골목이었다. 전차 탈 돈이 없었다. 그리고 어쨌든 잠시 걷는 것이 좋을 터였다. 나는 종이띠들이 눅눅하고 텅 빈 집의 문틀에서 너풀거리거나, 축축한 나뭇가지에 엉켜 있는 스산한 길을 따라 절뚝거리며 집으로 돌아왔다. 도착하니 주인 아주머니는 아서가 벌써 내 안부를 물으려고 세번이나 전화했다는 소식을 전해줬다.

"어쩜 그렇게 상냥한 신사분인지, 늘 그런 생각이 든다니까. 게다가 배려심이 많기도 하셔."

나는 그렇다고 대답하고 침대에 가 누웠다.

4장

집주인 슈뢰더 부인은 아서를 몹시 좋아했다. 전화상으로 그녀는 늘 그를 박사님[17]이라고 불렀는데, 그건 최고로 존경한다는 표시였다.

"아, 박사님이세요? 그럼요, 목소리 금방 알죠. 백만명 가운데서도 알아들어요. 오늘 아침엔 목소리가 참 피곤하세요. 밤늦게까지 안 주무셨나봐요. 어유, 참, 나 같은 늙은 여자더러 그 말을 믿으라고 하시면 안되죠. 남자분들이 놀러 나갔을 땐 어떤지 다 알아요…… 뭐라고요? 말도 안돼! 입바른 소리는! 자, 자, 남자들은 다 똑같다니까. 열일곱살이나 일흔살이나…… 핏! 놀랐어요, 정말…… 아니

---

17 (독) Herr Doktor.

요, 전 진짜 아니죠! 하, 하! 브래드쇼 씨랑 통화하실 거죠? 네, 아유, 내가 깜빡했네요. 바로 불러드릴게요."

아서가 나와 차를 마시러 올 때면 슈뢰더 부인은 목이 깊게 파인 검은색 벨벳 드레스를 입고 싸구려 진주 목걸이를 했다. 그녀는 볼에 연지를 바르고 눈꺼풀을 짙게 칠하고 문을 열어줬는데, 그 모습이 스코틀랜드 메리 여왕의 캐리커처 같았다. 내가 아서에게 이 이야기를 했더니 그는 즐거워했다.

"윌리엄, 자넨 정말 매정해. 그런 독설을 하다니. 자네 혀가 무서워지기 시작했네. 정말이야."

그뒤로 그는 슈뢰더 부인을 여왕 폐하라고 부르곤 했다. 즐겨 쓰던 수식어 중 또다른 것으로는 슈뢰더 여신님도 있었다.

그는 아무리 바쁘더라도 그녀와 몇분간 희롱하는 대화를 나누고, 꽃이나 사탕, 담배 등을 갖다주거나, 그녀가 키우는 카나리아 한스의 섬약한 건강이 변동하는 추이에 공감해줄 시간은 있었다. 한스가 마침내 죽어서 슈뢰더 부인이 눈물을 흘리자, 나는 아서도 같이 울어주는 것 아닌가 싶을 정도였다. 그는 진심으로 상심했다. "아이고, 아이고," 하고 그는 되풀이했다. "자연은 정말 잔혹해요."

다른 내 친구들은 아서에 대해 그리 열광적이지 않았다. 나는 그를 헬렌 프랫에게 소개해줬으나 그 만남은 그리 성공적이지 않았다. 그 당시 헬렌은 런던의 한 정치 주간지의 베를린 통신원이었고, 번역이나 영어 교습을 하면서 수입을 보충하고 있었다. 우리는 종종 서로에게 수강생을 넘겨주곤 하던 사이였다. 그녀는 금발 머리에, 예쁘고 가녀리게 보이는 여자였지만, 아주 강단이 있었고, 런던

대학을 졸업했으며 섹스를 아주 진지하게 여겼다. 그녀는 밤낮 남
성들과 시간을 보내는 데 익숙했고, 다른 여자들과 어울리는 일에
는 쓸모가 없었다. 그녀는 웬만한 영국 기자들보다 술을 더 잘 마
실 수 있었고, 종종 실제로 그렇게 마셨지만, 술을 즐겨서라기보다
는 어떤 신조에 의해 그렇게 하는 편이었다. 그녀는 만나자마자 상
대를 이름으로 부르고, 자기 부모가 셰퍼즈부시에서 사탕과 담배
를 파는 가게를 한다고 알려주는 사람이었다. 그것이 그녀가 사람
의 성격을 '시험'하는 방법이었다. 그 말에 어떻게 반응하는가에
따라서 사람에 대한 그녀의 판단이 확실하게 갈렸다. 무엇보다도
헬렌은 자신이 여자임을 누군가가 상기시키는 것을 지극히 싫어했
다. 침대에서를 제외하고 말이다.

　내가 너무 늦게 알게 된 사실이지만, 아서는 그녀와 같은 부류를
대하는 기술이 전혀 없었다. 처음부터 그는 노골적으로 그녀를 두
려워했다. 그녀는 소심한 그의 영혼을 보호해주고 있던 잘 다듬어
진 사소한 예의범절들을 무시해버렸다. "어이, 안녕들 하쇼." 그녀
는 이렇게 말하면서 읽고 있던 신문 너머로 아무렇지 않게 손을 내
밀었다. (우리는 기념교회 뒤의 작은 식당으로 약속을 했었다.)

　아서는 그녀가 내민 손을 소심하게 잡았다. 그는 탁자 가장자리
를 불편하게 맴돌면서 그에게 익숙한 예법을 초조하게 기다렸다.
아무 일도 일어나지 않았다. 그는 헛기침을 하고 이렇게 말했다.

　"앉아도 될까요?"

　헬렌은 신문에서 뭔가를 소리 내어 읽으려다 말고, 마치 그의 존
재를 잊고 있었다는 듯 흘끔 올려다보고는 아직 그가 거기 있다는

것에 놀랐다.

"무슨 일이죠?" 그녀가 말했다. "의자가 모자라나요?"

어쨌거나 우리는 베를린의 밤 문화에 대해 이야기를 시작했다. 아서는 키득거리면서 재미있어했다. 통계와 심리분석적 용어를 사용하는 헬렌은 당혹스러워하면서 그를 못마땅해했다. 마침내 아서는 음흉하게 '카데베[18]의 명물'을 언급했다.

"아, 그 길거리 매춘부들 말이군요." 헬렌은 생물을 가르치는 교사처럼 밝고 사무적인 어조로 말했다. "부츠 페티시를 가진 사람들을 흥분시키는 옷차림을 하고 있는……?"

"아, 네, 하하, 그게 말입니다." 아서는 킬킬대고, 헛기침을 하더니, 가발을 재빨리 매만졌다. "이런 말씀 어떨지 모르겠습니다만, 전 이렇게 극단적으로 — 에 — 진보적인, 아니면 뭐랄까, 저 — 현대적인 아가씨를 만난 적이 거의 없어서요……"

"맙소사!" 헬렌은 고개를 젖히고 불쾌하다는 듯이 웃었다. "토요일 오후마다 어머니 가게 일을 도와드리던 시절 이후로 아가씨라고 불리는 건 처음이에요."

"그러니까 — 어 — 이 도시에 오래 계셨나요?" 아서는 황급히 물었다. 그는 막연히 자신이 실수했다는 것을 알아차리고는, 화제를 바꿔야겠다고 생각한 것이다. 나는 헬렌이 그를 보는 표정에서 모든 것이 끝났음을 알았다.

"충고 하나만 하자면, 빌," 그녀는 그다음에 만났을 때 내게 말했

<hr>

18 카우프하우스 데스 베스텐스(Kaufhaus des Westens). '카데베'로 줄여 부르는 유럽 최대의 백화점.

다. "그 사람은 조금도 믿으면 안돼."

"안 믿어." 내가 말했다.

"아, 난 당신을 잘 알아. 나약하지, 다른 남자들처럼. 사람들을 있는 그대로 보는 대신 그들에 대해 뭔가 낭만적인 모험담 같은 걸 만들어낸다니까. 그 사람 입 봤어?"

"자주 봤지."

"어휴, 역겨워. 눈 뜨고 봐줄 수가 없어. 두꺼비 입처럼 끔찍하게 축 늘어졌어."

"아," 나는 웃으며 말했다. "아마 내가 두꺼비에게 약한가봐."

이 실패에 굴하지 않고 나는 아서를 프리츠 벤델에게 소개했다. 프리츠는 독일 출신 미국인으로, 여가 시간을 춤추고 브리지 게임을 하면서 보내는 젊은 한량이었다. 그는 화가와 작가 들과 어울리려는 묘한 열정을 가지고 있었으며, 유행의 첨단을 걷는 미술품 매매업자 밑에서 일함으로써 그들 사이에서 자신의 지위를 확보했다. 그는 미술상에서 보수를 한푼도 받지 않았지만, 워낙 돈이 많았으므로 이 취미를 유지할 여유가 있었다. 그는 가십에 뛰어난 적성을 보여서 거의 재능이라고 할 수 있을 지경이었고, 일류 사설탐정이라고도 할 만한 수준이었다.

우리는 프리츠의 아파트에서 차를 함께 마셨다. 그와 아서는 뉴욕과, 인상파 회화와, 빌데[19] 그룹의 미출간 저작들에 대해서 이야기했다. 아서는 재치도 있고 아는 것도 엄청나게 많았다. 짧은 경구

---

19 요하네스 빌데(Johannes Wilde, 1891~1970). 헝가리 출신 예술사가. 1920년대 오스트리아 빈 예술사 박물관을 중심으로 활동함.

들을 훗날 써먹기 위해 기억하느라 프리츠의 검은 눈이 반짝였고, 나는 기쁘고 흐뭇해서 미소 지었다. 나는 그 만남의 성공에 개인적인 책임감을 느꼈던 것이다. 나는 아서가 인정받았으면 하는 마음에, 그리고 결국에는, 아마도 나 역시 완전히 확신을 얻었으면 하는 마음에 어린애처럼 초조했다.

우리는 머잖아 곧 서로 다시 만나기로 약속하고 작별인사를 했다. 하루 이틀이 지난 후, 나는 우연히 프리츠를 길거리에서 만났다. 그가 유난히 명랑하게 인사하는 것으로 봐서 나는 그가 내게 해줄 뭔가 나쁜 이야기가 있음을 즉시 알아차렸다. 십오분가량 그는 브리지 게임과 나이트클럽, 최근 애인이었던 유명한 조각가 등에 대해서 이야기하면서, 말하려고 간직해둔 흥미로운 소식을 생각하느라 내내 짓궂은 미소를 짓고 있었다. 마침내 그가 그 이야기를 꺼내놓았다.

"그후에 당신 친구 노리스를 또 만나고 있어?"

"응." 내가 말했다. "왜?"

"아무것도 아니야." 그는 얄궂게 나를 쳐다보며 말을 끌었다. "결국 자네가 그 길로 가나 싶어서. 그것뿐이야."

"무슨 소리야?"

"그에 관해서 괴상한 소문을 들었거든."

"오, 그래?"

"사실이 아닐지도 몰라. 소문이란 게 어떤지 알잖아."

"자네가 어떻게 소문을 듣는지도 알아, 프리츠."

그는 씩 웃었고, 전혀 기분 나쁘지 않은 듯했다. "도는 얘기가, 노리스는 모종의 싸구려 사기꾼이라는 거야."

"글쎄, '싸구려'라는 말은 그에게 쓰기 어려운 말 같은데."

프리츠는 우월감에서 우러나온 너그러운 미소를 띠었다.

"그가 감옥에 간 적이 있었다고 하면 놀랄 것 같은데."

"그러니까 그가 감옥에 갔었다고 자네 친구들이 말하는 게 놀랍다는 거겠지. 글쎄, 별로 놀랍지도 않아. 자네 친구들은 아무 말이나 다 하잖아."

프리츠는 대답하지 않았다. 그저 웃고 있을 뿐이었다.

"감옥에 왜 들어갔다는데?" 내가 물었다.

"그건 못 들었어." 프리츠가 말을 끌었다. "그렇지만 짐작할 수 있을 것 같은데."

"글쎄, 난 모르겠네."

"이봐, 빌, 잠깐만." 그는 어조를 바꿨다. 진지해 보였다. 그는 내 어깨에 손을 얹었다. "내 말은, 그게 이런 거야. 결국, 우리 둘은, 그러니까, 뭐가 어떻든 아무 상관 없잖아. 하지만 우리 말고 다른 사람들 생각도 해야지, 안 그래? 노리스가 어떤 놈을 붙잡아서 마지막 한푼까지 탈탈 털어간다면?"

"끔찍하겠지."

프리츠는 나를 포기했다. 그의 마지막 말은 이러했다. "자, 나중에 뭐라고 하지 마. 난 경고했어."

"물론, 프리츠. 뭐라고 안할게."

우리는 유쾌하게 헤어졌다.

아마 헬렌 프랫이 나에 대해 한 말이 옳았는지도 모른다. 한단계 한단계 나는 아서에 대해 낭만적인 배경을 쌓아올리고 있었고, 그것이 흐트러질까봐 전전긍긍했다. 분명 나는 그가 사실은 위험한 범죄자라는 생각을 가지고 노는 것을 즐기고 있었다. 그러나 나는 또한 한순간도 그렇다고 진심으로 믿은 적은 없었다고 확신한다. 우리 세대는 거의 모두가 범죄를 동경하는 기질이 있었다. 내가 아서를 좋아하는 마음은 거의 고집스럽게 굳어 있었다. 내 친구들이 입매나 과거 때문에 그를 싫어한다면 그건 그들 손해였다. 나는 스스로 내가 좀더 심오하고 좀더 인간적이라고, 그들보다는 인간 본성에 대해 좀더 섬세한 감식안을 지닌 사람이라고 자위했다. 영국으로 보내는 편지에 내가 그를 '가장 놀라운 사기꾼 영감'이라고 적었다면 그것은 그를 영광스러운 존재로, 대담하고 자립적이며 과감하고 침착한 어떤 존재로 상상하고 싶었기 때문이었다. 실제로는 너무나 안타깝게도, 그리고 분명하게도 그가 이 모든 점에 해당 사항이 없었지만 말이다.

불쌍한 아서! 나는 그렇게 신경이 예민한 사람을 본 적이 없었다. 때때로 나는 그가 경미한 유형의 피해망상에 시달리는 것은 아닌가 생각하기도 했다. 지금도 눈에 선하다. 우리가 잘 가던 식당의 가장 외딴 구석에서 그가 지루하고 멍한 표정으로 불편해하면서 나를 기다리던 모습이. 태연한 척 두 손을 무릎에 포개놓고, 언제라도 큰 소리가 나면 깜짝 놀라기를 예상하고 있기라도 한 것처럼, 이야기를 듣는 각도로, 어색하게 머리를 기울인 모습이. 전화기에 최대한 가까이 입을 갖다대고 속삭이듯 나직하게 말하는 그의 목소리가 지금도 들리는 듯하다.

"여보세요, 응, 나야. 그래서 그 사람들 만났다고? 좋아. 그럼 우리 언제 만날까? 늘 만나는 그 시간에, 그 담당자 집에서 보자. 그 사람한테도 거기서 보자고 해. 아니, 아니. D 씨 말이야. 정말 중요해. 안녕."

나는 웃었다. "말하는 거 누가 들으면, 무슨 대단한 음모라도 꾸미는 줄 알겠어요."

"엄청나게 대단한 음모가지." 아서가 키득거렸다. "아니, 정말이야. 윌리엄. 나는 지금 내가 — 어 — 재정적으로 관심을 가지고 있는 고가구 매매 못지않게 중요한 일을 논의하고 있는 거라고."

"도대체 뭘 그렇게 비밀스럽게 해요?"

"누가 들을지 모르잖아."

"아니, 그래도, 이게 뭐 그리 흥미로운 일이겠어요?"

"요즘은 아무리 조심해도 지나치지 않아." 아서가 막연하게 말했다.

이맘때 나는 이미 그의 '재미난' 책들을 거의 다 빌려서 읽었다. 대부분은 극히 실망스러웠다. 저자들은 기묘할 정도로 젠체하고 속물적인 중하류층의 어조를 쓰고 있었고, 포르노그래피를 쓰고자 하는 그들의 성실한 노력에도 불구하고 가장 중요한 대목에 가서는 짜증스럽게도 불분명했다. 아서는 저자가 서명한 『나의 삶과 사랑』 한질을 가지고 있었다. 나는 프랭크 해리스를 아느냐고 물었다.

"조금. 옛날 일이지. 그가 죽었다는 소식 들었을 때 충격받았어. 그는 나름대로 천재였거든. 재치도 있고. 그가 루브르에서 이렇게 말한 게 생각나. '아, 노리스, 당신과 나는 신사 투기꾼의 마지막 세대야.' 알다시피 꽤 독설가이기도 했어. 사람들은 그가 자기에 대해 뭐라고 말한 걸 잊을 수가 없었다니까."

"그러고 보니," 아서가 생각에 잠긴 채 말을 이었다. "돌아가신 디즐리 경이 내게 했던 질문이 생각나네. '노리스 씨,' 그가 내게 물었어. '당신은 투기꾼이오?'"

"얼마나 엉뚱한 질문이에요. 그걸 재치 있다곤 못하겠어요. 무례한 질문이네요."

"난 대답했어. '우린 모두 투기꾼이죠. 인생이 투기니까요.' 깔끔한 대답이지, 안 그래?"

"그에게 딱 맞는 대답이네요."

아서는 수줍게 자기 손톱을 들여다봤다.

"난 증인석에 서면 말을 참 잘해."

"그러니까 재판 중에 한 말이라는 거네요?"

"재판이 아니야, 윌리엄. 소송 중이었지. 나는 『이브닝 포스트』를 명예훼손죄로 고발했거든."

"왜요, 무슨 얘기를 했는데요?"

"내가 담당하던 공적 자금의 운용에 대해서 어떤 암시를 했거든."

"이겼죠, 물론?"

아서는 조심스럽게 턱을 쓰다듬었다. "그들은 비난한 내용을 입증할 수 없었어. 난 500파운드를 배상받았지."

"명예훼손 소송을 자주 했나요?"

"다섯번." 아서는 겸손하게 인정했다. "다른 세번 정도는 법정이 아닌 곳에서 문제를 해결했고."

"늘 손해배상을 받았고요?"

"조금. 별것도 아니야. 명예를 회복한 거지."

"수입이 꽤 됐겠는데요."

아서는 아니라는 듯 손을 내저었다. "그렇게까지 말할 순 없어."

마침내 내가 질문할 때가 왔다.

"아서, 감옥에 가본 적 있어요?"

그는 망가진 이를 드러내며 천천히 턱을 문질렀다. 그의 공허한 푸른 눈에 묘한 표정이 떠올랐다. 안도의 표정이었을지도 모르겠다. 혹은, 내 상상으로는, 어떤 허영심이 충족된 표정이었을지도.

"그 사건 얘기를 들었어?"

"네." 나는 거짓말을 했다.

"그 당시엔 대서특필됐지." 아서는 우산의 구부러진 곳에 손을 얌전하게 올려놓았다. "그 증거들에 대한 설명을 다 읽어본 적 있어?"

"아니요. 없어요."

"안됐네. 신문 스크랩해놓은 것을 빌려줄 수 있으면 좋겠는데. 그런데 불행하게도 여기저기 이사하다가 다 잃어버렸어. 자네의 객관적인 의견을 듣고 싶은데…… 내 생각에는 배심원단이 처음부터 나에 대해서 편견을 가지고 있었던 것 같아. 지금처럼만 경험이 있었더라면 분명 무죄가 됐을 거야. 변호사가 잘못된 조언을 했어. 적극적으로 변호했어야 하는데, 변호사는 그렇게 하는 데 필요한 증거를 확보하기가 불가능하다는 거야. 판사가 참 가혹했어. 게다가 내가 모종의 협박 편지까지 보냈다는 식으로 말하는 거야."

"저런! 그건 좀 너무했네요, 그렇죠?"

"그렇지." 아서는 쓸쓸하게 고개를 저었다. "영국 법정은 불행하게도 때론 섬세하질 못해. 행동에서 세밀한 색조 차이를 구별하지 못한다니까."

"그래서 얼마나…… 얼마나 선고받았어요?"

"2급 교도소에서 십팔개월. 웜우드스크럽스에서."

"대우는 잘 받았어요?"

"규정에 따라 대우했지. 불평은 할 수 없어…… 그렇지만 석방된 다음에 형법 개정에 관심을 많이 가지게 됐지. 그런 목적을 위해 결성된 여러 모임에 회비를 내게 됐어."

잠시 침묵이 이어지는 동안 아서는 고통스러운 기억을 더듬고 있는 것이 분명했다. "내 생각에," 마침내 그는 말을 이었다. "내 경력을 통틀어, 정말 법에 어긋나는 일을 한 적은 거의 없다고 확실하게 주장할 수 있어…… 다른 한편으로는, 좀더 돈이 많지만 정신적으로는 좀 모자란 사회 구성원들이 나 같은 사람들을 지켜주는 데 기여하는 것이 그들의 특권이라고 나는 주장하고, 또 앞으로도 늘 그렇게 주장할 거야. 자네 생각도 그렇지?"

"전 돈 많은 구성원이 아니라서," 나는 말했다. "동의합니다."

"좋아. 알지, 윌리엄, 우린 좀 있으면 많은 것들에 의견을 같이하게 될 거라고 느껴…… 얼마나 많은 돈들이 여기저기 주워달라고 기다리며 널려 있는지, 정말 굉장한 일이지. 그래, 주워달라고 기다리고 있다고. 요즘 세상에도. 단지 그걸 볼 줄 알기만 하면 돼. 그리고 자본. 일정한 양의 자본이 절대적으로 필요하지. 언젠가 자네에게 자기가 뾰뜨르 대제의 직계 후손이라고 믿고 있는 미국인과 거래한 얘기를 해줘야겠다고 생각하고 있어. 정말 유익한 얘기야."

때로 아서는 자신의 유년 시절 이야기를 해줬다. 어린 시절 그는 몸이 약해서 학교를 못 갔다고 한다. 외동아들인 그는 사랑하는 홀어머니와 단둘이 외롭게 살았다. 그들은 문학과 예술을 함께 공부했고, 함께 빠리, 바덴바덴, 로마를 방문했고, 슐로스에서 샤또로, 샤또에서 팰리스로,[20] 가장 훌륭한, 점잖고, 매력적이고, 안목 있는 모임과 어울려, 늘 서로의 건강을 자상하게 염려하면서 같이 다녔다. 서로 연결된 방에 아파 누워 있을 때면 침대를 옮겨달라고 해서 목소리를 높이지 않아도 서로 이야기를 나눌 수 있도록 했다. 이야기를 하고, 즐거운 농담을 하면서 그들은 지루하고 잠 안 오는 밤들을 서로 기분을 북돋아주면서 보냈다. 회복기에 접어들면 그들은 나란히 바퀴 달린 안락의자에 앉아 루체른의 정원을 내다보곤 했다.

그렇게 요양하며 보내는 목가적인 기간은 그 본성상 오래가지 못하고 끝날 운명이었다. 아서는 성장해야 했고, 옥스퍼드에 갔다. 그의 어머니는 죽을 운명이었다. 마지막까지 그를 사랑으로 보호하느라, 그녀는 의식이 남아 있는 한 하인들이 그에게 전보를 치는 것을 허락하지 않았다. 마침내 하인들이 그녀를 거역했을 때는 이

----

20 각각 '궁궐'이나 '대저택'을 뜻하는 독일어(Schloss), 프랑스어(Château), 영어 (palace) 단어임.

미 늦은 뒤였다. 그녀의 연약한 아들은 그녀가 의도한 대로 고통스러운 임종 인사에서 면제됐다.

그녀가 죽은 후, 그의 건강은 놀랍게 좋아졌다. 스스로 서야 했기 때문이었다. 이 새롭고 고통스러운 상황을 상당히 완화시켜준 것은 그가 물려받은 약간의 유산이었다. 1890년대 런던 사교계의 기준에 비추어 그는 최소한 십년간 자신을 유지하기에 충분한 돈이 있었다. 그는 그 돈을 이년도 안되어 다 써버렸다. "바로 그때였지," 아서는 말했다. "처음으로 '사치'라는 말의 의미를 알게 된 게. 유감스러운 얘기지만, 그때부터 다른 말들의 의미도 알게 됐어. 어떤 것은 끔찍할 정도로 추한 말들이었지." "난 말이야," 다른 날에 그는 이렇게 말했다. "그 돈이 지금 있었으면 좋겠어. 그러면 어떻게 쓸지 알 거 같아." 그 당시 그는 겨우 스물두살이었고, 뭘 몰랐다. 그것은 마법 같은 속도로 말의 입속으로, 발레리나 소녀들의 스타킹 속으로 사라졌다. 하인들의 손바닥은 기름때 묻은 강철 같은 손길로 그것을 움켜쥐었다. 그것은 멋진 양복으로 바뀌어 한두 주 동안 입히다가 싫증나서 하인에게 주어졌다. 그것은 동양풍 장식품으로 바뀌었다가 어찌어찌 그의 아파트로 와서는 낡고 녹슨 무쇠 솥으로 바뀌곤 했다. 그것은 최신 인상파 천재가 그린 풍경화로 바뀌었다가 이튿날 아침 햇살에 비춰 보면 유치한 습작으로 바뀌었다. 말쑥하고 재치 있으며 태워버릴 만큼 돈이 많던 그는 그의 무리에서 가장 괜찮은 신랑감이었을 것이 분명했다. 그러나 마침내 그를 붙잡은 사람은 여자들이 아니라 유대인들[21]이었다.

엄격한 친척 아저씨에게 호소하자 투덜거리며 구해줬지만, 조건을 내세웠다. 아서가 법률 공부를 시작해야 한다는 것이었다. "솔직히 말해서 정말 노력은 했어. 내가 얼마나 고통을 겪었는지 말도 못해. 한두달 후에 뭔가 조치를 취해야 했지." 그 조치가 뭐였느냐고 묻자 그는 침묵해버렸다. 나는 그가 자신의 인맥을 활용할 어떤 방법을 찾아냈으리라고 추측했다. "그게 처음에는 참 지저분하더라고." 그가 아리송하게 덧붙였다. "있잖아, 난 참 예민한 젊은이였거든. 지금 생각하면 웃음만 나지만 말이야."

"그때부터가 내 경력의 시작이었어. 롯의 아내와 달리 나는 뒤돌아보지 않았지. 오르락내리락…… 오르락내리락했지만. 좋을 때라는 건 유럽 역사와 연관이 있는 거고. 나쁜 때는 기억하고 싶지 않네. 자, 자. 아일랜드 속담처럼, 쟁기를 일단 쥐었으니 이제 끝까지 내가 뿌린 대로 거둬야지."

봄과 이른 여름 동안 아서의 사업은 부침이 매우 잦은 것 같았다. 그가 그 일에 대해서 이야기하고 싶어한 적은 없었지만, 그의 기분을 보면 그의 재정 상태가 어떤지 늘 충분히 알 수 있었다. '고가구'를 (혹은 그게 실제로 무엇이든) 파는 일로 잠시 한숨 돌리는 것 같았다. 5월에는 빠리에 잠깐 다녀온 후 매우 명랑해져서는, 그의 신중한 표현을 빌면, "불에 쇳조각 몇개가 들어가 있다"라고 했다.

이 모든 거래의 뒤에서 호박만 한 머리를 단 슈미트의 모습이 불길하게 움직이고 있었다. 아서는 그의 비서를 노골적으로 두려워

----

21 사채업자를 말함.

하고 있었고, 놀랄 일도 아니었다. 슈미트는 너무나 유용했다. 그는 자기 주인의 이해관계를 자신의 것과 일치시켜 생각했다. 그는 능력이 있을 뿐만 아니라, 고용주의 더러운 일까지 기꺼이 적극적으로 하고 싶어하는 종류의 사람이었다. 아서가 무심코 하는 말로 미루어, 나는 그 비서의 역할과 재능이 무엇인지 점차 잘 알게 됐다. "우리가 속한 계급의 사람들이 어떤 개인에게 어떤 말을 하는 건 아주 고통스러운 일이지. 그건 우리의 섬세한 감수성에 어긋나니까. 아주 막돼먹어야 하거든." 슈미트는 고통을 느끼지 않는 것 같았다. 그는 누구에게든 어떤 말이든 할 준비가 되어 있었다. 그는 채무자들과 맞닥뜨려 투우사 같은 용기와 기술을 보여줬다. 그는 아서가 완전히 놓쳐버린 목표물을 추적하여 마치 사냥개가 오리를 물어오듯이 돈을 가지고 돌아왔다.

슈미트는 아서의 용돈을 통제하고 조금씩 나눠주었다. 아서는 오랫동안 이를 인정하지 않으려 했지만, 상황은 명백했다. 그는 버스 요금을 낼 돈이 없는 날도 있었다. 또 어떤 날에는 이렇게 말하기도 했다. "잠깐, 윌리엄, 잊어버린 게 있어서 아파트에 가서 가져와야겠어. 잠깐 여기서 기다려주겠지?" 그런 경우 그는 십오분쯤 뒤에 나를 다시 길에서 만났는데, 어떤 때는 의기소침하고, 어떤 때는 예상치 못하게 큰 용돈을 받은 소년처럼 얼굴이 환해져 있었다.

또 내가 익숙해진 말은 이런 것이었다. "지금은 올라오면 안될 것 같아. 아파트가 너무 지저분해." 나는 곧 이 말이 슈미트가 집에 있다는 뜻이라는 것을 알게 됐다. 소란을 피우기 싫어하는 아서는 늘 우리가 마주치지 않게 하려고 애썼다. 왜냐하면 첫 방문 이후 우리는 서로를 점점 싫어하게 됐기 때문이다. 슈미트는 나를 싫어할 뿐만 아니라, 분명 자신의 고용주에 대해 적대적이고 불안한 영향을 미치는 존재로서 내게 반감을 가졌다. 그는 딱히 내게 거스르는 행동을 하진 않았다. 그저 이죽거리는 미소를 지으며 발소리가 나지 않는 신발을 신고 와서 갑자기 방으로 들어오는 식으로 장난칠 뿐이었다. 그는 눈에 띄지 않은 채로 몇분간 서 있다가 말을 해서 아서를 움찔하며 소리를 지르게 만들곤 했다. 그는 두세번 연이어 그렇게 했고, 그래서 아서는 신경이 예민해져 무슨 이야기를 일관되게 할 수가 없게 됐고, 대화를 계속하려면 가까운 까페로 가야할 정도였다. 슈미트는 주인이 외투 입는 것을 도와주고 우리가 아파트를 나설 때 아이러니한 격식을 갖춰 우리를 배웅하면서, 그의 목적이 달성된 것에 음흉하게 만족스러워했다.

6월에 우리는 프레그니츠 남작과 휴가를 보냈다. 그는 우리를 메클렌부르크의 호숫가에 있는 그의 시골 별장으로 초대했다. 별장에서 가장 큰 방은 남작이 자기 신체를 단련하는 초현대식 기구들이 갖춰진 체육실이었다. 그는 매일 전동 말이며, 로잉 머신, 빙빙 도는 마사지 벨트 등으로 자신을 고문하고 있었다. 날이 매우 더워서 심지어 아서까지 모두가 수영을 했다. 그는 고무 수영모를 침실에서 남몰래 조심스럽게 쓰고 나왔다. 그 집은 잘 가꾼 갈색 육체를 가진 잘생긴 젊은이들로 가득 차 있었고, 그들은 몸에 오일을 바르고 몇시간씩 일광욕을 했다. 그들은 늑대처럼 먹어댔고, 그들의 식사 예절 때문에 아서는 심히 고통스러워했다. 그들 대부분은 아주 강한 베를린 억양을 썼다. 그들은 물가에서 레슬링과 권투를 하고, 호수의 다이빙대에서 회전 다이빙을 하곤 했다. 남작은 그 모든 활동에 참가했고 종종 거칠게 다뤄졌다. 기분 좋을 정도로 거칠게 그들은 남작에게 장난을 쳐서 여분의 외알 안경을 박살 내고 목을 부러뜨릴 지경까지 갔다. 남작은 이 모든 것을 과장된 얼어붙은 미소로 받아넘겼다.

우리가 간 지 이틀째 되는 저녁에 남작은 그들로부터 빠져나와 나와 단둘이 숲 속을 산책했다. 그날 아침 그들은 남작을 담요에 태워 헹가래 치다가 아스팔트 바닥에 떨어뜨리고 말았다. 그는 아직도 정신이 얼떨떨한 상태였다. 그는 내 팔을 묵직하게 붙잡고 있었다. "자네가 내 나이가 되면," 그는 서글프게 말했다. "인생에서 가장 아름다운 것은 결국 영혼에 있다는 것을 알게 될 거야. 육신만으로는 행복해질 수 없어." 그는 한숨을 쉬며 내 팔을 가볍게 쥐었다. "우리 친구 쿠노는 정말 특출한 인물이야." 베를린으로 돌아오는 기차 안에서 함께 앉은 아서가 말했다. "어떤 사람은 그의 앞날이 창창하다고 말하지. 다음 정권에서 그가 요직을 제안받는다고 해도 전혀 놀라지 않을 거야."

"설마요."

"내 생각엔," 아서는 의미심장하게 곁눈질하며 말했다. "그가 자네를 아주 좋아하는 것 같아."

"그래요?"

"난 말이야, 윌리엄, 때때로 자네가 그런 재주를 가지고 좀더 야심을 갖지 않는 게 안타까울 때가 있어. 젊은 사람이면 기회를 활용해야지. 쿠노는 여러 방면으로 자네를 도와줄 수 있는 위치에 있어."

나는 웃었다. "우리 둘을 도울 수 있다, 이 얘기죠?"

"글쎄, 굳이 그렇게 표현하면 그렇지. 그렇게 되면 나 자신에게도 이로울 거라고 예상할 수 있다는 점을 인정하네. 내가 어떤 허물을 가졌든 간에, 위선자는 아니길 바라니까. 예를 들어서 그가 자네를 자기 비서로 쓸 수도 있어."

"미안해요, 아서." 내가 말했다. "그렇지만, 전 제 할 일만 해도 충분히 버거워요."

5장

8월 말경, 아서는 베를린을 떠났다. 그가 떠난 것은 불가사의한 사건이었다. 그는 심지어 떠날 생각이라는 말조차 하지 않았던 것이다. 나는 슈미트가 확실히 없을 시간에 아파트로 두번 전화를 했다. 요리사 헤르만은 주인이 언제 돌아올지 모른다고 했다. 두번째에 나는 그가 어디 갔느냐고 물었고, 런던이라는 답을 들었다. 나는 아서가 독일을 영영 떠난 것이 아닌가 하는 생각이 들기 시작했다. 틀림없이 그럴 만한 이유들이 있었다.

그러나 9월 둘째 주 어느날, 전화가 울렸다. 아서의 전화였다.

"자네인가? 나야. 돌아왔어! 정말 할 얘기가 많아. 오늘 저녁 바쁘다고 하지 마. 안 바쁘지? 6시 반쯤에 이쪽으로 올래? 깜짝 놀랄 것도 있어. 아니야, 더이상은 말 안할래. 꼭 직접 와서 봐야 해. 이따

봐.[22]"

아파트에 도착해보니 아서는 기분이 최고였다.

"내 친구 윌리엄, 다시 만나서 얼마나 기쁜지! 어떻게 지냈어? 그럭저럭?"

아서는 재잘거리면서 턱을 긁적이고, 마치 가구가 제자리에 있는 것이 아직 믿기지 않는다는 듯이 방을 재빨리 초조하게 둘러봤다.

"런던은 어땠어요?" 내가 물었다. 그는 전화로 말한 것과는 달리 딱히 이야기를 늘어놓고 싶어하는 것 같지가 않았다.

"런던?" 아서는 멍한 표정을 지었다. "아, 그래, 런던…… 솔직히 말하면 윌리엄, 나 런던에 있지 않았어. 빠리에 있었어. 지금은 내 소재에 대해서 여기 있는 사람들에게 약간 불확실하게 해두는 게 바람직해서." 그는 잠시 말을 멈추더니 인상적으로 덧붙였다. "아주 친하고 가까운 친구니까 말해주는 건데, 내 여행은 공산당하고 관련이 없지 않아."

"공산주의자가 됐다는 겁니까?"

"명목상으로는 아니지만, 윌리엄, 실질적으로는 그래."

그는 잠시 말을 멈추고 내가 놀라는 것을 즐겼다. "또 한가지, 오늘 저녁 소위 내 신앙고백의 증인이 되어줘. 한시간 정도 후에 중국 농민들에 대한 착취에 반대하는 모임에서 연설하기로 돼 있거든. 자네도 참석해줬으면 해."

22 (프) Au revoir.

"그럼요."

모임은 노이쾰른에서 열릴 예정이었다. 아서는 택시를 타고 가자고 우겼다. 그는 흥청망청하는 분위기였다.

"내 느낌에," 그가 말했다. "나중에 오늘 저녁을 돌이켜보면 내 이력의 전환점 중 하나일 것 같아."

그는 눈에 띄게 불안했고, 서류들을 계속 만지작거렸다. 때로 그는 마치 운전사에게 멈춰달라고 하고픈 듯이 택시 창밖을 서글프게 내다봤다.

"이제까지 당신 이력에는 여러번 좋은 전환점이 있었던 것 같네요." 나는 그의 관심을 돌리려고 말했다.

아서는 듣기 좋으라고 하는 이 말에 바로 표정이 밝아졌다.

"그래, 윌리엄, 정말 그래. 만약 내 인생이 오늘밤에 끝난다 해도 (그렇지 않기를 간절히 바라지만) 정말로 이렇게 말할 수 있을 것 같아. '어쨌든, 난 살아왔어⋯⋯' 전쟁 전 빠리에서 지내던 옛날의 나를 자네가 알았더라면. 내 차도 있었고 불로뉴 숲 옆에 아파트도 있었는데. 그 나름대로 명소였다고. 내가 직접 침실을 선홍색과 검은색으로 꾸몄지. 내 채찍 컬렉션도 참 독특했고 말이야." 아서는 한숨지었다. "내가 워낙 예민해서 말이야. 환경에 즉시 반응하거든. 햇살이 비치면 나는 팽창해. 내 최상의 상태를 보려면 제대로 된 환경에서 나를 봐야 해. 좋은 탁자. 좋은 저장고. 예술. 음악. 아름다운 것들. 매력적이고 재치 넘치는 모임. 그러면 나는 반짝거리기 시작해. 내가 바뀌는 거지."

택시가 멈췄다. 아서는 수선스럽게 운전사에게 요금을 내고 우리는 어둡고 텅 빈 커다란 맥줏집을 지나, 영업을 하지 않는 식당으로 들어갔다. 나이 지긋한 웨이터가 우리에게 모임이 위층에서 있다고 알려줬다. "첫번째 문이 아니에요." 그가 덧붙였다. "그건 스키틀스23 클럽이고요."

"아, 이런," 아서가 외쳤다. "우리가 너무 늦었나봐."

그의 말이 맞았다. 모임은 이미 시작되어 있었다. 널찍하고 삐걱거리는 계단을 올라가는데 길고 남루한 복도로 연사의 목소리가 울려퍼졌다. 망치와 낫 완장을 찬 두명의 건장한 청년이 쌍여닫이 문 앞을 지키고 있었다. 아서가 다급히 뭐라고 설명하자 그들은 우리를 지나가게 해줬다. 그는 내 손을 불안하게 꼭 잡고 이렇게 말했다. "그럼 이따 봐." 나는 가장 가까운 빈 의자에 앉았다.

홀은 넓고 썰렁했다. 싸구려 바로끄풍으로 장식된 홀은 삼십여년 전에 지어져 그뒤로 다시 칠하지도 않은 것 같았다. 천장에는 분홍색, 푸른색, 황금색으로 거대하게 천사와 장미와 구름이 그려져 있었고, 군데군데 습기로 칠이 벗겨지고 때워져 있었다. 벽을 빙 둘러서는 다홍색 현수막이 쳐 있고 흰 글씨로 이렇게 쓰여 있었다. '파시즘과 전쟁에 반대하는 노동자 전선.' '우리는 일과 빵을 원한다.' '만국의 노동자여, 단결하라.'24

연사는 무대 위의 긴 탁자에 청중을 마주 보고 앉아 있었다. 그 뒤로 너덜너덜한 배경막에는 숲 속 빈터가 그려져 있었다. 중국인

....
23 영국식 구주희(나인핀스).
24 (독) Arbeiterfront gegen Faschismus und Krieg. Wir fordern Arbeit und Brot. Arbeiter aller Länder, vereinigt euch.

이 두명 있었고, 속기하는 여자가 한사람, 음악을 듣는 것처럼 손으로 머리를 받치고 있는 부스스한 머리의 앙상한 남성이 한사람 있었다. 그들 앞쪽 무대에는 키 작고 어깨가 넓은 붉은 머리 남자가 아슬아슬하게 가장자리에 서서 우리를 향해 종잇장을 깃발처럼 휘두르고 있었다.

"그것이 수치數値입니다, 동지들. 들으셨지요? 그들 스스로 말하지 않았습니까? 더 말하지 않겠습니다. 내일 여러분은 그 수치가 『벨트 암 아벤트』지에 실린 것을 보게 될 겁니다. 자본주의 언론에선 찾아봐야 소용없을 겁니다. 거기엔 실리지 않을 테니까요. 사장들이 신문에 실리지 못하게 할 겁니다. 왜냐하면 이 수치가 발표되면 증권가를 뒤집어놓을 테니까요. 딱한 일 아닙니까? 상관 마세요. 노동자들은 읽을 겁니다. 노동자들은 어떻게 받아들여야 할지 알 겁니다. 중국에 있는 우리 동지들에게 메시지를 보냅시다. 독일공산당의 일꾼들은 일본 살인자들의 만행을 규탄한다. 독일공산당은 이제 갈 곳을 잃은 수십만명의 중국 농민들에게 도움을 줄 것을 요구한다. 동지 여러분, IAH[25] 중국 지부에서 우리에게 일본 제국주의와 유럽의 착취와 싸우기 위한 기금을 모아달라고 호소해왔습니다. 그들을 돕는 것은 우리의 의무입니다. 우리는 그들을 도울 것입니다."

붉은 머리 남자는 말하면서 전투적이고 의기양양한 미소를 지어 보였다. 그의 희고 고른 이가 불빛에 번득였다. 그의 몸짓은 과

---

25 국제노동구호협회(Internationale Arbeiter-Hilfe). 1921년 베를린에서 창단했음.

하지 않았으나 놀랍게도 강력했다. 때로 거대한 에너지가 그의 작고 땅땅한 체구에 저장되어 있다가 그의 몸뚱이를 마치 힘이 넘치는 오토바이처럼 무대 너머로 던져버릴 것만 같았다. 나는 그의 사진을 신문에서 두세번 본 적이 있었으나 누구인지는 기억나지 않았다. 내가 앉은 곳에서는 그가 말하는 것이 전부 다 들리지는 않았다. 그의 목소리는 크고 눅눅한 홀을 천둥이 치는 듯한 메아리로 채우고 잦아들었다.

아서가 이제 무대에 등장하여, 중국인들과 서둘러 악수하고 무슨 변명이라도 하듯 의자를 가지고 호들갑을 떨었다. 붉은 머리 사내가 마지막 말을 끝내자 터져나온 박수갈채 때문에 눈에 띄게 깜짝 놀란 것 같았다. 그는 자리에 털썩 앉아버렸다.

박수갈채가 이어지는 동안 나는 좀더 잘 듣기 위해서 몇줄 앞으로 옮겨가서 앞쪽에 봐둔 빈자리에 끼어 앉았다. 내가 자리에 앉자 누군가가 내 소매를 당겼다. 부츠 신은 여인, 아니였다. 그녀 옆에 앉은 남자는 올가의 송년 파티에서 쿠노의 목구멍에 맥주를 들이붓던 사람이었다. 그들은 둘 다 나를 보고 반가워했다. 남자는 내가 거의 비명을 지를 정도로 내 손을 꽉 쥐고 악수를 했다.

홀은 꽉 차 있었다. 청중은 더러워진 평상복을 입고 앉아 있었다. 남자들은 대부분 거친 모직 양말에 반바지, 스웨터를 입고 앞챙 달린 모자를 쓰고 있었다. 그들의 눈길은 호기심에 굶주려 연사를 주시하고 있었다. 나는 그때까지 공산당 모임에 가본 적이 없었는데, 가장 인상적인 것은 단상 위로 향한 얼굴들에 드러난 집중된 관심이었다. 창백하고 겉늙어 주름진 베를린 노동계급의 얼굴들.

때로는 초췌하고 엄격해 보이고, 학자들처럼 넓은 이마 뒤로 빗어 넘긴 숱이 적은 금발의 얼굴들. 그들은 서로를 보거나, 자신을 보여주기 위해 온 것이 아니고, 사회적 의무를 수행하기 위해 온 것도 아니었다. 그들은 귀 기울여 듣고 있었으나, 수동적이지는 않았다. 그들은 그저 구경꾼이 아니었다. 그들은 호기심 어린, 억제된 열정으로, 저 붉은 머리 사내의 연설에 참여하고 있었다. 그는 그들을 위해 이야기했고, 그는 그들의 생각을 분명하게 말해주고 있었다. 그들은 그들 자신의 집단적인 목소리를 듣고 있었던 것이다. 간간이 그들은 갑자기 자발적으로 격렬하게 박수갈채를 보냈다. 그들의 열정, 그들의 강렬한 목적의식은 나를 고무시켰다. 나는 외부에 서 있었다. 언젠가, 아마도, 내가 그들과 함께할지도 모르겠다. 나의 계급의 미온적인 변절자로서, 케임브리지에서 논의되던 무정부주의와, 견진성사의 구호들과, 17년 전 아버지의 연대가 기차역으로 행진해올 때 악대가 연주하던 가락으로 인해 감정이 혼란스러워진 채 말이다. 그 키 작은 사내는 연설을 끝내고 우레 같은 박수갈채 속에서 탁자의 자기 자리로 돌아갔다.

"저 사람은 누굽니까?" 내가 물었다.

"아니, 몰라요?" 아니의 친구가 놀라서 소리쳤다. "저 사람 루드비히 바이어잖아요. 최고 인재 중 하나죠."

그 남자의 이름은 오토였다. 아니는 우리를 서로 소개해줬고 우리는 다시 한번 손이 으스러져라 악수했다. 오토는 그녀와 자리를 바꿔 앉고는 내게 말을 걸어왔다.

"저번에 슈포르트팔라스트[26]에 왔었어요? 그 연설을 들었어야 하는데! 물 한모금 안마시고 두시간 반을 연설했다니까요."

이제 자리에서 일어난 중국 대표가 소개됐다. 그는 조심스럽게 교과서적인 독일어로 이야기했다. 아시아의 악기를 튕기듯 가녀리고 구슬프게 울리는 문장들로, 그는 우리에게 기근과 대홍수와 무고한 마을들에 대한 일본군의 공습을 들려줬다. "독일의 동지들이여, 나는 내 불행한 조국으로부터 당신들께 슬픈 전갈을 가지고 왔습니다."

"저런!" 오토가 감명을 받아 속삭였다. "지메온 가에 사는 우리 아주머니네보다 상황이 더 나쁜가봐요."

벌써 9시 반이었다. 중국인 다음에는 부스스한 머리의 사내가 등장했다. 아서는 초조해하고 있었다. 그는 자꾸만 시계를 보면서 은근슬쩍 가발을 만져댔다. 이윽고 두번째 중국인이 등장했다. 그의 독일어는 동료보다 못했지만, 청중은 어느 때보다도 열심히 그의 연설을 들었다. 아서가 거의 미칠 지경인 것이 내 눈에 보였다. 마침내 그는 일어나서 빙 돌아 바이어의 의자 뒤로 갔다. 몸을 숙이고 그는 격앙된 어조로 바이어에게 속삭이기 시작했다. 바이어는 미소를 짓고는 친근하게 달래는 몸짓을 했다. 그는 기분이 좋은 것 같았다. 아서는 미심쩍은 표정으로 자기 자리로 돌아왔고, 곧 다시 안달하기 시작했다.

마침내 중국인의 연설이 끝났다. 바이어는 곧 일어서서 마치 아서가 어린 소년이라도 되는 듯 그의 팔을 부축하듯이 잡고 무대 앞

----

26 독일 최대의 체육관 겸 강당으로, 1910년에 지어지고 1973년에 철거됨.

으로 이끌고 왔다.

"이분은 아서 노리스 동지입니다. 극동지역에서 영국 제국주의가 저지른 범죄행위에 대해 이야기해주러 오셨습니다."

그가 거기 서 있는 것이 너무 말도 안돼 보여서 나는 거의 표정 관리가 안될 지경이었다. 정말이지 강당 안에 있는 모든 사람들이 왜 웃음을 터뜨리지 않는지 이해하기 어려울 정도였다. 하지만 청중은 분명 아서가 조금도 웃기다고는 생각하지 않는 것 같았다. 심지어 거기 있는 사람들 중 누구보다도 그를 우스워하는 각도에서 바라볼 이유가 있는 나이조차도 사뭇 심각했다.

아서는 헛기침을 하고 원고를 뒤적였다. 그리고 유창하고 세련된 독일어로, 약간 빠르게 연설하기 시작했다.

"연합정부의 지도자들이 그들의 무한한 지혜에 비추어 의심의 여지 없이 신성한 베르사유 조약의 초안을 작성하는 게 좋겠다고 생각한 그날 이후로, 그날 이후로, 말하자면……"

불편함에서 비롯하는 것 같은 미미한 동요가 청중에게 전달됐다. 그러나 무대를 향한 창백하고 진지한 얼굴들에 아이러니는 보이지 않았다. 그들은 두말없이 이 도회적인 부르주아 신사를, 그의 맵시 좋은 옷차림을, 그의 우아한 불로소득자풍의 재치를 다 받아들이고 있었다. 그는 그들을 도와주러 왔으니까. 바이어가 그의 편에서 말해줬으니까. 그는 그들의 친구이니까.

"영국 제국주의는 지난 이백여년간 그 희생자들에게 성경과 술과 폭탄이라는 미심쩍은 혜택을 수여해왔습니다. 이 세가지 중에서, 제가 감히 덧붙이건대, 폭탄이 가장 덜 해로운 것이 아닐까 합니다."

이 말에 박수가 나왔다. 아서의 청중은 그 내용은 인정하지만 방식에 대해서는 여전히 의심스러워하는 듯, 약간 지연되고 주저하는 박수 소리였다. 그는 명백히 고무되어 말을 이었다. "영국인, 독일인, 프랑스인이 모여 하루에 누가 나무를 더 많이 베나 내기를 했다는 이야기가 생각납니다. 프랑스인이 먼저……"

이야기가 끝나자 웃음과 커다란 박수가 터졌다. 오토는 즐거워하며 내 등을 마구 두들겨댔다. "와, 말 정말 잘한다, 안 그래?"[27] 그러고는 그는 몸을 다시 앞으로 기울여 무대를 주시하며 팔로는 아니를 끌어안고 경청했다. 아서는 우아하게 조롱하는 어조와 진지한 웅변조를 왔다 갔다 하면서 연설의 절정에 이르렀다.

"굶주린 중국 농민들의 외침이 오늘밤 이 강당에 앉아 있는 우리 귀에 울리고 있습니다. 그들은 지구 반대편에서 우리에게 왔습니다. 바라건대, 그들의 외침이 더 크게 울려서, 외교관들의 부질없는 수다나, 무기 제조업자의 아내들이 무고한 아이들의 피값으로 사들인 진주를 만지작거리는 사치스러운 호텔 무도회의 밴드 연주 소리를 잠재울 것입니다. 그렇습니다, 저 외침이 유럽과 미국 대륙의 모든 생각 있는 남녀에게 똑똑히 들릴 수 있도록 해야 할 것입니다. 그때가 되어야 비로소 이 비인간적인 착취, 이 인신매매의 종말을 기약할 수 있을 것입니다……"

아서는 열정적인 수사로 연설을 마무리했다. 그의 얼굴이 달아

---

27 (독) Mensch! Der spricht prima, nicht wahr?

올랐다. 거듭거듭 박수갈채가 강당에 울려퍼졌다. 청중 다수가 환호했다. 박수갈채가 아직 절정일 때 아서는 무대에서 내려와 나와 함께 문으로 향했다. 사람들이 고개를 돌려 우리가 나가는 것을 쳐다봤다. 오토와 아니도 우리와 함께 모임을 떠났다. 오토는 아서의 손을 꽉 쥐고 그 묵직한 손바닥으로 어깨를 픽픽 두들겼다. "아서, 이 영감님아! 정말 잘했어요!"

"고마워, 자네. 고마워." 아서가 움찔하면서 말했다. 그는 스스로 매우 흐뭇해했다. "사람들이 어떻게 받아들이던가, 윌리엄? 괜찮았지? 무슨 말인지 분명히 전달한 것 같은데. 그랬다고 해줘."

"솔직히 말하면, 아서, 정말 놀랐어요."

"매력있는 친구 같으니. 자네처럼 엄격한 평론가에게 칭찬을 받다니 내 귀에 음악 소리 같군."

"정말 이런 일에 그렇게 능숙한지 몰랐어요."

"왕년엔," 아서가 수줍게 인정했다. "연설을 할 일이 꽤 많았어. 물론 이런 종류는 아니었지만 말이야."

우리는 아파트에서 찬 음식으로 저녁을 먹었다. 슈미트와 헤르만은 모두 퇴근했다. 오토와 아니가 차를 끓이고 상을 차렸다. 그들은 제 부엌처럼 편안하게 일했고, 모든 것들이 어디에 있는지 잘 알고 있었다.

"오토는 아니의 선택된 보호자야." 두사람이 방에서 나가 있는 동안 아서가 설명했다. "다른 직종에서는 그녀의 감독이라고도 부르지. 아마 그녀의 수입 중 일정 비율을 그가 가져갈 거야. 꼬치꼬치 물어보지는 않으려고 해. 괜찮은 녀석이지만, 너무 질투심이 많

아. 다행히도 아니의 고객에 대해서는 그렇지 않지만. 그의 나쁜 놈 기록부에 들어가면 정말 안될 일이야. 권투 클럽에서 미들급 챔피언이라고 알고 있거든.”

마침내 식사가 준비됐다. 그는 이런저런 지시를 내리며 호들갑을 떨었다.

“아니 동지는 유리잔을 갖다줄래? 고맙기도 해라. 오늘 축배를 들고 싶어. 오토 동지만 괜찮다면 브랜디를 약간 마실 수도 있는데. 브래드쇼 동지가 브랜디를 마시는가 모르겠네. 물어봐야겠어.”

“이렇게 역사적인 순간에는, 노리스 동지, 뭐든지 마셔요.”

오토가 돌아와서 브랜디가 없다고 말했다.

“괜찮아.” 아서가 말했다. “브랜디는 프롤레타리아트의 술이 아니잖아. 맥주 마시자.” 그는 잔을 채웠다. “세계혁명을 위하여.”

“세계혁명을 위하여.”

우리는 잔을 부딪쳤다. 아니는 엄지와 검지로 유리잔의 다리를 잡고 고상한 척 새끼손가락을 구부리고 우아하게 홀짝거렸다. 오토는 자기 잔을 단숨에 비우고는 술잔을 탁자에 턱 내려놓았다. 아서는 맥주가 잘못 넘어가서 사레들렸다. 그는 콜록대다가 맥주를 뿜어내고는 냅킨을 찾아 고개를 처박았다.

“불길한 징조인데요.” 나는 농담으로 말했다. 그는 정말 화가 난 것 같았다.

“그런 말 하지 마, 윌리엄. 난 그런 말 하는 거 싫어, 농담이라도.”

아서가 미신적이라는 것을 그때 처음 알았다. 나는 재미도 있고 오히려 인상적이었다. 그는 정말 기분 나쁘게 받아들이는 것 같았다. 일종의 종교적 전향이라도 한 것일까? 믿기 어려운 일이었다.

"공산주의자가 된 지 오래됐어요, 아서?" 나는 음식을 먹기 시작하면서 영어로 물었다.

그는 헛기침을 하고는 문 쪽을 불편하게 바라봤다.

"마음으로는, 윌리엄, 그렇다네. 나는 가장 깊은 의미에서는 우리 모두가 형제라고 늘 느껴왔다고 말할 수 있을 것 같아. 계급 구분이라는 건 내게 아무런 의미가 없었어. 독재에 대한 증오도 타고났고. 아주 어릴 적부터 나는 어떤 종류의 불의도 견디질 못했어. 아름다운 것에 대한 내 감각에 거슬리니까. 그런 건 참 어리석고 또 미적이지 않아. 처음 내가 보모에게 부당하게 벌을 받았을 때 내 감정이 아직도 기억나. 내가 싫었던 건 체벌 자체가 아니야. 그 배후에 있는 어설픔, 상상력의 결여 같은 거지. 내 기억에 그게 나를 정말로 고통스럽게 했던 거 같아."

"그럼 왜 진작 당원이 되지 않았나요?"

아서는 갑자기 멍한 표정이 되어 손끝으로 관자놀이를 문질렀다.

"때가 되지 않아서. 응."

"이 모든 것에 대해서 슈미트는 뭐라고 해요?" 나는 짓궂게 물었다.

아서는 두번째로 문 쪽을 얼른 흘끗 봤다. 내가 의심한 대로, 그는 비서가 갑자기 우리가 있는 곳으로 들어올까봐 초조한 상태였던 것이다.

"유감스럽지만, 지금으로서는 슈미트와 나는 아직 이 문제에 관해서 터놓고 얘기 안한 상태야."

나는 씩 웃었다. "물론 조만간 그를 전향시키시겠죠."

"당신 둘 다 영어 그만해." 오토가 내 옆구리를 쿡 찌르며 외쳤다. "아니와 나도 농담을 듣고 싶다고."

저녁을 먹으며 우리는 맥주를 꽤 많이 마셨다. 나는 똑바로 서 있지 못할 지경이었다. 식사를 마치고 일어서면서 의자를 넘어뜨렸으니까. 의자 시트 아래쪽엔 69라는 숫자가 인쇄된 표가 붙어 있었다.

"이건 뭐죠?" 내가 물었다.

"아, 그거?" 아서가 황급히 말했다. 그는 매우 당황한 것 같았다. "내가 그거 처음 살 때 붙어 있던 카탈로그 번호일 뿐이야. 아마 그냥 거기 계속 붙어 있었나봐…… 아니, 당신과 오토가 이것들을 좀 부엌으로 가져가서 씽크대에 넣어두면 어때? 헤르만이 아침에 왔을 때 할 일이 너무 많은 건 싫거든. 그러면 걔가 온종일 나한테 쌀쌀맞게 군다고."

"이 표는 뭔데요?" 나는 그들이 나가자마자 부드럽게 다시 물었다. "알고 싶어요."

아서는 서글프게 머리를 흔들었다.

"아, 윌리엄. 자넨 놓치는 게 없군. 우리 집안의 비밀이 또 하나 드러난 거야."

"제가 너무 눈치 없이 굴었나봐요. 무슨 비밀인데요?"

"자네처럼 젊은 사람이 그런 너절한 경험으로 때묻지 않은 것을 보면 기뻐. 안타까운 얘기지만 자네 나이에 나는 이미 이 방에 있는 모든 가구에 자기 서명을 붙인 그런 신사와 알고 지냈으니까."

"세상에, 압류 집행관 말인가요?"

"게리히츠폴치어[28]라는 단어가 더 좋아. 훨씬 부드럽게 들리거든."

"그렇지만, 아서, 그가 언제 오는데요?"

"유감스럽지만, 거의 매일 아침 와. 오후에 올 때도 있고. 그렇지만 나는 대개 집에 없지. 슈미트가 그 사람을 맞이하는 게 나아. 내가 본 바에 의하면 교양이라고는 거의 없는 사람 같거든. 나와 공통점이 뭐가 있을지 의심스러워."

"곧 전부 가져가는 건 아니겠죠?"

아서는 내가 놀란 것을 즐기는 듯했다. 그는 과장되게 태연한 태도로 담배 연기를 뿜었다.

"아마 다음 월요일쯤."

"끔찍해라! 어떻게 할 방법이 없는 건가요?"

"아, 틀림없이 뭔가 할 수는 있겠지. 어떻게든 하긴 할 거야. 내 스코틀랜드 친구 아이작 씨를 다시 찾아가야 하겠지. 아이작 씨는 오래된 스코틀랜드 가문, 인버네스의 아이작 가문 출신이라고 했거든. 처음 그와 만났을 때 나를 껴안다시피 했다니까. '아, 친애하는 노리스 씨'라고 그가 말했어. '당신은 내 동향입니다'라고."

"그렇지만, 아서, 사채업자에게 가면 문제가 더 커질 뿐이잖아요. 이게 오래된 문제인가요? 전 늘 당신이 꽤 부자라고 생각했는데."

---

28 (독) Gerichtsvollzieher. 집행관의 독일어.

아서가 웃었다.

"나 부자야. 바라건대, 마음으로는 말이야…… 자네, 나 때문에 걱정할 건 없어. 난 내 재주에 의지해서 거의 삼십여년을 살아왔고, 내가, 그 있잖아, 딱히 내키지는 않지만 내 조상님들과 함께하라고 부름을 받을 때까지는 그렇게 살 거야."

내가 질문을 더 하기도 전에 아니와 오토가 부엌에서 돌아왔다. 아서는 그들을 명랑하게 맞이했고, 곧 아니는 그의 무릎에 앉아 그를 찰싹 때리거나 깨물면서 더 접근하지 못하게 막았고, 오토는 외투를 벗고 소매를 걷어붙이고는 축음기를 수리하는 데 몰두했다. 이 집 안의 장면에 내 자리는 없어 보였고, 곧 나는 가야겠다고 말했다.

오토는 열쇠를 가지고 아래층으로 내려와 나를 배웅했다. 헤어지면서 그는 주먹 쥔 손을 진지하게 쳐들고 이렇게 인사했다.

"붉은 전선."

"붉은 전선." 내가 대답했다.

6장

이 일이 있고 난 얼마 후 어느날 아침, 슈뢰더 부인이 다급하게 내 방으로 와서 아서가 전화했다고 말했다.

"굉장히 심각한 일인가봐. 노리스 씨가 나한테 아침인사도 안했어." 그녀는 놀라고 상처받기까지 했다.

"여보세요, 아서. 무슨 일이에요?"

"아이고, 윌리엄, 지금은 아무것도 묻지 마." 그의 어조는 초조했고 너무 말을 빨리 해서 알아들을 수도 없을 정도였다. "내가 견딜 수가 없어서 그래. 요는 말이야, 지금 이리로 와줄 수 있겠어?"

"글쎄요…… 10시에 학생이 오기로 되어 있어요."

"미루면 안돼?"

"그렇게 중요한 일인가요?"

아서는 언짢게 짜증스럽다는 듯 탄식을 내뱉고 말했다. "중요하냐고? 이봐, 윌리엄, 상상력을 좀 발휘해봐. 중요한 일이 아니면 내가 이런 이상한 시간에 자네한테 전화를 하겠어? 그러니까 확실하게 대답해. 예, 아니요로. 혹시 돈이 문제라면 수업료는 기꺼이 내줄게. 수업료가 얼마야?"

"그만해요, 아서. 말도 안되는 소리 하지 마요. 급한 일이면 물론 가요. 이십분 안에 갈게요."

아파트 문이 온통 열려 있기에 나는 왔다고 알리지도 않고 그냥 들어갔다. 아서는 놀란 암탉처럼 이 방 저 방 마구 헤집고 다녔던 모양이었다. 그 순간에 그는 나갈 준비를 하고 거실에 앉아서 신경질적으로 장갑을 끼고 있었다. 헤르만이 무릎을 꿇고 뚱한 표정으로 홀에 있는 수납장을 뒤지고 있었다. 슈미트는 서재 문간에서 담배를 물고 어슬렁거리고 있었다. 그는 조금도 도와주려 하지 않는 채로 고용주의 곤경을 즐기고 있었다.

"아, 왔군, 윌리엄, 드디어!" 아서가 나를 보자 외쳤다. "안 오는 줄 알았어. 오, 세상에, 세상에! 시간이 벌써 그렇게 돼버린 거야? 내 회색 모자는 신경 쓰지 마. 가세, 윌리엄, 가자고. 가면서 다 설명해줄게."

슈미트는 우리가 나가자 불쾌하고도 냉소적인 미소를 지었다.

버스에 안전하게 올라타고 나서야 아서는 비로소 침착해지고 좀더 조리 있게 됐다.

"우선," 그는 재빨리 호주머니를 뒤져서, 접힌 종잇조각을 꺼냈다. "읽어봐."

나는 그것을 봤다. 정치경찰에서 온 소환장[29]이었다. 아서 노리스 씨는 그날 1시까지 알렉산더 광장으로 출두해야 했다. 그러지 않으면 어떻게 되는지는 기술되어 있지 않았다. 어조는 공식적이었고 냉정하게 공손했다.

"맙소사, 아서," 내가 말했다. "이게 뭐죠? 그동안 무슨 일을 한 거예요?"

신경이 곤두서 있음에도 불구하고, 아서는 일종의 겸손한 자부심을 드러내 보였다.

"자랑 같지만 내가," 그는 버스 승객들을 재빨리 둘러보며 목소리를 낮춰 말했다. "제3인터내셔널 대표들과 함께 일한 것이 아주 결실이 없지는 않았던 거야. 내가 한 일이 심지어 모스끄바의 어떤 사람들로부터 호의적인 논평을 받기도 했다고 들었거든…… 내가 빠리에 갔다고 했잖아, 그랬지? 그래, 그래, 물론…… 에, 내가 거기서 한 일은 별거 아니야. 높은 자리에 있는 사람들에게 이야기하고 어떤 지침을 가지고 돌아온 것이…… 신경 쓰지 마. 어쨌든 여기 당국에서 우리가 생각한 것보다 더 많은 정보를 가지고 있는 것 같아. 그게 내가 알아내야 할 일이야. 상황이 아주 미묘해. 정말 주의해서 아무것도 내주면 안된단 말이지."

"고문을 할지도 몰라요."

"오, 윌리엄, 어떻게 그런 끔찍한 소리를 해. 정말 기절하겠네."

"그렇지만, 아서, 그럴 수도…… 그러니까, 그런 걸 즐기시지 않

....
29 (독) Vorladung.

아요?"

아서는 킬킬 웃었다. "하, 하. 하, 하. 윌리엄, 정말 이 말은 해야 겠는데, 가장 암울한 순간에도 자네의 유머는 정말 기운을 회복시 켜준단 말이야…… 자, 자, 그 취조를 아니 양이라든가, 그만큼 매 력적인 여인이 해준다면 — 에 — 매우 복잡한 감정으로 견디겠지. 응." 불편한 듯 그는 턱을 긁적였다. "난 자네의 정신적 지원이 필 요해. 와서 내 손을 잡아줘야 해. 만약에," 그는 초조하게 어깨 너머 를 흘끗 돌아봤다. "면담이 불쾌하게 끝난다면, 자네가 바이어에게 가서 정확하게 무슨 일이 있었는지 알려줘. 부탁해."

"네, 알았어요. 물론이죠."

알렉산더 광장에서 버스를 내리자, 불쌍한 아서는 덜덜 떨었고 그래서 나는 식당에 들어가 꼬냑을 한잔 마시자고 제안했다. 작은 테이블에 앉아 우리는 길 건너편에 서 있는 거대한 경찰 건물들을 바라봤다.

"적군의 요새군." 아서가 말했다. "불쌍하고 보잘것없는 내가 홀 로 용감하게 들어가야 하는."

"다윗과 골리앗을 기억하세요."

"오, 이런, 오늘 아침의 나와 시편을 쓴 그분과는 공통점이 없는 것 같아. 나는 증기 롤러에 깔리기 일보 직전의 벌레 같은 느낌이 거든…… 이상한 얘기인데, 어릴 때부터 나는 경찰을 본능적으로 싫어했어. 제복 모양새도 거슬리고, 독일식 헬멧은 흉측할 뿐만 아 니라, 뭔가 불길한 느낌까지 있어. 그들이 그 비인간적인 습자책 글 씨체로 공식 서류에 뭔가 적어넣는 것만 봐도 뱃속이 쿵 내려앉는 기분이라니까."

"네, 무슨 말씀인지 알아요."

아서의 얼굴이 좀 밝아졌다.

"자네가 함께 있어줘서 정말 기뻐, 윌리엄. 자넨 정말 공감을 잘
해줘. 내가 처형되는 날 아침에 이 이상 좋은 친구를 바랄 순 없을
것 같아. 그 끔찍한 슈미트, 내 불행에 그저 흐뭇해하는 그놈과는
정반대지. 그놈은 '내가 전에 말했잖아'라고 말할 수 있는 위치에
서는 것을 제일 행복해한다니까."

"어쨌거나 저 안에서 그들이 당신에게 할 수 있는 일은 별로 없
어요. 그저 노동자들이나 못살게 구는 사람들이니까. 기억하세요,
당신은 그들의 주인들과 같은 계급에 속해 있어요. 그들이 그걸 느
끼게 해줘야 해요."

"해볼게." 아서는 못 미덥게 말했다.

"꼬냑 한잔 더 하실래요?"

"그럴까봐, 그래."

두번째 꼬냑은 기적을 일으켰다. 우리는 웃으며 팔짱을 끼고 식
당을 나와 조용하고 눅눅한 가을 아침의 거리로 나섰다.

"힘내요, 노리스 동지. 레닌을 떠올리세요."

"글쎄, 하하, 싸드 후작 쪽이 좀더 영감을 주는걸."

그러나 경찰 본부의 분위기는 그를 술이 확 깨도록 해줬다. 점점
겁이 나고 의기소침해지면서, 우리는 번호가 매겨진 문이 달린 석
조 건물의 복도를 따라 헤매고, 길을 잘못 들어 계단을 오르내리고,
범죄 관련 서류 뭉치를 들고 분주히 지나가던 관리들이 불쑥 튀어

나와 부딪치고 했다. 마침내 우리는 묵직한 쇠창살이 달린 창문들이 굽어보는 중정으로 나왔다.

"오, 이런, 이런!" 아서가 신음했다. "우리가 덫에 머리를 들이민 것만 같아."

순간 날카로운 휘파람 소리가 위에서 들렸다.

"어이, 아서!"

저 높이 창살이 쳐진 창문에서 오토가 내려다보고 있었다.

"당신 여기 왜 잡혀온 거예요?" 그가 명랑하게 외쳤다. 우리 둘 중 누군가가 대답도 하기 전에 그가 있는 창가에 제복을 입은 형체가 나타나 그를 획 데려갔다. 그 모습은 당혹스럽던 만큼이나 순식간에 사라졌다.

"그룹 전체를 싹 잡아들인 모양인데요." 나는 씩 웃으며 말했다.

"정말 이례적이네." 아서는 매우 동요하여 말했다. "그러니까……"

우리는 아치를 지나 층계를 올라가서 벌집처럼 작은 방들과 어두운 복도들이 얽힌 곳으로 들어섰다. 층마다 청결해 보이는 녹색으로 칠한 세면대들이 있었다. 아서는 소환장[30]을 들여다보고는 출두해야 할 방 번호를 찾아냈다. 우리는 인사말을 급히 속삭이며 헤어졌다.

"잘 가요, 아서. 행운을 빌어요. 여기서 기다릴게요."

"고마워, 자네…… 그리고 최악의 경우가 와서 내가 이 방에서

----

30 (독) Vorladung.

포박당한 채로 나오거든, 내게 말을 걸지도 말고 내가 먼저 말하지 않으면 나를 아는 척도 하지 마. 자네는 연루되지 않는 게 좋을 거야…… 여기 바이어의 주소가 있네. 혹시라도 자네가 거기 혼자 가야 할 때를 대비해서."

"그럴 일은 없을 거예요."

"할 말이 한가지 더 있어." 아서는 교수대 계단을 오르는 사람처럼 말했다. "오늘 아침에 너무 급하게 전화해서 미안해. 정말 당황해서 말이야…… 만약 우리가 당분간 못 보게 된다면, 그 일 때문에 나를 나쁘게 기억하지 않았으면 해."

"무슨 쓸데없는 소리예요, 아서. 물론 안 그래요. 자, 얼른 가요, 빨리 넘어서자고요."

그는 내 손을 꼭 잡아보고, 문에 소심하게 노크하고는 들어갔다.

나는 살인자를 고발하면 현상금을 준다고 알리는 핏빛 벽보 아래에 앉아 그를 기다렸다. 내가 앉은 벤치에는 살찐 유대인 빈민가 변호사와, 그의 의뢰인인 울먹이는 어린 매춘부도 함께 있었다.

"이거 꼭 기억해." 그가 그녀에게 계속 말했다. "6일 밤 이후엔 그를 다시 본 적이 없다고."

"그렇지만 어떻게든 알아낼 거예요." 그녀가 흐느꼈다. "그럴 거라는 걸 알아요. 그런 눈으로 쳐다보는걸요. 그러다가 갑자기 질문을 한다고요. 그러면 생각할 시간도 없어요."

거의 한시간이 다 되어서야 아서가 다시 나타났다. 나는 그의 얼굴에서 면담이 그가 예상하던 만큼 나쁘지는 않았음을 알 수 있었다. 그는 매우 허둥댔다.

"가자, 윌리엄. 가자고. 여기 더 있고 싶지가 않아."

길로 나서자 그는 택시를 잡아타고 기사에게 카이저호프 호텔[31]로 가자고 하면서, 거의 늘 그러듯이 이렇게 덧붙였다.

"너무 빨리 가지 않아도 됩니다."

"카이저호프라고요!" 내가 외쳤다. "히틀러라도 만나보시게요?"

"아냐, 윌리엄. 아니라고…… 그렇지만, 적진에서 놀면서 약간 즐길 수는 있지. 알잖아, 내가 요새 꼭 거기서 손톱 손질하는 거. 거기 아주 솜씨 좋은 사람이 있거든. 그렇지만 오늘은 목적이 전혀 달라. 바이어의 사무실도 빌헬름 가에 있거든. 여기서 그쪽으로 바로 차를 타고 가는 게 썩 신중해 보이진 않을 거야."

그래서 우리는 호텔에 들어가 라운지에서 커피를 한잔 마시고 조간신문을 훑어보는 희극을 연출했다. 실망스럽게도, 히틀러나 다른 나치 지도자들을 만나지는 못했다. 십분 후, 우리는 다시 거리로 나섰다. 나는 나도 모르게 눈을 좌우로 돌려가며 혹시 형사들이 있나 살피고 있었다. 아서의 경찰 강박증은 아주 전염성이 강했다.

바이어는 침머 가 위쪽의 허름한 집 꼭대기 층의 커다랗고 너저분한 아파트에 살고 있었다. 아서가 '적진'이라 부른, 우리가 방금 나온 푹신하고, 차분하고, 고급스러운 호텔과 정말이지 놀라운 대조를 이뤘다. 아파트의 문은 늘 열린 채였다. 안으로 들어가니 벽에는 독일어와 러시아어 포스터, 대중집회와 시위 공지문, 반전 만화,

---

31 히틀러가 수상 취임 직전까지 숙소로 사용한 호텔.

산업지역 지도, 파업의 규모와 진전을 보여주기 위한 그래프 등이 걸려 있었다. 칠하지 않은 마룻바닥에는 카펫도 깔려 있지 않았다. 방에는 타자기 소리가 울려퍼지고 있었다. 온갖 연령의 남녀들이 드나들거나, 뒤집어놓은 설탕 상자에 앉아 잡담을 나누며, 참을성 있게, 즐겁게, 편안하게 면담을 기다리고 있었다. 모두가 서로 아는 사이인 듯 보였다. 새로 온 사람도 어김없이 편하게 이름을 불렀다. 낯선 사람들에게도 '당신'이라는 호칭을 썼다. 모두 다 담배를 피웠다. 마룻바닥에는 구겨서 꺼놓은 꽁초들이 흩어져 있었다.

이렇듯 허물없고 즐거운 움직임의 와중에, 우리는 작고 허름한 방에서 노이퀼른 집회의 단상에서 본 그 여자에게 편지를 구술하고 있는 바이어를 찾아냈다. 그는 아서를 보고 좋아했지만, 딱히 놀라는 것 같지는 않았다.

"아, 노리스. 무슨 일이시죠?"

그는 또박또박, 아주 강한 외국인 억양으로 영어를 말했다. 나는 그렇게 아름다운 치아를 가진 사람은 본 적이 없다는 생각이 들었다. 실로 그와 아서의 이는 서로 다른 방식으로 너무나 특이해서, 고전적인 대조의 사례로 치아 박물관에 나란히 전시되어도 될 정도였다.

"벌써 그들을 만나고 온 겁니까?" 그가 덧붙였다.

"네." 아서가 말했다. "거기서 바로 오는 길입니다."

여비서가 일어나 나가면서 문을 닫았다. 아서는 우아하게 장갑 낀 손을 얌전하게 무릎에 올려놓고, 경찰 본부에서의 면담을 설명하기 시작했다. 바이어는 의자에 기대앉아 이야기를 들었다. 그는 아주 생생하고 동물적인, 짙은 적갈색 눈을 가지고 있었다. 그의 시선은 마치 웃는 것처럼 직설적이고, 도전적이며, 화사했지만, 그의 입술은 미소 짓고 있지 않았다. 아서의 이야기를 들으면서 그의 얼굴과 몸은 잠잠해졌다. 그는 단 한번도 끄덕이거나, 자세를 바꾸거나, 손을 꼼지락거리지 않았다. 그렇게 그저 가만히 있는 것만으로도 최면을 거는 것처럼 강력한 그의 집중력이 느껴졌다. 내가 보기에 아서도 그렇게 느꼈다. 그는 자리에서 불편하게 꿈지럭대면서 바이어의 시선을 조심스레 회피했다. 아서는 경찰들이 자신을 아주 예의 바르게 대했다고 안심시키면서 이야기를 시작했다. 그들 중 한명이 외투와 모자 벗는 것을 도와줬고, 다른 하나는 의자와 씨가를 권했다는 것이다. 아서는 의자에 앉았지만 씨가는 거절했다. 그는 그것이 마치 그 특유의 강인함과 존엄함의 증거라도 되는 듯 상당히 강조해서 말했다. 또 그 경찰은 여전히 예의 바르게, 담배를 피워도 되겠느냐고 물었더란다. 아서는 그러라고 했다. 그러고는 베를린에서 아서가 벌이는 사업 활동에 대한 잡담으로 위장된 토론과 반대신문이 이어졌단다. 신중하게도 아서는 이 대목에서 자세한 이야기까지는 하지 않았다. "그건 관심 없으실 겁니다." 그가 바이어에게 말했다. 그러나 나는 경찰들이 공손한 방식으로 그를 상당히 겁먹게 만드는 데 성공했다고 추측했다. 그들에게는 정보가 너무나 많았다. 이 서론이 끝나자 진짜 질문이 시작됐다. "노리스 씨, 우리가 알기로는 최근 빠리를 다녀오셨다고요. 개인 사업과 관련된 방문이었습니까?"

아서는 물론 이에 대한 대비가 되어 있었다. 아마도 너무 대비

했는지도 모른다. 그의 설명은 장황했다. 경찰은 단 한번의 상냥한 질문으로 그 설명을 모두 망쳐놓았다. 그는 노리스 씨가 도착한 날 저녁과 떠나는 날 아침, 두번에 걸쳐 방문한 이름과 주소를 지적했다. 이것도 개인 사업 상담이었나요? 아서는 당시 자신이 크게 경악했음을 부정하지 않았다. 그의 주장에 따르면, 그럼에도 불구하고 그는 아주 신중하게 대처했다고 했다. "나는 물론 모두 다 부인할 정도로 어리석지는 않았어요. 그 문제 전체를 그냥 사소하게 만들어버렸죠. 내 생각에 그들의 환심을 산 것 같아요. 그들은 동요했어요. 분명히 봤는데, 눈에 띄게 동요하더라고요."

아서는 말을 잠시 멈췄다가 겸손하게 덧붙였다. "내 자랑 같지만, 난 그렇게 특수한 상황에서 대처를 꽤 잘합니다. 네."

그의 어조는 뭔가 격려하는, 인정하는 한마디를 해달라고 호소하는 듯했다. 그러나 바이어는 격려하지도, 비난하지도, 아예 말을 하거나 움직이지도 않았다. 그의 짙은 갈색 눈은 한결같게 반짝이며 미소를 띤 채 초롱초롱하게 아서를 주시하고 있었다. 아서는 긴장하여 잔기침을 했다.

그 무감하고 최면을 거는 것 같은 침묵 속에서 관심을 끌어보려고 안달이 나서, 그는 자신의 이야기를 과장했다. 그는 거의 반시간 가까이 이야기했을 것이다. 실제로는 그다지 할 이야기가 많지는 않았다. 경찰은 그들이 알고 있는 정보를 보여주고, 노리스 씨의 활동이 외국에 한정되어 있는 한 경찰은 그에 대해 아무런 관심이 없음을 서둘러 확인해줬던 것이다. 독일에 관해서라면, 물론 이야기가 달랐다. 독일 공화국은 모든 외국 손님을 환영하지만, 어떤 환대의 법칙이 주인뿐만 아니라 손님에게도 해당됨을 기억하라고 요구한다. 요컨대 독일 공화국이 노리스 씨와 알고 지내는 기쁨을 박탈당한다면 정말 안타까운 일일 것이다. 경찰관은 세계를 두루 다녀본 사람으로서 노리스 씨가 그의 견해를 잘 헤아려주리라고 확신한다고 했다.

마침내, 경찰의 도움으로 다시 외투를 입고 모자를 쓴 아서가 문으로 나가려고 할 때, 앞에서 한 이야기들과는 도대체 아무런 관련도 없다는 듯한 어조로 마지막 질문이 던져졌다.

"최근 공산당원이 되셨죠?"

"그게 덫이라는 걸 바로 알았지요, 물론." 아서가 우리에게 말했다. "그건 그냥 덫이었어요. 그러나 빨리 생각해야 했지요. 대답을 망설이면 치명적일 테니까. 그들은 이런 세세한 점들을 알아차리는 데 능숙하거든요…… 나는 공산당원이 아니다, 그렇게 말했죠. 또 어떤 좌익 조직의 회원도 아니다, 나는 어떤 비정치적 문제들에 있어서 독일공산당의 태도에 공감할 뿐이다…… 그게 맞는 대답인 것 같은데요? 그런 것 같아요. 네."

마침내 바이어가 웃으며 말했다. "아주 잘하셨어요, 노리스 씨." 그는 미묘하게 재미있어하는 것 같았다.

아서는 마치 누가 쓰다듬어준 고양이처럼 기뻐했다.

"브래드쇼 동지가 큰 도움이 됐어요."

"아, 그래요?"

바이어는 어떻게 도움이 됐느냐고 묻지는 않았다.

"우리 운동에 관심이 있으신가요?"

그의 눈이 처음으로 나를 주시했다. 아니, 나에게서 강한 인상을 받은 것은 아니었다. 그렇다고 나를 비난하는 것도 아니었다. 젊은 부르주아 지식인, 하고 그는 생각한 것이다. 열정적이지만, 일정한 한계가 있는. 교육받았지만, 그 또한 일정한 한계가 있는. 자신이 속한 계급의 언어로 호소하면 반응을 할 수는 있는. 조금은 쓸모가 있는. 누구나 뭐라도 할 수는 있으니까. 나는 얼굴이 확 달아오르는 것을 느꼈다.

"할 수 있으면 돕고 싶습니다." 나는 말했다.

"독일어 할 줄 아시나요?"

"독일어 아주 잘합니다." 아서가 끼어들었다. 교장 선생님에게 자기 아들을 인정해달라고 추천하는 엄마처럼. 바이어는 미소를 지으며 나를 한번 더 쳐다봤다.

"그래요?"

그는 책상의 서류들을 뒤적였다.

"여기 보면 번역해주시면 좋을 만한 것들이 있어요. 이걸 영어로 좀 번역해주시겠어요? 보시다시피, 지난날 우리 활동에 대한 보고서예요. 이걸 보면 우리의 목적에 대해서 조금 아시게 될 겁니다. 재미있을 거라고 생각합니다."

그는 내게 두툼한 원고 뭉치를 넘겨주고는 일어섰다. 그는 무대에서 봤을 때보다 훨씬 작고 땅땅했다. 그는 아서의 어깨에 손을 얹었다.

"해주신 말씀은 정말 흥미롭습니다." 그는 우리 두사람과 악수하고 환하게 작별의 미소를 지어 보였다. "그리고 말이죠," 그는 아서에게 농담조로 덧붙였다. "이 젊은 브래드쇼 씨를 당신의 곤경에 얽혀들게 하지 마세요."

"정말이지 그런 일은 꿈에도 생각 안합니다. 그의 안전은 정말 내 안전만큼, 거의 저 자신의 안전만큼이나 중요한걸요…… 자, 하하, 이제 귀한 시간 그만 뺏겠습니다. 안녕히 계세요."

바이어와의 이 면담으로 아서는 기운을 완전히 되찾았다.

"자네가 좋은 인상을 준 모양이야, 윌리엄. 그래, 정말이야. 난 바로 알겠더라고. 그는 사람을 판단하는 데 아주 영민하거든. 내가 알렉산더 광장에서 그들에게 한 말에 대해서 만족하는 것 같던데, 그렇지?"

"확실히 그랬어요."

"그런 것 같아, 그래."

"어떤 사람이에요?" 내가 물었다.

"나도 그에 대해선 거의 잘 몰라, 윌리엄. 화학도였다는 얘기만 들었어. 부모가 노동계급은 아니었다고 봐. 그런 인상을 주진 않잖아, 안 그래? 어쨌든, 바이어는 본명이 아니야."

*

이 만남이 있은 후, 나는 바이어를 또 만나고 싶어졌다. 나는 수업하는 사이사이에 될 수 있는 한 빨리 번역을 끝냈다. 이틀이 걸렸다. 그 원고는 여러 파업 행위들의 목적과 진전, 그리고 파업 노동자들의 가족에게 음식과 의복을 공급하기 위한 조치들에 관한 보고서였다. 제일 어려운 점은 연관된 서로 다른 조직들의 이름을 나타내는 이니셜들이 여러가지 나오고 또 자꾸 반복된다는 것이었다. 나는 이 조직들 대부분이 영어로 어떻게 불리는지 알지 못했으므로 그 원고에 나오는 이니셜을 어떤 영문 이니셜로 바꿔야 할지 알 수가 없었다.

"그건 그리 중요하지 않아요." 내가 이 점에 대해 묻자 바이어는 이렇게 대답했다. "그 문제는 우리가 알아서 할게요."

그 말투의 뭔가가 내게는 모욕적으로 느껴졌다. 그가 나에게 번역하라고 준 원고는 애초에 별로 중요한 것이 아니었다. 아마도 아예 영국으로 보내지 않을지도 모른다. 바이어는 내가 그것을 그저 장난감처럼 가지고 놀다가, 기껏 일주일 정도 지나면, 내 지겹고 쓸모없는 열정을 없앨 수도 있을 거라고 생각했을지도 모르겠다.

"이 일이 재미있어요?" 그는 말을 이었다. "기쁘네요. 우리 시대의 모든 사람이 이 문제에 대해서 알아야 해요. 맑스를 좀 읽어보셨나요?"

나는 『자본』[32]을 읽어보려 한 적이 있노라고 말했다.

"아, 그건 시작으로는 너무 어려워요. 『공산당 선언』부터 시작해야죠. 그리고 레닌의 소책자들하고. 잠깐만요, 내가 갖다드리죠……"

그는 무척 사근사근했다. 그는 나를 서둘러 내보내려 하지 않았다. 정말 그날 오후에 해야 할 다른 중요한 일이 아무것도 없었던

---

32 (독) *Das Kapital*.

걸까? 그는 런던 이스트엔드의 생활 여건에 대해 물었고, 나는 삼 년 전 며칠간 빈민가에서 지낸 기억을 더듬어 미미한 지식을 짜내려고 애썼다. 그가 주목만 해줘도 가장 자극적인 아부처럼 느껴졌다. 어느새 나는 혼자 계속 떠들고 있었다. 반시간 후, 책들과 번역할 서류들을 잔뜩 끼고 내가 작별인사를 하려고 하자, 바이어가 이렇게 물었다.

"노리스와 알고 지낸 지 오래됐나요?"

"이제 일년 좀 넘었습니다." 나는 이 질문에 아무런 감정적 반응 없이 자동적으로 대답했다.

"그래요? 어디서 만났나요?"

이번엔 그의 목소리에 담긴 어조를 놓치지 않았다. 나는 그를 빤히 쳐다봤다. 그러나 그의 독특한 눈은 의심을 담고 있지도, 위협적이지도, 교활하지도 않았다. 기분 좋게 웃으며 그는 조용히 내 대답을 기다릴 뿐이었다.

"베를린으로 오는 기차 안에서 알게 됐어요."

바이어의 눈빛이 살짝 재미있어하는 표정을 띠었다. 무장해제시키는, 온화한 직설법으로 그가 물었다.

"좋은 사이인가요? 자주 만나요?"

"그럼요. 자주 만납니다."

"베를린에 영국 친구들은 많이 없지요?"

"없어요."

바이어는 진지하게 고개를 끄덕였다. 그러고는 의자에서 일어나 나와 악수했다. "일하러 가야겠어요. 내게 하고 싶은 말이 있으면 주저 말고 언제든 만나러 와요."

"감사합니다."

그렇구나, 하고 나는 남루한 계단을 내려가면서 생각했다. 아무
도 아서를 신뢰하지 않는다. 바이어는 그를 신뢰하지 않지만 아주
신중한 방식으로 그를 이용할 태세가 되어 있다. 그리고 나를 아서
의 활동을 감시하는 편리한 첩자로 이용할 태세도 되어 있었다. 나
를 굳이 비밀스러운 일에 가담시킬 필요가 없다. 나는 쉽사리 흔들
릴 수 있으니까. 나는 화가 났고, 그러면서 동시에 즐겁기도 했다.

어쨌든, 저들의 탓은 아니었다.

7장

일주일쯤 뒤에 오토가 아서의 집에 나타났다. 면도도 하지 않고 식사도 제대로 못한 것 같았다. 전날 감옥에서 풀려나왔다는 것이다. 내가 그날 저녁 아파트에 갔을 때 보니 그와 아서는 식당에서 함께 막 푸짐한 저녁식사를 마치고 난 후였다.

"그래서 일요일엔 뭘 줘?" 내가 들어갔을 때 그가 이렇게 묻는 중이었다. "쏘시지가 들어 있는 콩 수프. 그리 나쁘지 않았어요."

"어디 보자," 아서가 생각에 잠겼다. "정말 기억이 안 나네. 어쨌든 난 아예 식욕이 없었으니까…… 아, 윌리엄, 왔군! 앉아. 두마리 죄수들과 함께 있는 것을 자네가 경멸하지 않는다면 말일세. 오토와 나는 기록을 막 비교하고 있던 참이야."

아서와 내가 알렉산더 광장에 가기 전날, 오토와 아니는 싸웠다.

오토는 IAH의 파업 기금을 모집하러 다니는 남자에게 15페니히를 주고 싶어했고, 아니는 '원칙상' 이에 동의할 수 없다고 거절했던 것이다. "왜 더러운 공산주의자들이 내 돈을 가져가야 해?" 그녀가 말했다. "나는 그 돈을 벌기 위해 힘들게 일해야 한다고." 이 소유격 대명사는 오토의 공인된 지위와 권리에 도전했다. 그는 너그럽게 무시했다. 그러나 그 형용사가 그에게 정말 충격을 줬던 것이다. 그는 "그다지 세지 않게" 그녀의 얼굴을 때렸다고 우리에게 확언했지만, 그녀가 침대 위로 나뒹굴어 벽에 머리를 찧을 정도로는 난폭하게 때렸던 것이다. 벽에 부딪히면서 스딸린 사진 액자가 바닥으로 떨어져 유리가 산산조각 났다. 아니는 그에게 욕을 하며 울었다. "그러니까 알지도 못하는 얘기는 하지 말라는 거야." 오토는 불친절하지 않게 그녀에게 말했다. 공산주의는 늘 그들 사이에서 민감한 주제였다. "당신 정말 지겨워." 아니가 울부짖었다. "너네 망할 빨갱이들도. 여기서 나가!" 그녀는 그에게 사진 액자를 던졌지만 빗나갔다.

주점[33]에 앉아 이 모든 것을 곰곰이 생각하다가, 오토는 결국 자신이 피해자라는 결론에 이르렀다. 고통스럽고 화가 나서, 그는 코른[34]을 마시기 시작했다. 그는 꽤 많이 마셨다. 9시가 되도록 계속 마시고 있는데 그가 아는 에리히라는 소년이 비스킷을 팔러 들어왔다. 에리히는 바구니를 들고 그 지역의 까페와 식당을 돌아다니면서 전갈도 전하고 소문을 물어오기도 했다. 그는 오토에게 아니

---

33 (독) Lokal.
34 (독) Korn. 밀, 보리 등의 곡물을 증류하여 만든 독주.

가 베르너 발도와 함께 크로이츠베르크에 있는 나치 주점에 함께 있는 것을 봤다고 말해줬다.

베르너는 정치적으로나 사적으로나 오토의 숙적이었다. 일년 전, 그는 오토가 속한 공산당 세포조직을 떠나 나치 돌격대에 가담했다. 그는 늘 아니에게 상냥했다. 오토는 이때쯤 완전히 취해서는 멀쩡한 정신일 때도 감히 하지 못할 일을 하러 떠났다. 벌떡 일어나 혼자서 나치 주점으로 출발한 것이다. 그가 식당에 들어간 지 일이분 후에 그곳을 우연히 지나던 경찰 두사람이 뼈가 부러질 수도 있었던 그를 구해줬다. 그는 막 두번째로 내동댕이쳐진 참이었고 다시 뛰어들려고 했다. 경찰들은 어렵사리 그를 끌어냈고, 그는 파출소로 가는 동안 깨물고 발로 차고 난동을 부렸다. 물론 나치들은 당연히 격분했다. 이튿날 그 사건은 "십여명의 무장한 공산주의자들이 국가사회주의 주점을 이유도 없이 비열하게 공격하고, 그중 아홉명은 도망쳤다"라고 나치 신문에 보도됐다. 오토는 지갑이 찢겼고 그것을 우리에게 자랑스럽게 보여줬다. 그는 베르너를 직접 만나지도 못했다. 베르너는 그가 들어오자마자 아니와 함께 주점 뒤편의 방으로 숨어버렸던 것이다.

"그러고는 그놈이 개를 데리고 있었던 거야, 그 개 같은 년을." 오토가 격하게 덧붙였다. "와서 무릎 꿇고 빌어도 다신 안 받아줄 거야."

"자, 자," 아서는 기계적으로 중얼거리기 시작했다. "우리가 격동기에 살고 있으니……"

그는 갑자기 몸을 일으켰다. 뭔가 잘못됐다. 그의 눈이 큐 싸인을 놓친 배우처럼 안절부절못하면서 늘어놓은 접시들을 살펴봤다. 탁자에 찻주전자가 없었다.

이 일이 있은 후 얼마 지나지 않아 아서는 내게 전화를 걸어 오토와 아니가 화해했다고 말해줬다.

"자네가 들으면 좋아할 거야. 말하자면 나 자신이 어느정도는 좋은 일을 해낸 셈이지. 그럼…… 중재자는 복 받을지니…… 사실은 다음 수요일로 다가온 소소한 기념일을 염두에 두고, 화해시키는 데 특별히 관심을 기울였거든…… 몰랐어? 응, 내가 쉰세살이 되잖아. 고마워. 고마워. 솔직히 말하면 이젠 인생에서 낙엽 지는 가을을 맞는다는 생각에 익숙해지기가 참 어려워…… 그래서 말인데, 작은 연회에 자네를 초대해도 될까? 여자들도 올 거야. 화해한 두 사람 외에도, 마담 올가와 누군지 잘 모르는 매력적인 지인들 두엇이 올 걸세. 거실 카펫을 걷어버려서 젊은 사람들이 춤도 출 수 있게 할 거야. 근사하지?"

"아주 좋은데요."

수요일 저녁 나는 갑자기 수업을 하게 되어서 아서의 아파트에 예정보다 늦게 도착했다. 헤르만이 아래층 현관에서 나를 맞이했다.

"미안해요." 내가 말했다. "여기 오래 서 있었던 건 아니죠?"

"괜찮습니다." 헤르만이 짧게 대답했다. 그는 문을 열고 위층으로 나를 안내했다. 정말 따분한 친구야, 하고 나는 생각했다. 그는 생일 파티 날에도 얼굴을 펴질 못한다.

아서는 거실에 있었다. 셔츠 바람으로 소파에 기댄 채, 손을 무륜에 겹쳐놓고 있었다.

"왔군, 윌리엄."

"아서, 정말 죄송해요. 최대한 서둘렀어요. 안 끝나는 줄 알았다니까요. 전에 말한 아줌마가 갑자기 찾아와서는 수업을 두시간 해야 한다고 우기는 거예요. 그런데 사실은 자기 딸의 행실에 대해서 나에게 말하고 싶은 거였어요. 정말 말을 안 끝내는 줄 알았어요…… 그런데, 무슨 일이에요? 안색이 안 좋아 보여요."

아서는 씁쓸하게 턱을 긁적였다.

"나 아주 우울해."

"왜요? 무슨 일이? ……다른 손님들은요? 아직 안 온 거예요?"

"왔어. 그런데 도로 보냈지."

"그럼 아픈 거예요?"

"아니, 윌리엄, 아픈 게 아니야. 나 늙는 것 같아. 예전에도 소란 피우는 건 질색이었는데, 이젠 정말 못 견디겠어."

"누가 소란을 피웠는데요?"

아서는 천천히 의자에서 일어섰다. 나는 그의 이십년 후 모습을 갑자기 얼핏 본 것 같은 느낌이었다. 불안정하고, 몹시 딱한.

"얘기가 길어, 윌리엄. 먼저 뭘 좀 먹을까? 스크램블 에그랑 맥주 밖에 못 줄 것 같아. 맥주가 있기나 한지."

"없어도 상관없어요. 여기 작은 선물 하나 가져왔어요."

나는 등 뒤에 감추고 있던 꼬냑 한병을 내놓았다.

"세상에, 정말 감격했어. 이러면 안되는데, 어쩜. 진짜 안 그래도 되는데. 이거 비싼데 괜찮아?"

"아, 그럼요. 요새 저축을 좀 하고 있거든요."

"나는 늘," 아서는 서글프게 고개를 저었다. "저축할 수 있는 능력은 기적에 가깝다고 생각했어."

카펫을 걷어낸 맨마룻바닥을 가로질러 걸어가자 아파트 전체에 우리의 발소리가 쿵쿵 울렸다.

"즐겁게 놀 만반의 준비가 됐는데 귀신이 나타나 축제를 망쳤지 뭐야." 아서는 신경질적으로 키득거리며 두 손을 비볐다.

"아, 그러나 유령이 나타나서 말없는 표지로,

내게 하지 말라 하네,

우정도, 대화도, 포도주도.

노래도, 축제의 여운도![35]

이 경우에 딱 맞는 것 같아. 영국 시인 윌리엄 왓슨 알지? 난 그가 현대 시인 중 최고라고 늘 생각했어."

식당에는 파티를 위해서 종이꽃 끈 장식을 드리워놓았다. 식탁 위로는 중국식 등롱이 늘어져 있었다. 그것들을 보고 아서는 고개를 저었다.

"이거 치워버릴까, 윌리엄? 너무 우울하잖아, 그렇지?"

"꼭 그렇진 않죠." 내가 말했다. "오히려 우리 기분이 좋아질 수도 있죠. 어쨌거나, 무슨 일이 있었든, 여전히 당신 생일이잖아요."

"그래, 그래, 자네 말이 맞을지도 몰라. 자넨 언제나 철학적이라니까. 운명의 장난은 진정 잔인해."

---

35 영국 시인 윌리엄 왓슨(William Watson, 1858~1935)의 시 「엄청난 불안」(The Great Misgivings)에서 인용함.

헤르만이 우울한 얼굴로 달걀을 가져왔다. 그는 약간 쓸쓸하면서도 흐뭇하게, 버터가 없다고 알려왔다.

"버터가 없다." 아서가 반복했다. "버터가 없다. 주인 체면이 말도 안되게 구겨지는군…… 지금의 나를 보고 누가 한때 왕족들을 집에 초대해서 대접하던 사람이라고 생각하겠어? 오늘 저녁엔 정말 호사스러운 식사를 대접하고 싶었는데. 메뉴만 읊어도 침이 고이게 하지는 못하겠네."

"달걀도 아주 좋아요. 손님들을 보내야 했다니 그게 유감일 뿐이죠."

"나도 그래, 윌리엄. 나도 그래. 불행하게도 차마 있으라고 하기가 불가능했어. 아니가 불쾌해하는 것을 감히 볼 수가 없어서. 그녀는 당연히 진수성찬을 기대하고 있었거든…… 어쨌거나 헤르만이 집에 달걀조차 충분하지 않다고도 했고."

"아서, 무슨 일이 있었는지 말해보세요."

내가 안달하자 그는 늘 그러하듯 수수께끼 같은 이 상황을 즐기며 미소 지었다. 생각에 잠겨 그는 두 손가락으로 축 늘어진 턱살을 꼬집었다.

"자, 윌리엄, 내가 이제부터 해줄 다소 추잡한 얘기는 거실 카펫에 관한 것이야."

"춤추려고 걷어낸 카펫 말인가요?" 아서는 고개를 저었다.

"그게, 안타까운 얘기지만, 춤을 추려고 걷어낸 게 아니야. 그건 그냥 하는 얘기³⁶고. 자네의 동정심을 불필요하게 자극하고 싶지가 않았어."

"그럼, 팔았다는 건가요?"

"판 게 아니야, 윌리엄. 나를 그렇게 모르나. 난 전당포에 맡길 수 있으면 팔지 않아."

"안됐네요. 좋은 카펫이었는데."

"그랬지, 정말…… 그리고 내가 받은 200마르크보다는 훨씬 더 값어치가 나가는 거라고. 그렇지만 요즘 같은 때에 많이 받기를 기대하면 안되지…… 어쨌거나, 그게 내가 계획한 작은 파티 비용으로 쓰일 거였다고. 그런데 불행하게도," 아서는 문 쪽을 흘끗 봤다. "독수리, 아니, 뭐랄까, 콘도르 같은 눈을 하고 슈미트가 카펫을 걸어낸 빈 공간을 보더니, 정말 괴이한 감각을 발휘해서는 그게 어떻게 사라졌는지 내가 아무리 그럴듯하게 설명해도 넘어가질 않는 거야. 나한테 정말 잔인했어. 아주 단호하고…… 간단히 말하면, 아주 불쾌한 면담을 한 후 그는 나에게 4마르크 75페니히만 남겨놓고 떠났어. 25페니히는 유감스럽게도 뒤늦게 생각난 거지. 집에 갈 버스비까지 달라는 거야."

"그러니까 그가 당신 돈을 빼앗아갔다는 거예요?"

"그렇지, 그건 내 돈이었어, 그렇잖아?" 아서는 작은 격려를 부여잡고 열렬히 말했다. "내가 했던 말이 그거라니까. 그래도 그놈은 그저 내게 그야말로 끔찍하게 고함만 치더라고."

"정말 그런 얘기는 난생처음 들어요. 왜 그를 해고하지 않았는지 모르겠네요."

---

36 (프) façon de parler.

"자, 윌리엄, 말해줄게. 이유는 아주 간단해. 내가 아홉달 동안 월급을 못 줬거든."

"네, 그런 일이 있을 거라고 예상은 했어요. 그래도, 당신한테 고함치도록 그냥 놔두는 건 안될 말이죠. 나라면 안 참았을 겁니다."

"아, 자넨, 늘 참 단호해. 자네가 있었으면 날 보호해줬을 텐데. 자네라면 분명 그놈을 잘 다룰 수 있었을 거야. 그렇지만," 아서는 미심쩍어하며 덧붙였다. "슈미트는 마음만 먹으면 정말 끔찍하게 고집이 세거든."

"그렇지만, 아서, 정말 200마르크를 일곱명이 저녁 먹는 데 쓰려고 했다고 말하는 건가요? 그렇게 황당한 얘기는 들어본 적이 없어요."

"작은 선물도 주려고 했지." 아서가 온화하게 말했다. "자네들 각자한테."

"물론 그렇게 했다면이야 멋진 일이겠지만요…… 그렇지만 너무 사치스러운데요…… 형편이 어려워서 달걀만 먹어야 하는데, 그런데도 현금이 생겼을 때 그걸 당장 다 날려버리려고 하다니요."

"나한테 설교하지 마, 윌리엄. 진짜로 울 것 같아. 그게 내 약점인데 어쩔 수 없잖아. 때때로 우리 자신에게 뭔가 선물을 하지 않는다면 인생이 정말 칙칙할 거야."

"맞아요." 나는 웃으며 말했다. "설교 안할게요. 당신 입장이었으면, 나도 똑같이 했을지 몰라요."

저녁을 먹고 나서 휑해진 거실로 돌아와 꼬냑을 마시며 나는 아서에게 최근에 바이어를 만났느냐고 물었다. 그 이름을 듣자 그의 안색이 확 바뀌어 놀랐다. 그의 부드러운 입술이 심술궂게 삐죽거렸다. 내 시선을 피하면서, 그는 얼굴을 찌푸리고 불퉁하게 머리를 내저었다.

"되도록이면 안 가."

"왜요?"

나는 그가 이러는 것을 거의 본 적이 없었다. 그는 내가 그 질문을 해서 짜증이 난 것처럼 보였다. 잠시 동안 그는 말이 없었다. 그러다가 그는 아이가 심통을 부리듯이 내뱉었다.

"내가 가기 싫으니까 안 가는 거야. 가면 화가 나니까. 그 사무실은 끔찍할 정도로 무질서해. 우울하다고. 그렇게 체계라고는 전혀 없는 것을 보면 나 같은 감수성을 가진 사람들은 거슬리거든…… 그 뭐냐, 지난번에는 바이어가 대단히 중요한 서류를 잃어버렸는데, 그걸 어디서 찾아냈는지 알아? 폐지 바구니에서. 정말이지…… 노동자들이 힘들게 벌어 모아준 돈으로 그 사람들 임금을 주고 있다고 생각하면, 피가 끓어요…… 그리고 물론, 그곳에 첩자들이 우글거리기도 하고. 심지어 바이어가 그들 이름도 안다니까…… 그런데 어쩌는지 알아? 아무것도 안 해. 정말 아무것도. 개의치도 않는 것 같아. 그게 너무 화가 나는 거야. 그냥 천하태평으로 일하는 거. 있지, 러시아에서라면 당장 총살감이야."

나는 씩 웃었다. 전투적인 혁명가 아서라니 아무래도 좀 믿기 어려웠다.

"그를 많이 존경했잖아요."

"아, 자기 나름대로 유능한 사람이긴 해. 그건 틀림없지." 아서는 턱을 슬쩍 문질렀다. 그는 늙은 사자처럼 이를 드러냈다. "바이어에게 크게 실망했어." 그가 덧붙였다.

"그래요?"

"응." 조심성의 마지막 흔적인지 그는 말을 아꼈다. 그러나 아니었다. 유혹이 너무 강했다. "윌리엄, 내가 무슨 말을 하더라도, 자네의 모든 것을 걸고 아무에게도 전하지 않겠다고 약속해."

"약속할게요."

"좋아. 내가 당에 투신했을 때, 아니, 도와주겠다고 약속했을 때 (누군들 안 돕겠느냐고 하지만, 사실 나는 그들이 이제까지 접근하지 못하던 많은 분야에서 그들을 도울 수 있는 위치에 있지) ─"

"그럼요, 그러시죠."

"나는 조건을 걸었지. 아주 자연스럽잖아. (어떻게 표현해야 할까?) ─ 글쎄 ─ 일종의 보상[37] 같은 거." 아서는 잠시 말을 멈추고 초조하게 나를 흘긋 봤다. "윌리엄, 이런 걸로 충격받은 건 아니지?"

"전혀요."

"좋아. 자네는 사태를 좀 분별 있게 볼 줄 알았어…… 어쨌거나, 속세에 살고 있는 거잖아. 깃발이니 현수막이니 구호니, 그냥 일반 당원들에게는 아주 좋은 것들이지. 하지만 지도자들은 정치 활동이 돈 없이 이루어지지 않는다는 것을 안단 말이지. 나는 결단을 내릴까 어쩔까 고민하던 당시 바이어와 이런 얘기를 나눴어. 그리

─────────────
37 (라틴어) quid pro quo.

고 그는 이 문제에 관해서 매우 합리적이더군. 그는 딱 아는 거야, 내가 5000파운드 남짓한 빚을 지고 있는 심각한 처지라서……"

"세상에, 그렇게 많아요?"

"그래, 유감스럽지만. 물론, 모든 채무가 다 똑같이 화급한 것은 아니지…… 어디까지 했더라? 아. 내가 빚을 져서 무능력한 처지라 대의명분에 많은 도움을 줄 형편이 못된다는 거. 자네도 알다시피 나는 갖가지 천박하고 망신스러운 일에 시달리고 있잖아."

"그래서 바이어가 빚의 일부를 갚아주기로 한 거예요?"

"자넨 늘 직설적이야, 윌리엄. 그래, 맞아, 그러니까 그가 암시했다고 해야 하나. 아주 분명하게 암시를 줬지. 내가 첫 임무를 성공적으로 마치면 모스끄바가 그 공을 잊지 않을 거라고. 난 그렇게 했어. 바이어도 인정할 거야. 그런데 무슨 일이 있었게? 아무 일도 없었어. 물론, 그게 전적으로 그의 잘못은 아니라는 거 알아. 자기 월급도, 또 사무실의 타자수나 직원 들 월급도 종종 밀려 있는걸. 그렇지만 그렇다고 해서 짜증이 덜 나는 건 아니야. 난 그가 내 주장을 최선을 다해서 밀어붙여주지 않는다는 느낌을 갖지 않을 수 없는 거지. 심지어 그는 내가 가서 다음 끼를 먹을 돈도 없을 지경이라고 불평해도 그걸 웃긴다고 생각하는 것 같아…… 그거 알아, 내가 빠리 다녀온 비용도 아직 갚지 못한 거? 내 돈으로 차비를 내야 했는데, 당연히 그 비용 정도는 부담해줄 거라고 생각하고 일등석을 탔지 뭐야."

"불쌍한 아서!" 웃음을 참으려니 꽤 힘들었다. "그래서 이제 어쩔 거예요? 그 돈을 받을 가망이 조금이라도 있는 건가요?"

"없는 것 같아." 아서가 침울하게 말했다.

"여기요, 내가 조금 빌려줄게요. 10마르크 있네요."

"됐어, 윌리엄. 생각만으로도 고마워. 그렇지만 자네에게 돈을 빌릴 수는 없어. 그러면 우리의 아름다운 우정이 깨질 것 같아. 아니, 이틀만 더 기다려볼래. 그러고 나서 어떤 조치를 취해야지. 그게 잘 안되면 그다음에 어떻게 할지도 알아."

"정말 알 수가 없네요." 잠깐 동안 아서가 자살을 고민하고 있을지도 모른다는 생각까지 스쳐갔다. 그러나 그가 자살한다는 생각 자체가 도무지 말이 안돼서 나는 미소 지었다. "다 잘됐으면 좋겠어요." 나는 작별인사를 나눌 때 이렇게 덧붙였다.

"그래야지, 윌리엄. 그래야지." 아서는 계단 아래를 조심스럽게 살폈다. "슈뢰더 부인께 안부 전해주게."

"조만간 저희 집에 오셔야 해요. 오신 지 너무 오래됐어요. 슈뢰더 부인이 서운해하고 있어요."

"기꺼이 그러지 뭐, 이 모든 문제가 해결되면. 해결될 수 있다면 말이야." 아서는 크게 한숨을 쉬었다. "잘 가게. 신의 가호가 있기를."

8장

  이튿날인 목요일, 나는 수업을 하느라 바빴다. 금요일에는 아서의 집으로 세번이나 전화를 걸었지만, 그때마다 통화 중이었다. 토요일에는 주말 동안 함부르크에 사는 친구들을 만나러 떠났다. 나는 다음 월요일 늦은 오후가 되어서야 베를린으로 돌아왔다. 그날 저녁 아서의 집으로 전화를 해서 찾아가겠다고 말하려 했는데, 또다시 전화를 받지 않았다. 나는 삼십분 간격으로 네번 걸고 나서 교환원에게 불평을 했다. 그녀는 사무적인 어투로 "가입자의 기기"가 "사용 중지 상태"라고 말했다.

  나는 딱히 놀라지도 않았다. 현재 아서의 재정 상태라면 전화 요금을 냈으리라고 기대하기는 어려웠다. 그래도 내게로 찾아오거나 간단한 편지를 보낼 수도 있었을 텐데, 하고 나는 생각했다. 그러나 아마 그 역시 바빴을 것이었다.

사흘이 더 지나갔다. 그동안 우리가 일주일 내내 만나지 않거나 적어도 전화 한 통화 없이 지나간 적은 거의 없었다. 아서가 아플지도 몰랐다. 이렇게 생각할수록 나는 그것이 그의 침묵에 대한 설명이라고 점점 더 확신하게 됐다. 빚 때문에 걱정하다가 신경쇠약에 걸렸을지도 모른다. 그가 그런 동안 나는 그를 소홀히 했던 것이다. 나는 갑자기 죄책감을 느꼈다. 아무래도 가서 직접 그를 봐야겠어, 그날 오후 나는 결심했다.

어떤 예감, 혹은 양심의 가책 때문에 나는 서둘렀다. 나는 거의 기록적인 시간 내에 쿠르비에르 가에 도착했고, 재빨리 위층으로 올라가서는 숨을 헐떡이며 초인종을 눌렀다. 어쨌거나 아서는 더이상 젊은이가 아니다. 그런 식으로 살면 누구라도 쓰러질 수 있다. 그리고 그는 심장도 약하다. 나는 심각한 소식을 들을 준비를 해야한다. 만약에…… 어라, 이게 뭐지? 너무 서두르다가 층을 잘못 찾았음에 틀림없었다. 나는 문패가 없는 문 앞에 서 있었다. 낯선 아파트 문이었다. 허둥지둥하다보면 누구에게나 이런 말도 안되는 당혹스러운 상황이 벌어진다. 즉각적인 충동대로라면 위층이나 아래층으로, 어느 쪽으로 가야 할지는 잘 모르겠지만, 그냥 달아나고 싶었다. 그렇지만 어쨌거나 나는 이미 초인종을 눌러버렸다. 최선의 조치는 누군가 나올 때까지 기다렸다가 내 잘못을 설명하는 것이리라.

나는 기다렸다. 일분, 이분, 삼분. 문은 열리지 않았다. 집에 아무도 없는 것 같았다. 어쨌거나 나는 바보 같은 짓을 들키는 상황을 모면했던 것이다.

그러나 이제 또다른 무언가가 보였다. 내가 마주한 문 두개에 다른 곳보다 좀더 어두운색 페인트로 된 네모가 보였다. 의심의 여지가 없었다. 그것은 최근에 문패를 떼어낸 자국이었다. 심지어 나사못을 박았던 작은 구멍들까지 보였다.

나는 공포에 휩싸였다. 순식간에 나는 계단을 뛰어올라 그 집의 꼭대기 층까지 갔다가, 다시 맨 아래층까지 내려왔다. 악몽 속에서 그러하듯 매우 빠르게, 그리고 가볍게. 아서의 문패 두개는 어디에도 없었다. 그렇지만 잠깐만. 내가 아예 집을 잘못 들어왔는지도 몰라. 아까보다 더 바보 같은 짓을 한 거지. 나는 길거리로 나가서 입구의 번지수를 봤다. 아니, 틀림없이 맞았다.

그 순간 관리인 아주머니가 나타나지 않았더라면 내가 무슨 짓을 했을지 알 수가 없다. 그녀는 내 얼굴을 알아보고 퉁명스럽게 까딱 인사했다. 아서를 찾아오는 손님들은 그녀에게 별 쓸모가 없었던 게 틀림없었다. 분명 집행관이 드나드는 것 또한 집의 명성을 더럽혔을 것이다.

"당신 친구를 찾고 있는 거면," 그녀는 악의적으로 그 단어를 강조했다. "너무 늦었어요. 그 사람 떠났어요."

"떠나요?"

"네. 이틀 전에. 아파트는 세놨고요. 몰랐어요?"

아마 낙담한 내 얼굴이 우스꽝스럽게 보였나보다. 그녀는 밉살스럽게 덧붙였다. "그가 당신한테만 말 안 한 게 아니에요. 벌써 십여명 다녀갔는걸요. 당신한테도 돈을 꿨나요, 그렇죠?"

136

"어디로 갔어요?" 나는 기운 없이 물었다.

"모르죠, 관심도 없고요. 요리사가 와서 편지를 가져가요. 그 사람에게 물어보는 게 나을 거예요."

"안돼요. 어디 사는지도 모르는걸요."

"그럼 도움이 안되겠군요." 관리인은 못되게 흐뭇해하는 표정으로 말했다. 아서가 그녀에게 팁을 별로 쥐여주지 않은 모양이었다. "경찰에 가보시지그래요?"

이 말을 남기고 그녀는 집으로 들어가 문을 닫았다. 나는 다소 멍한 채로 천천히 길을 걸어 내려왔다.

내 의문은 바로 해소됐다. 이튿날 아침 프라하의 한 호텔에서 보낸 편지를 받았던 것이다.

친애하는 윌리엄

나를 용서해주게. 갑자기 베를린을 떠나야 했고 비밀을 유지해야 할 상황이라 자네에게 연락할 수가 없었어. 내가 이야기했던 작은 **작전**은 사실 아마, 성공적이지 않았고, 의사는 당장 **환경을 바꿔보라고** 지시했어. 나처럼 특이한 체질을 가진 사람에게는 베를린의 환경이 건강에 아주 **나쁘다**는 거야. 그다음주까지 머물러 있었더라면 아주 **위험한 상황**에 처할 뻔했어.

내 **집의 보물들**은 모두 팔았고, 수익금은 이래저래 내게 딸린 자들의 요구로 대부분 없어졌어. 내가 불평할 처지는 아니지. 그들은 **한사람**을 제외하고는 모두 충실하게 일을 해줬고, 고용할 만한 가치가 있는 사람들이었으니까. 그 한사람에 대해서는, 그놈의 끔찍한 이름을 다시는 입에 담지 않으려고 하네. 그는 **가장 지독한** 종류의 악당이었고 지금도 그러하며, 그에 걸맞은 행실을 보였어.

여기서 지내기는 좋아. 음식도 맛있네. 내가 사랑하는, 비교할 수가 없는 빠리만큼 좋지는 않지만. 다음 수요일 나는 내 피곤한 발걸음을 이끌고 빠리로 가려 하네. 그래도 야만적인 베를린이 줄 수 있는 어떤 것보다도 여기 음식이 훨씬 나아. 또 아름답고도 **가혹한** 여성들이 주는 위로도 없지 않네. 벌써 문명화된 안락함의 영향을 받아 나는 잎사귀를 틔우고 뻗어나가고 있네. 너무 크게 뻗어나가서 거의 아무런 수단 없이도 이대로 빠리까지 가닿을 수 있겠다 싶을 정도야. 걱정 말게. 사악한 돈의 신은 분명, 나를 영원히는 아니더라도 최소한 주변을 둘러볼 시간을 줄 거주지에 기꺼이 받아줄 것일세.

우리가 함께 아는 친구에게 형제애의 인사를 전해주고, 그에게 내가 도착하자마자 그가 의뢰한 다양한 일들을 틀림없이 수행하겠노라고 말해주게.

빨리 답장 보내서 자네의 그 독특한 재치로 내 원기를 회복시켜주게나.

늘 다정한 벗

아서

내 첫 반응은, 불합리할지도 모르나, 화가 났다는 것이다. 나는 아서에 대한 내 감정이 대체로 소유욕이었음을 인정해야만 했다. 그는 내가 발견했고, 나의 자산이었다. 나는 고양이에게 버림받은 노처녀처럼 상처 입었다. 그렇지만, 생각해보면 얼마나 바보 같은 이야기인가. 아서는 그 자신의 주인이다. 그가 자신의 행동에 대해 나에게 책임을 져야 할 필요는 없었다. 나는 그의 행동에 대한 변명거리를 찾기 시작했고, 응석을 다 받아주는 부모처럼 손쉽게 변명을 만들어냈다. 그는 결국, 상당히 고귀하게 행동하지 않았던가? 사방에서 위협을 받으면서도 그는 자신의 문제를 혼자 감당했다. 그는 내가 미래에 당국과 불쾌한 일로 얽혀들지 않도록 조심스럽게 행동했다. 결국 그는 스스로에게 이렇게 말한 것이다. 나는 이 나라를 떠나지만 윌리엄은 여기 머물며 생계를 유지해야 한다, 내 감정에 충실하겠다고 그를 희생할 권리는 없다. 나는 아서가 마지막으로 서둘러 거리를 걸어와 은밀한 슬픔을 느끼며 내 방 창문을 올려다보며 머뭇거리다 쓸쓸히 걸어가는 장면을 그려봤다. 그 상상은 내가 앉아서 그에게 아무것도 묻지 않고, 그 또는 나를 타협시킬 어떤 언급도 하지 않는, 수다스럽고 다정한 편지를 쓰는 것으로 귀결됐다. 아서가 떠났다는 소식에 마음이 상한 슈뢰더 부인이 긴 추신을 덧붙였다. 그녀는 베를린에 오면 언제든 환영받을 수 있는 집이 하나 있음을 결코 잊지 말아달라고 썼다.

내 호기심은 결코 만족되지 않았다. 분명한 점은 오토에게 물어봐야 한다는 것이었다. 그러나 어디서 그를 찾나? 나는 우선 올가의 집에 가보기로 했다. 내가 알기로, 아니가 거기 방을 하나 빌려 지내고 있었다.

나는 지난 송년 파티 이래로 올가를 본 적이 없었다. 그러나 사업상 때때로 올가를 방문하곤 했던 아서는 내게 그녀 이야기를 종종 들려줬다. 이런 불경기에 생계를 꾸려나가야 하는 대부분의 사람들처럼, 올가 역시 여러가지 일을 하고 있었다. "너무 자세히 따지지 말아야 해" 하고 아서가 즐겨 말했듯, 그녀는 뚜쟁이에, 코카인 판매자였고, 장물도 취급했다. 그녀는 방을 세놓고, 세탁물도 맡았으며, 기분이 내키면 섬세하고 근사하게 수놓는 일도 했다. 언젠가 아서는 그녀에게 크리스마스 선물로 받은 테이블센터 장식을 보여줬는데 정말 예술품 못지않았다.

나는 그녀의 집을 어렵지 않게 찾았고, 아치 문을 통해 마당으로 들어섰다. 마당은 마치 관을 세워놓은 것처럼 좁고 깊었다. 관이 머리 부분으로 땅에 서 있는 것 같았는데, 집들이 약간씩 안쪽으로 기울어져 있었던 것이다. 거대한 침목 버팀대가 흐린 사각형 하늘을 배경으로 저 높은 곳에서 집들을 벌려 버텨주고 있었다. 햇살이 들어오지 않는, 이곳 아래 바닥에는 마치 산속의 협곡에 비치는 햇살처럼 짙은 어스름이 드리워져 있었다. 마당의 삼면에 창문들이 나 있었고, 넷째 면은 80피트 정도 높이의 거대한 검은 담벼락이었는데, 회벽의 표면이 물집처럼 부풀어 터져, 벗어진 시커먼 상처를 남기고 있었다. 이 섬뜩한 담벼락 아래에 아마도 야외 실험실인 듯한, 기이하게 생긴 작은 헛간이 서 있었다. 그 옆에는 부서진 외바퀴 수레와, 입주자들이 카펫을 내다 털 수 있는 시간대가 적힌 공지문이 지금은 거의 읽을 수 없게 되어버린 채 붙어 있었다.

오후 시간인데도 계단은 아주 컴컴했다. 나는 층수를 세어가며 더듬더듬 올라가서 제대로 찾은 것이면 좋겠다 싶은 문을 두드렸다. 실내화 끄는 소리, 열쇠들이 쩔렁거리는 소리가 들리고, 체인이 걸린 채로 문이 조금 열렸다.

"누구세요?" 여자 목소리가 물었다.

"윌리엄인데요." 내가 말했다.

이름을 들어도 아무 반응이 없었다. 의심스럽다는 듯, 문이 닫히기 시작했다.

"아서 친구입니다." 나는 뭔가 안심시키는 목소리를 내려고 애쓰면서 서둘러 덧붙였다. 내가 어떤 사람과 이야기하는지도 보이지 않았다. 아파트 안은 칠흑처럼 깜깜했다. 마치 신부에게 고해를 하고 있는 것 같았다.

"잠깐만 기다려요." 그 목소리가 말했다.

문이 닫히고 실내화 끄는 소리가 멀어졌다. 다른 발소리가 다가왔다. 문이 다시 열리고 좁은 현관에 전등이 켜졌다. 문간에 올가가 서 있었다. 그녀는 그 큰 덩치에 마치 여사제가 제례복을 입은 듯 당당한 모습으로 번쩍거리는 색깔의 키모노를 휘감아 입고 있었다. 나는 그녀가 그렇게 덩치가 큰지 미처 몰랐었다.

"네?" 그녀가 말했다. "원하는 게 뭐예요?"

그녀는 나를 알아보지 못했다. 그녀는 내가 형사일지 모른다고 생각했을 수도 있다. 그녀의 어조는 공격적이고 거칠었다. 조금의 망설임이나 두려움도 없었다. 그녀는 적을 맞이할 준비가 되어 있었다. 암호랑이의 눈처럼 쉴 새 없이 사방을 경계하는 매서운 푸른 눈은 내 어깨를 넘어서 우울한 계단 바닥까지 훑어 내려갔다. 그녀는 내가 혼자 왔는지 궁금해하고 있었다.

"아니 양을 좀 볼 수 있을까요?" 나는 예의 바르게 말했다.

"안돼요. 바빠요."

그러나 내 영어 억양이 그녀를 안심시켰다. 그녀는 이렇게 덧붙였던 것이다. "들어와요." 그녀는 돌아서서 나를 거실로 안내했다. 그녀는 완전히 무심하게 나더러 현관문을 닫게 했다. 나는 온순하게 문을 닫고 그녀를 따라갔다.

거실 탁자 위에는 오토가 올라서서 셔츠 바람으로 가스등 샹들리에를 고치고 있었다.

"아이고, 이거 윌리 아니야!" 그는 탁자에서 뛰어내려 휘청할 정도로 어깨를 철썩 때리며 외쳤다.

우리는 악수했다. 올가는 점쟁이처럼 신중하고, 사악하고 근엄하게 나를 마주 보며 의자에 앉았다. 통통하게 부은 손목에는 팔찌가 달그랑거렸다. 나는 그녀가 몇살일까 궁금해졌다. 서른다섯 살 이상은 아닐지도 모르겠다. 부어오른 밀랍 같은 얼굴에 주름이 없었으니까. 나는 내가 오토에게 하려는 말을 그녀가 듣지 않으면 했다. 그러나 그녀는 내가 아파트에 있는 동안에는 자리를 옮길 생각이 없었다. 그녀의 인형 같은 푸른 눈이 인정사정없이 내 눈을 빤히 보고 있었다.

"전에 어디선가 만난 적이 없던가요?"

"이 방에서 절 보셨죠." 내가 말했다. "취해서요."

"아." 올가의 가슴이 조용히 들썩거렸다. 그녀는 웃고 있었다.

"아서가 떠나기 전에 만나봤어요?" 나는 한참 침묵하다가 오토에게 물었다.

그렇다, 아니와 오토는 아주 우연히지만 그를 만났던 것이다. 일요일 오후에 그냥 들렀다가 그들은 아서가 짐을 싸고 있는 것을 발견했다. 여기저기 전화를 걸고 이리저리 뛰어다니고 했다는 거였다. 그리고 슈미트가 나타났다. 그와 아서는 침실로 들어가 이야기를 나눴는데, 곧 오토와 아니는 목청 높여 화내는 목소리를 들었다고 한다. 슈미트가 침실에서 나오고 아서가 아무 소용도 없이 격분해서 따라 나왔다. 오토는 그게 다 무슨 이야기인지 이해할 수가 없었지만, 뭔가 남작이 관련되어 있고, 돈 문제도 있었다는 것이다. 아서는 슈미트가 남작에게 무슨 이야기인가를 해서 화가 났고, 슈미트는 슈미트대로 그를 모욕하고 경멸하는 분위기였다. 아서는 이렇게 외쳤다고 한다. "네놈은 사악하게 배은망덕할 뿐만 아니라, 아예 대놓고 나를 배반한 거야!" 오토는 이 부분은 확실하게 기억하고 있었다. 그 구절이 그에게 특별한 인상을 남긴 것 같았다. 아마도 '배반'이라는 말은 그의 마음속에 분명 정치적인 느낌을 줬을 것이다. 그래서 그는 당연히 슈미트가 뭔가 공산당을 배신했을 거라고 여겼다. "내가 그를 처음 봤을 때, 아니에게 말했지. '그놈이 아서를 감시하는 첩자로 파견됐더라도 놀랄 일이 아니야. 머리가 커다래가지고 꼭 나치처럼 생겼다니까'라고 말이야."

그뒤에 있은 일로 인해 오토는 자신의 견해를 굳혔다. 슈미트는 아파트를 떠나면서 돌아서서 아서에게 이렇게 말했다.

"자, 난 갑니다. 당신의 그 소중한 공산당 친구들이 당신에게 자비를 베풀기를. 그들이 당신의 마지막 한푼까지 빼앗아가고 나면……"

그의 말은 더이상 이어지지 않았다. 이 모든 대화에 어리둥절하던 오토가 마침내 자신이 이해하고 분개할 수 있는 뭔가를 들었다는 데 안도하여, 슈미트의 뒷덜미를 잡아 아파트에서 내쫓고 엉덩이를 세게 걷어차서 계단 아래로 날려버렸던 것이다. 이야기를 하던 중 오토는 그 걷어차기에 특히 흐뭇해하고 즐거워했다. 그건 그에게 일생일대의 발차기, 멋지게 판단해서 타이밍을 잘 맞춘, 영혼을 담은 발차기였던 것이다. 그는 어떻게 어디를 걷어찼는지 내가 정확하게 이해해주길 간절히 바랐다. 그는 나를 일으켜세워 발가락으로 내 엉덩이를 살짝 건드렸다. 나는 그가 나를 그대로 걷어차버리지 않기 위해 얼마나 자기절제를 해야 하는지 알고 있기에 약간 불안했다.

"진짜야, 윌리, 그가 떨어지는 소리를 들었어야 하는데! 빙! 봉! 와장창! 그놈은 한동안 자기가 어디 있는지 무슨 일이 벌어졌는지 모르는 것 같았어. 그러고는 아기처럼 엉엉 울기 시작했다니까. 그놈을 보고 너무 웃어대느라 나를 한 손가락으로 툭 밀치기만 해도 아래층으로 굴러떨어질 지경이었어."

그리고 지금 이 이야기를 하면서도 오토는 웃기 시작했다. 그는 조금의 악의나 흉포함 없이, 실컷 웃었다. 그는 완전히 한방 먹은 슈미트에게 어떤 원한도 품고 있지 않았다.

나는 슈미트에 대해 더 들은 이야기가 없느냐고 물었다. 오토는 모른다고 했다. 슈미트는 천천히 고통스럽게 일어나더니 훌쩍거리며 우물우물 몇마디 욕을 내뱉고는 절뚝이며 아래층으로 내려갔다는 것이다. 뒤에서 보고 있던 아서는 미심쩍게 고개를 젓고 이렇게 항의했다고 한다.

"그러지 말았어야지."

"아서는 너무 사람이 좋아." 오토는 이야기를 마치며 덧붙였다. "모든 사람을 다 믿는다니까. 그래서 얻는 게 뭔데? 아무것도 없어. 늘 사기당하고 배신당하기만 해."

이 마지막 말에 대해서는 어떤 논평도 부적절해 보였다. 나는 가 봐야겠다고 말했다.

나의 어떤 점이 올가를 즐겁게 한 것 같았다. 그녀의 가슴이 조용히 들썩이고 있었다. 문 앞에 이르자 그녀는 나무에서 자두를 따 듯이, 갑자기 내 뺨을 일부러 거칠게 꼬집었다.

"괜찮은 녀석이네." 그녀는 목쉰 소리로 킬킬 웃었다. "언제 한 번 놀러 와. 이제까지 몰랐던 걸 가르쳐줄게."

"언젠가 올가를 한번 따로 봐야 해, 윌리." 오토가 진지하게 충고 했다. "돈 낼 가치가 있어."

"물론 그렇겠지." 나는 예의 바르게 말하고 서둘러 계단을 내려 왔다.

며칠 후, 나는 트로이카에서 프리츠 벤델과 만나기로 했다. 너 무 일찍 도착해서 바에 앉았는데 옆자리 스툴에 남작이 있었다.

"어이, 쿠노!"

"안녕."

그는 매끄럽게 빗은 머리를 뻣뻣하게 숙였다. 놀랍게도 나를 만 난 게 전혀 반갑지 않은 것 같았다. 아니, 그 반대였다. 그의 외알 안경은 예의 바른 적개심으로 빛나고 있었다. 안경을 쓰지 않은 눈은 내 눈을 피하면서 흔들렸다.

"정말 오랜만이네." 나는 그의 태도를 의식하지 않는 듯 짐짓 차분하고 밝게 말했다.

그의 눈은 실내를 둘러봤다. 그는 도움을 청하고 있었으나 아무도 그의 호소에 답하지 않았다. 그곳은 거의 텅 비어 있었던 것이다. 바텐더가 우리 쪽으로 몸을 기울였다.

"뭐 마실래?" 내가 물었다. 그가 왜 나와 어울리기 싫어하는지 궁금해졌다.

"어―고맙지만, 안 마실래. 저, 나 가봐야 해."

"아니, 그렇게 금방 가시게요, 남작님?" 바텐더가 붙임성 있게 끼어들어서 무심결에 그를 더 불편하게 했다. "아니, 오분도 안 계셨잖아요."

"아서 노리스에게서 소식 들었어?" 나는 일부러 악의적으로, 스툴에서 내려서려는 그를 무시하고 물었다. 내가 내 의자를 뒤로 약간 빼줄 때까지 그는 내려설 수가 없었다.

그 이름을 듣자 쿠노는 눈에 띄게 찡그렸다.

"아니." 그의 어조는 얼음장 같았다. "못 들었는데."

"알겠지만, 지금 빠리에 있대."

"그래?"

"응." 나는 다정하게 말했다. "더이상 붙잡으면 안되겠네." 나는 손을 내밀었다. 그는 내 손을 거의 만지지도 않았다.

"잘 가."

마침내 놓여난 그는 화살처럼 횡 문으로 달려갔다. 전염병 환자

들이 있는 병원에서 탈출하는 중이라고 생각될 정도였다. 바텐더
는 조심스럽게 미소 지으며 동전을 집어들어 돈 서랍에 밀어넣었
다. 남에게 빌붙는 사람이 무시당하는 것을 그는 전에도 봐왔던 것
이다.

나에게는 풀어야 할 수수께끼가 또 하나 생겼다.

허름한 작은 역에도 꼬박 정차하는 장거리 열차처럼 그해 겨울
은 아주 천천히 지나갔다. 매주 새로운 비상조치가 발표됐다. 브뤼
닝[38]의 지루하고 근엄한 목소리가 자영업자들에게 명령을 내렸지
만, 지켜지지 않았다. "이건 파시즘이다"라고 사회민주주의자들이
불평했다. "나약해." 헬렌 프랫이 말했다. "이 돼지들에게 필요한
건 가슴에 털이 난 남자야." 헤센 문건이 발견됐지만 누구도 개의
치 않았다. 스캔들이 너무나 많았다. 피곤한 대중은 놀랄 일이 너무
많아서 소화가 안될 지경이었다. 사람들은 크리스마스 무렵까지는
나치가 권력을 잡게 될 거라고 했다. 그러나 크리스마스가 다가왔
지만 그렇게 되진 않았다. 아서는 에펠탑 그림엽서에 크리스마스
인사를 써서 보냈다.

베를린은 내전에 돌입했다. 느닷없이, 어디서인지도 모르게, 증
오가 갑자기 폭발했다. 길모퉁이에서, 식당에서, 영화관에서, 댄스
홀에서, 수영장에서, 한밤중에, 오전에, 대낮에. 칼은 채찍으로 후
려쳤고, 주먹에는 못을 박은 반지로, 맥주잔으로, 의자 다리로, 납

38 하인리히 브뤼닝(Heinrich Brüning, 1885~1970). 1930~32년 사이 바이마르 공
화국 수상이었음.

을 넣은 곤봉으로 맞섰다. 벽보를 붙이는 기둥의 광고를 화장실의
양철 지붕을 스쳐 날아온 총알이 가르고 지나갔다. 붐비는 거리 한
가운데서 젊은이가 공격당하고, 옷이 벗겨지고, 매를 맞고, 피를 흘
리며 인도에 버려지기도 했다. 십오초 만에 모든 것이 끝났고 공격
하던 자들은 사라졌다. 오토는 쾨페니커 가 근처 장터에서 싸우다
가 눈 위를 면도칼로 찢겼다. 그는 의사에게 가서 세 바늘을 꿰매
고 일주일 동안 병원에 있었다. 신문은 서로 다투는 순교자들, 나
치, 흑적금 국기단[39], 공산주의자가 죽어가는 사진들로 가득 찼다.
내 학생들은 그 사진들을 보며 고개를 젓고 내게 독일의 상태에 대
해서 변명했다. "맙소사, 맙소사!" 그들은 말했다. "끔찍해요. 이런
식으로 계속 가면 안돼요."

살인 사건을 보도하는 기자와 재즈 작사가 들이 독일어를 돌이
킬 수 없이 부풀려놓았다. 신문에 나오는 독설의 어휘들(반역자,
베르사유 추종자, 살인 돼지, 맑스 사기꾼, 히틀러 떼거리, 빨갱이)
은 과도하게 사용됨으로써 중국인들이 사용하는 정중한 관용구들
이나 마찬가지가 됐다. 괴테의 기준에서 솟아올라온 사랑[40]이라는
말은 이제 창녀의 키스 정도의 가치도 없었다. 봄, 달빛, 청춘, 장미, 소
녀, 그대, 마음, 오월, 이런 말들은 사적인 도피를 옹호하는 모든 탱고,
왈츠, 폭스트롯의 작사가들에 의해 사용되면서 비참하게 평가절하
됐다. 연인을 찾아요, 하고 그들은 충고했다. 그래서 불황을 잊고,

---

39 라이히스바너(Reichsbanner). 바이마르 공화국 시절, 1924년에 독일사회민주당,
독일중앙당, 독일민주당의 세 정당이 모여 만든 조직.
40 (독) Liebe.

실업자들을 무시해버려요. 도망가요, 하고 그들은 종용했다. 하와 이로, 나뽈리로, 꿈의 나라 빈으로. 후겐베르크[41]는 UFA[42]의 배후에서 모든 취향에 맞는 내셔널리즘을 차려내 보여줬다. 그는 전쟁 서사 극, 막사 코미디, 전쟁 이전에 나온 군사 귀족들의 신나는 모험담을 1932년 스타일로 갈아입힌 오페레타 등을 만들었다. 그의 뛰어난 감독들과 카메라맨들은 샴페인 거품이나 실크에 비친 불빛을 냉소적일 정도로 아름답게 찍어내는 일에 가진 재능을 다 퍼부어야 했다.

아침마다, 거대하고 눅눅하고 음울한 도심지와, 교외 택지에 포장 상자로 지은 움막에서는 젊은이들이 아무리 노력해도 할 일이 없는 공허한 하루를 맞이하고 있었다. 구두끈을 팔고, 구걸을 하고, 공공 직업소개소 홀에서 체커 게임을 하거나, 화장실 근처를 어슬렁거리거나, 자동차 문을 따거나, 시장에서 상자를 나르거나, 잡담하고, 배회하고, 훔치고, 경마 요령을 주워듣거나, 도랑에서 주운 담배꽁초를 나눠 피우거나, 마당이나 지하철 객차 안에서 10페니히를 받기 위해 옛 노래를 부르거나 하는 것이 고작이었다. 새해가 됐고, 눈이 내렸지만 쌓이지는 않았다. 그래서 눈을 쓸어주고 돈을 받을 일도 없었다. 가게 주인들은 위조된 것이 아닐까 두려워 동전을 일일이 카운터에 두들겨봤다. 슈뢰더 부인의 단골 점성술사는

---

41 알프레트 후겐베르크(Alfred Hugenberg, 1865~1951). 전간기 정치인, 사업가. 히틀러의 독일국가인민당 당수로서 집권에 공헌함.
42 우파(Universum Film AG). 1917년에 창립, 1960년대까지 독일 최대의 영화사였음. 1930년대에 후겐베르크가 인수하여 나치 선전에 적극 활용함.

세계의 종말을 예언했다. "들어봐," 에덴 호텔의 바에서 칵테일을 홀짝거리며 프리츠 벤델이 말했다. "이 나라가 공산국가가 될까봐 걱정이야. 그러니까, 우리의 이념을 조금 바꿔야 한다는 거지. 젠장, 무슨 상관이래?"

3월 초가 되자 대통령 선거 벽보가 보이기 시작했다. 힌덴부르크의 사진 아래에는 고딕체로 다음과 같이 노골적으로 종교적인 구절이 쓰여 있었다. "그는 여러분에 대한 믿음을 지켰습니다. 이제 그를 믿으십시오." 나치들은 이 경건한 아이콘을 영리하게 다루어 신성모독의 혐의를 피해가는 표어를 만들어냈다. "힌덴부르크에게 존경을, 히틀러에게 투표를." 오토와 그의 동지들은 매일밤 위험하게도 페인트 통과 붓을 들고 나갔다 왔다. 그들은 높은 벽을 기어오르고, 지붕을 기어다니고, 광고판 아래로 웅크리고 다니면서 경찰과 나치 돌격대의 눈을 피해 다녔다. 이튿날 아침이면 행인들은 눈에 띄면서도 쉽게 닿을 수 없는 위치에 텔만[43]의 이름이 크게 새겨진 것을 볼 수 있었다. 오토는 내게 뒷면에 끈끈이가 붙은 작은 딱지 한뭉치를 건네줬다. "노동자 후보, 텔만에게 투표합시다." 나는 이것을 호주머니에 가지고 다니다가 아무도 보지 않을 때 가게 창문이나 문에 붙여놓았다.

브뤼닝이 슈포르트팔라스트에서 연설했다. 그가 말하길, 우리는 힌덴부르크에게 투표해서 독일을 구해야 한다고 했다. 그의 몸짓은 날카롭고 훈계조였다. 그의 안경이 발치의 조명에 비쳐서 감정

---

43 에른스트 텔만(Ernst Thälmann, 1886~1944). 독일공산당 당수.

을 내보였다. 그의 목소리는 건조하고 학구적인 열정으로 떨렸다. "인플레이션"이라고 그는 위협했고 청중은 몸서리쳤다. "타넨베르크 전투[44]"라고 그는 경건하게 상기시켰고, 박수갈채가 길게 이어졌다.

바이어는 눈보라가 몰아치는 가운데 루스트가르텐에서 자동차 지붕 위에 올라 연설했다. 사람들의 얼굴과 현수막의 거대한 물결 위로 모자도 안 쓴 작은 체구로 연설하는 모습이 보였다. 그 뒤에는 궁전[45]의 차가운 앞면이 보였고, 그 석조 발코니 난간에는 무장한 경찰이 조용히 늘어서 있었다. "저들을 보십시오." 바이어가 외쳤다. "가엾은 사람들! 이런 날씨에 저들을 바깥에 서 있게 하는 것은 수치입니다. 하지만 상관없어요. 저들은 두꺼운 외투를 따뜻하게 입고 있으니까요. 누가 저들에게 외투를 줬을까요? 우리가 줬습니다. 정말 잘한 일 아닙니까? 우리에게는 누가 외투를 주겠습니까? 저에게 달라고 요구하십시오."

"또 저런 수작 부린다." 헬렌 프랫이 말했다. "내가 다 알지. 사무실에서는 10마르크씩 빼앗아가면서, 불쌍한 것들."

선거가 끝난 수요일이었고, 우리는 동물원 역의 승강장에 서 있었다. 헬렌은 영국으로 가는 기차를 타는 나를 배웅하려고 나왔다.

<hr>

44 1차대전 초반 독일군이 러시아군에게 압도적인 승리를 거둔 전투.
45 베를린 궁전(Berliner Stadtschloss)를 말함. 바이마르 공화국 시기에 박물관으로 사용되다가 2차대전 중에 폭격으로 훼손됐고, 1950년에 동독 정부가 철거했음. 현재 복원 공사 중임.

"그런데," 그녀가 덧붙였다. "그날 저녁 가져왔던 그 이상한 카드는 어떻게 됐어? 모리스, 그런 이름 아니었나?"

"노리스야…… 잘 몰라. 그에게서 소식을 들은 지 꽤 오래됐어."

그녀가 그 질문을 하다니 이상한 일이었다. 사실은 바로 직전에 아서에 대해 생각하고 있었기 때문이었다. 마음속에서 나는 늘 그를 이 역과 연관시켰다. 그가 가버린 지도 여섯달이 다 되어가고 있었다. 바로 지난주 일인 것 같았는데. 런던에 도착하자마자 그에게 긴 편지를 써야지, 나는 결심했다.

9장

그럼에도 불구하고 나는 편지를 쓰지 않았다. 왜인지는 알 수 없었다. 게을렀기도 하고, 날씨도 따뜻해졌기 때문일까. 나는 아서 생각을 자주 했다. 얼마나 자주 했던지 굳이 편지가 필요하지 않을 정도로. 마치 우리가 일종의 텔레파시로 소통을 하는 것 같았다. 마침내, 내가 시골에 넉달 동안 틀어박혀 있다가, 그의 주소가 적힌 그림엽서를 런던의 서랍 어딘가에 두고 왔다는 것을 깨달았을 때는 너무 때가 늦었다. 어쨌거나 별 상관 없었다. 이맘때면 그는 이미 오래전에 빠리를 떠났을 테니까. 베를린에 있지 않다면. 정겨운 타우엔치엔 가는 거의 변함이 없었다. 역에서 택시를 타고 가며 창문으로 거리를 내다보니, 이제는 더이상 금지품목이 아닌 새 돌격대 제복을 입은 몇명의 나치들이 보였다. 그들은 아주 뻣뻣하게 거리를 활보했고, 나이 지긋한 시민들은 그들에게 열광적으로 경례했다. 또다른 나치들은 모금함을 덜그럭거리며 길모퉁이에 서 있었다.

나는 낯익은 계단을 올라갔다. 막 초인종을 누르려는데 슈뢰더 부인이 뛰쳐나와 팔을 벌려 나를 맞았다. 그녀는 내가 오는지 보고 있었음에 틀림없었다.

"브래드쇼 씨! 브래드쇼 씨! 브래드쇼 씨! 마침내 돌아왔네! 한번 안아봅시다! 얼굴이 좋아 보이네! 떠난 후로 예전 같지가 않았다우."

"여긴 어땠나요, 슈뢰더 부인?"

"글쎄…… 나야 불평하면 안되지. 여름에는 상황이 안 좋았는데. 그렇지만 지금은…… 들어와요, 브래드쇼 씨. 놀랄 만한 것이 있어."

그녀는 명랑하게 나에게 손짓하더니, 극적인 몸짓으로 거실 문을 활짝 열었다.

"아서!"

"윌리엄, 독일에 온 것을 환영하네."

"어떻게 된 건지……"

"브래드쇼 씨, 많이 컸네!"

"자…… 자…… 정말 이렇게 재회하게 되니 기쁘네. 다시 예전의 베를린으로 돌아간 것 같아. 우리 내 방에 가서 브래드쇼 씨의 귀환을 축하하며 한잔하지. 슈뢰더 부인도 함께 가시죠?"

"아…… 친절도 하셔라, 노리스 씨. 그럼요."

"먼저 들어가시죠."

"어떻게 그래요."

두 사람은 서로 한참을 더 사양하고 인사한 끝에 문으로 들어갔다. 친해졌다고 해서 두 사람의 예절이 사라진 것은 아니었다. 아서는 깍듯했고, 슈뢰더 부인은 여전히 애교가 넘쳤다.

앞쪽의 큰 침실은 거의 알아볼 수 없었다. 아서는 침대를 창문옆 구석으로 옮기고 소파를 난로 가까이 밀어놓았다. 퀴퀴한 냄새가 나던 양치류 화분은 사라졌고, 경대 위의 수많은 조그만 코바늘뜨기 깔개와 책장 위의 금속 강아지 모형들도 사라졌다. 목욕하는 님프들을 묘사한 화려한 색상의 포토크롬[46] 세 점도 없었다. 그 대신 아서의 식당에 걸려 있던 동판화 세 점이 있는 것이 눈에 띄었다. 그리고 쿠르비에르 가의 아파트 현관에 서 있던 멋진 일본제칠기 가리개가 세면대를 가리고 서 있었다.

"잡동사니들이야." 아서가 내 시선을 좇으며 말했다. "난파선에서 요행히 건져낸."

"자, 브래드쇼 씨," 슈뢰더 부인이 끼어들었다. "솔직히 말해봐. 노리스 씨는 그 님프들이 추하다는 거야. 나는 아주 예쁘다고 늘 생각했거든. 물론 어떤 사람들은 그게 구식이라고들 하지만."

"추하다고 말하면 안 될 것 같고요," 나는 외교적으로 대답했다. "그렇지만 때로 변화를 주는 것도 좋잖아요, 안 그런가요?"

"변화란 인생의 향신료지." 아서는 찬장에서 유리잔을 가져오며

---

[46] 흑백필름을 석판에 옮겨 채색한 이미지를 만들어내는 기법. 컬러사진이 상용화되기 전에 두루 활용됨.

중얼거렸다. 그 안에 병이 줄지어 놓인 것이 보였다. "뭘 줄까, 윌리엄 — 퀴멜[47] 아니면 베네딕틴[48]? 슈뢰더 부인은 체리 브랜디를 좋아하시고."

이제 나는 두 사람을 대낮의 빛 속에 보게 됐고, 대조적이어서 놀랐다. 불쌍한 슈뢰더 부인은 훨씬 늙은 것 같았다. 정말로 이젠 할머니였다. 그녀의 얼굴은 걱정으로 오그라들고 주름져 있었고, 피부는 연지와 분을 두껍게 발랐음에도 병색을 띠었다. 그녀는 제대로 먹지도 못했던 것이다. 반면 아서는 확실히 더 젊어 보였다. 그는 볼살이 통통하게 오른 것이, 장미 봉오리처럼 싱싱했고, 말끔하게 이발을 하고 손톱 손질에 향수까지 뿌리고 있었다. 그는 내가 전에 본 적 없는 커다란 터키석 반지를 끼고, 호사스러운 새 갈색 양복을 입고 있었다. 그의 가발은 아주 대담하고 더 값나가 보였다. 매끄럽고 곱슬곱슬한 머리칼로 만들어진 그 가발은, 열대식물처럼 풍성하게 관자놀이 근처를 휘감고 있었다. 그의 외양에는 전체적으로 뭔가 쾌활하고 심지어 보헤미안 같은 느낌이 맴돌았다. 인기 배우나 부유한 바이올린 연주자라고 해도 될 정도였다.

"돌아온 지 얼마나 된 거예요?" 나는 물었다.

"보자, 이제 거의 두 달쯤 됐네…… 시간이 어찌나 금방 가는지! 그동안 연락 못해서 정말 미안하네. 너무너무 바빠서 말이야. 그리고 슈뢰더 부인이 자네 런던 주소를 잘 몰라서."

"우리 둘 다 편지 쓰기에는 재능이 없나 봐요."

---

47 캐러웨이 열매를 알코올에 담그고 당분을 가한 향미가 강한 무색의 술.
48 안젤리카 등 수십 종의 약초를 조합하여 만든 알코올성 음료.

"그래도 마음만은 늘 있었어. 정말 믿어줘야 해. 자네는 늘 내 마음속에 있었다니까. 자네가 다시 와서 무척 기쁘네. 마음의 짐이 벌써 좀 덜어진 것 같아."

이 말은 좀 불길하게 들렸다. 그는 다시 파탄 직전인 것 같기도 했다. 나는 단지 불쌍한 슈뢰더 부인이 그것 때문에 고통받지 않기만을 바랐다. 그녀는 소파에 술잔을 들고 앉아 환한 얼굴로 한마디 할 때마다 술을 마시고 있었다. 그녀의 다리가 너무 짧아 검은 벨벳 신발이 카펫에서 일인치쯤 위에서 대롱거리고 있었다.

"봐요, 브래드쇼 씨." 그녀는 손목을 쭉 뻗어 보이며 말했다. "노리스 씨가 내 생일날 준 거야. 너무 기분이 좋아서 막 울었다고 하면 믿겠어요?"

그것은 최소한 50마르크는 되어 보이는 멋진 금팔찌였다. 나는 정말 감동받았다.

"아주 잘하셨네요, 아서!"

그는 얼굴을 붉혔다. 몹시 당황한 것 같았다.

"미약한 존경의 표시지. 슈뢰더 부인 때문에 내가 얼마나 편한지 말도 못해. 정말이지 그녀를 영원히 내 비서로 고용하고 싶다니까."

"오, 노리스 씨, 무슨 말도 안되는 말씀을!"

"정말이에요, 슈뢰더 부인, 진심이라고요."

"저분이 이 불쌍한 할머니를 얼마나 놀려먹는지 보이지, 브래드쇼 씨?"

그녀는 살짝 취했다. 아서가 체리 브랜디를 두잔째 따라주는데 그녀는 드레스에 조금 흘렸다. 그뒤에 이어진 소동이 가라앉자, 그는 나가봐야겠다고 말했다.

"흥겨운 모임을 깨버려서 미안한데…… 일이 있어서. 자, 그럼 오늘 저녁에 보세, 윌리엄. 같이 저녁 먹을 거지? 괜찮겠어?"

"그럼요, 좋죠."

"그럼 이따 봐.[49] 8시쯤."

나도 일어나 짐을 풀러 갔다. 슈뢰더 부인이 내 방까지 따라 들어왔다. 그녀는 굳이 나를 도와주겠다고 했다. 그녀는 아직 조금 알딸딸한 상태였고, 물건들을 자꾸만 엉뚱한 데다 놓았다. 셔츠를 책상 서랍에 넣고, 책을 양말과 함께 찬장에 넣는 식으로. 그녀는 끊임없이 아서 칭찬을 늘어놓았다.

"그분은 마치 하늘에서 보내주신 것 같아. 인플레이션이 시작된 이래로 전에 없이 월세가 밀렸거든. 관리인 마누라가 그것 때문에 몇번이나 나를 만나러 왔어. 그녀가 이렇게 말하는 거야. '슈뢰더 부인, 우린 당신을 알고 당신에게 가혹하게 굴고 싶지 않아요. 그렇지만 우리도 살아야 하니까요.' 정말 너무 우울해서 머리를 오븐에 넣고 죽어버릴까 생각한 적도 있었어. 그때 노리스 씨가 나타난 거야. 나는 그냥, 말하자면, 한번 와본 줄 알았어. '앞쪽 침실 월세가 얼마인가요?' 하고 묻는 거야. 난 거의 깃털만 스쳐도 쓰러질 지경이었지. '50마르크예요'라고 나는 말했어. 그런 불경기에 더 부를 수도 없었어. 너무 비싸다고 할까봐 온몸을 떨었지. 그러자 그가 뭐

49 (프) Au revoir.

라고 했는지 알아? '슈뢰더 부인,' 그가 말했어. '60마르크 이하로 드리는 것은 꿈도 꾸지 않았어요. 그건 날강도죠.' 봐, 브래드쇼 씨, 그의 손에 키스라도 하고 싶었다니까."

슈뢰더 부인의 눈에 눈물이 글썽거렸다. 나는 그녀가 쓰러질까 봐 두려웠다.

"월세는 꼬박꼬박 내나요?"

"이봐, 브래드쇼 씨. 당신이라도 그보다 정확하진 못할 거야. 그렇게 정확한 사람은 본 적이 없어. 저기, 심지어는 우윳값도 한달 동안 모아두질 않는다니까. 일주일마다 내요. '난 누구한테 1페니히라도 빚지는 게 싫어요'라고 말해서…… 세상에 그런 사람이 더 많아야 하는데."

그날 저녁 늘 가던 식당에서 식사하자고 제안하자 놀랍게도 아서가 반대했다.

"거긴 너무 시끄러워. 재즈를 들으며 저녁을 먹는다고 생각만 해도 예민한 신경이 곤두선다니까. 음식이야 이 미개한 도시 중에서도 엉망이기로 유명하지. 몽마르트르로 가세."

"그렇지만 아서, 거긴 너무 비싸요."

"걱정 마. 걱정 마. 인생이 짧은데 매번 비용 계산만 하고 있을 수는 없어. 오늘은 내 손님이잖아. 몇시간만이라도 이 험한 세상 걱정은 잊고 즐겨보자."

"정말 고마워요."

몽마르트르에서 아서는 샴페인을 주문했다.

"오늘은 특별히 좋은 만남이니까 우리가 우리의 엄격한 혁명적 기준을 조금 느슨하게 해도 된다고 생각해."

나는 웃었다. "일이 잘돼가시나봐요."

아서는 두 손가락으로 턱을 조심스럽게 쥐었다.

"불평할 처지는 아냐, 윌리엄. 지금은. 아니지. 그렇지만 큰 파도가 다가오는 게 보여."

"아직도 수입하고 수출하는 일을 하세요?"

"꼭 그런 건 아닌데…… 아니야…… 음, 어떤 의미에선, 그렇다고 할 수도."

"계속 빠리에 계셨어요?"

"대부분. 왔다 갔다 했지."

"거기서 뭐 하셨는데요?"

아서는 화려한 작은 식당을 불안한 표정으로 둘러보고는 매력적인 미소를 짓고 말했다.

"그것참 무척 중요한 질문이야, 윌리엄."

"바이어 일을 하고 있었던 거예요?"

"어―부분적으로는. 그럼." 아서의 눈이 모호한 빛을 띠었다. 그는 그 주제를 피해가려고 하는 중이었다.

"베를린에 돌아온 다음에도 계속 만나고 계신 거죠?"

"물론." 그는 나를 갑자기 의심스럽게 쳐다봤다. "왜 물어보지?"

"몰라요. 지난번 만났을 때 그 사람과 썩 좋지 않으신 것 같아서, 그뿐이에요."

"바이어와 나는 아주 잘 지내." 아서는 힘주어 말하고는 잠시 멈쳤다가 덧붙였다.

"내가 그랑 다퉜다고 누구한테 얘기하진 않았지?"

"아니요, 물론 안했어요. 아서, 내가 누구한테 얘기하겠어요?"

아서는 분명 안심한 표정이었다.

"미안해, 윌리엄. 자네 신중한 건 믿을 수 있다는 걸 알았어야 하는데. 그렇지만 혹시라도 바이어와 내가 사이가 안 좋다는 얘기가 돌면 내가 아주 어색해질 수 있거든, 알겠어?"

나는 웃었다.

"아니요, 아서. 아무것도 모르겠는데요."

미소 지으며 아서가 잔을 들었다.

"나를 좀 이해해줘, 윌리엄. 알다시피 난 항상 내 나름의 작은 비밀을 갖는 걸 좋아하거든. 분명 내가 자네에게 설명해줄 수 있는 날이 올 거야."

"설명을 지어내는 날일지도요."

"하하. 하하. 정말 여전히 가혹해, 그리고 보니…… 내가 아무 생각도 없이 아니랑 10시에 약속을 했는데…… 그러니 저녁을 빨리 먹어야겠어."

"물론이죠. 그녀를 기다리게 하면 안되죠."

식사를 하는 동안 아서는 런던에 대해 물었다. 베를린과 빠리라는 도시 이야기는 전략적으로 회피했다.

아서는 분명히 슈뢰더 부인의 일과를 바꿔놓았다. 그가 매일 아침 더운물로 목욕을 하겠다고 해서, 그녀는 구식 보일러에 불을 때기 위해 한시간 일찍 일어나야 했다. 그녀는 이에 대해 불평하지 않았다. 실은, 그녀는 아서가 초래한 불편 때문에 그를 좋아하는 것처럼 보였다.

"그는 참 별나, 브래드쇼 씨. 신사라기보다 귀부인 같아. 방의 물건들은 다 제자리가 있어서 그가 원하는 대로 놓여 있지 않으면 곤란하다니까. 그렇지만 자기 물건을 그렇게 잘 간수하는 사람을 시중드는 건 즐거운 일이라고 해야지. 그의 셔츠나 타이를 좀 봐야 해. 정말 완벽해! 그리고 실크 속옷은 어떻고! '노리스 씨,' 언젠가 내가 이렇게 말했지. '이건 내가 입어야겠어요. 남자 것으로는 너무 고와요.' 물론 나는 농담한 거야. 노리스 씨는 농담을 좋아하거든. 그는 주간지들 말고도 일간신문을 네가지나 보는데, 그걸 함부로 버리면 안돼. 모두 날짜순으로 수납장 위에 정리해서 쌓아놓아야 해. 가끔씩 거기 먼지가 쌓일 걸 생각하면 미치겠어. 그리고 매일 나가기 전에 노리스 씨는 전화를 걸거나 찾아오는 사람들에게 전할 메시지 목록을 팔 길이만큼 길게 주곤 하지. 나는 그 이름을 모두 기억하고, 그가 보고 싶어하는 사람과 보기 싫어하는 사람을 구분해둬야 해. 요즘은 노리스 씨에게 오는 전보, 특급우편, 항공우편, 뭔지도 모를 온갖 것들 때문에 계속 초인종이 울리지. 지난 두 주간은 정말 정신없었어. 굳이 물어온다면, 아마 여자 문제가 그의 약점인 것 같아."

"왜 그렇게 생각하시는데요, 슈뢰더 부인?"

"글쎄, 난 노리스 씨가 늘 빠리에서 전보를 받는다는 것을 알게 됐거든. 처음에는 노리스 씨가 바로 알면 좋을 뭔가 급한 일인 줄 알고 열어봤지 뭐야. 그런데 뭐가 뭔지 도대체 알 수가 없었어. 전부 마고라는 여자에게서 온 거였어. 그중엔 꽤 다정한 것들도 있었지. '당신께 포옹을 보냅니다.' 혹은 '지난번엔 키스를 동봉하는 것을 잊으셨더군요.' 나 같으면 차마 그렇게는 못 쓸 것 같아. 우체국 직원이 그걸 읽을 생각을 하면! 프랑스 여자들은 정말 뻔뻔한 것 같아. 내 경험으로 봐서, 여자가 그렇게 자신의 감정을 늘어놓을 때는 별 볼 일이 없는 거야…… 게다가 정말 말도 안되는 얘기들도 썼더라고."

"어떤 말도 안되는 얘기요?"

"아, 대부분 잊어버렸어. 찻주전자, 주전자, 빵, 버터, 케이크, 그런 이야기들."

"정말 이상하네요."

"맞아요, 브래드쇼 씨. 이상해…… 내 생각엔 말이지," 슈뢰더 부인은 목소리를 낮추고 문 쪽을 흘끔 보고는 말했다. 아마 아서에게서 배운 것인지도 몰랐다. "내 생각엔 일종의 비밀 언어인 것 같아. 알지? 단어 하나하나가 이중의 의미를 가진 거."

"암호요?"

"맞아요, 그거야." 슈뢰더 부인은 의미심장하게 고개를 끄덕였다.

"그런데 왜 그 여자가 노리스 씨에게 암호로 전보를 보낸다고 생각하세요? 말이 안되잖아요."

슈뢰더 부인은 내가 순진하다는 듯이 미소를 지었다.

"아, 브래드쇼 씨, 당신은 똑똑하고 많이 배웠지만, 모든 걸 다 아는 것은 아니야. 나같이 나이 든 여자라야 그런 종류의 작은 수수께끼들을 이해할 수 있지. 아주 분명해. 이 마고라는 여자는 (아마도 본명이 아닐 테지만) 임신을 한 거야."

"그럼 노리스 씨가⋯⋯"

슈뢰더 부인은 힘차게 고개를 끄덕였다.

"당신 얼굴의 코처럼 명백한 거지."

"정말이지, 전, 그렇게 생각할 수가⋯⋯"

"아, 웃어도 좋아, 브래드쇼 씨. 그렇지만 내 말이 맞아. 봐봐. 어쨌든 노리스 씨는 아직 전성기거든. 남자들은 자기 아버지 정도 나이가 되어도 가족을 만든다고요. 게다가 그 여자가 그렇게 메시지를 써야 할 다른 이유가 있겠어?"

"정말 모르겠네요."

"그렇지?" 슈뢰더 부인이 의기양양하게 외쳤다. "당신도 모르겠지. 나도 잘 몰라."

매일 아침 슈뢰더 부인은 마치 작은 증기기관차처럼 빠른 속도로 아파트를 가로질러 와서 이렇게 외치곤 했다.

"노리스 씨! 노리스 씨! 목욕물 준비됐어요! 빨리 오지 않으면 보일러가 터질 거예요!"

"오, 맙소사!" 아서는 영어로 외쳤다. "잠깐 가발만 쓰고요."

그는 물을 틀어서 보일러가 폭발할 위험이 지나갈 때까지 욕실에 들어가기를 두려워했다. 슈뢰더 부인은 얼굴을 돌린 채 용감하게 들어가서 손에 수건을 감고 더운물 꼭지를 틀어주곤 했다. 폭발 지점이 이미 가까워졌을 때면 처음엔 수증기만 뿜어져 나오고, 보일러 안의 물은 천둥소리를 내며 끓었다. 아서는 문간에 서서 초조한 듯 입을 크게 벌리고 얼굴을 찡그리며 언제든 날 살려라 도망갈 태세로 슈뢰더 부인이 애쓰는 것을 지켜봤다.

목욕을 하고 나면 매일 길모퉁이 이발소에서 보낸 소년이 와서 아서를 면도해주고 가발을 빗질해줬다.

"그 미개한 아시아에서도," 언젠가 아서는 내게 말했다. "가능하면 나는 절대 내 손으로 면도하지 않았지. 그건 정말 사람을 하루 종일 기분 나쁘게 하는, 지저분하고 짜증스러운 일 중 하나야."

이발사가 돌아가고 나면 아서는 나를 부르곤 했다.

"이리 와봐. 이제는 내가 봐줄 만해. 들어와서 내가 분을 바를 동안 나와 얘기해."

섬세한 연보라색 덮개가 덮인 경대 앞에 앉아서 아서는 내게 그의 화장법의 다양한 비밀들을 알려주곤 했다. 그는 놀라울 정도로 까다로웠다. 그렇게 시간을 보내고서야, 그가 사람들 앞에 나서기까지 얼굴을 준비하는 복잡한 과정을 보게 된 것은 실로 놀라운 발견이었다. 예를 들어 나는 그가 족집게로 눈썹을 가늘게 다듬는 데 일주일에 세번 십분씩 사용한다는 것을 꿈에도 생각지 못했다. ("좀 얇게 만드는 거야, 윌리엄, 뽑는 게 아니고. 그렇게까지 나약해 보이는 건 싫어.") 거기에다가 그는 매일 십오분씩 귀한 시간을 할애하여 마사지 롤러를 사용했다. 그러고는 크림으로 뺨을 완전히 매만지고(칠팔분가량) 아주 신중하게 분을 발랐다(삼사분가량). 물론 발톱 손질은 별도였다. 그러나 아서는 보통 발에 물집이나 티눈을 방지하기 위해 연고를 문질러 바르는 데 몇분 정도를 더

썼다. 양치와 입안 세정도 절대 빼놓지 않았다. ("나처럼 매일 프롤레타리아트 구성원들과 접촉하는 사람은 미생물의 적극적인 맹습으로부터 나 자신을 보호해야 해.") 이 모든 것 외에도, 그가 자신의 얼굴에 정말로 분장을 하는 날도 있었다. ("오늘 아침은 날씨가 너무 우울하니 색조가 약간 필요한 것 같아.") 혹은 보름마다 그의 손과 손목을 제모 로션에 담그곤 했다. ("우리가 원숭이와 일가친척이라는 것을 상기하기는 싫어.")

이렇게 지루한 노력을 거쳤으니 아서가 아침에 식욕이 왕성해지는 것도 이상한 일은 아니었다. 그는 슈뢰더 부인에게 토스트 만드는 법을 성공적으로 가르쳤으며, 첫 며칠을 제외하면 그녀 역시 지나치게 익힌 달걀을 가져다주는 법이 없었다. 그는 빌머스도르프에 사는 영국인 여성이 만든, 시장 가격보다 두배 정도 비싼 수제 마멀레이드를 먹었다. 그는 빠리에서 가져온 자신만의 특별한 커피포트를 썼고, 함부르크에서 직송한 특별한 원두 배합의 커피를 마셨다. "나는 사소한 것들을 그 자체로," 아서는 말했다. "길고 고통스러운 경험 끝에, 과대광고되고 과대평가된 삶의 사치품들보다 더 가치 있게 생각하게 됐지."

그는 10시 반에 나갔고, 나는 거의 저녁때가 되어서야 그를 봤다. 나는 수업 때문에 바빴다. 점심을 먹은 후 그는 집에 돌아와 한 시간쯤 침대에 누워 있곤 했다. "믿거나 말거나, 윌리엄, 나는 한동안 마음을 완벽한 공백으로 비울 수가 있어. 연습하면 할 수 있지, 물론. 이렇게 낮잠을 자지 않으면 내 신경이 금방 너덜너덜해질 거야."

일주일에 세번, 아니가 왔고, 아서는 그 특유의 쾌락에 탐닉했다. 슈뢰더 부인이 바느질을 하면서 앉아 있는 거실에서도 그 소리가 다 들렸다.

"아이고, 아이고!" 그녀는 언젠가 내게 말했다. "노리스 씨가 다치지 않았으면 좋겠는데. 저 나이엔 더 조심해야 한다고."

내가 도착한 지 일주일쯤 지난 어느날 오후, 나는 아파트에 우연히 혼자 있게 됐다. 슈뢰더 부인도 외출했다. 초인종이 울렸다. 빠리에서 아서에게 보내온 전보였다.

유혹을 이기기가 어려웠다! 심지어 그 유혹을 떨치려고도 하지 않았다. 일이 쉬우려니까 봉투도 제대로 붙어 있지 않았다. 봉투가 내 손에서 열렸다.

"목이 마름" 하고 나는 읽었다. "주전자가 빨리 끓기를 바람 좋은 남자들에게 키스를 ─ 마고."

나는 내 방에서 풀을 가져와서 봉투를 조심스럽게 붙였다. 그리고 그것을 아서의 탁자에 올려놓고 영화를 보러 나갔다.

그날 저녁 시간, 아서는 눈에 띄게 의기소침했다. 정말로 식욕이 전혀 없는 것 같았고, 화난 듯 얼굴을 찌푸리고 앞쪽을 노려보고 있었다.

"무슨 일이에요?" 내가 물었다.

"그냥 전반적으로. 이 몹쓸 세상의 상태가. 염세적 세계관[50]인 거지, 그뿐이야."

---

50 (독) Weltschmerz.

"기운 내요. 진정한 사랑의 길은 결코 평탄하지 않은 거잖아요."

그러나 아서는 반응하지 않았다. 그는 그게 무슨 소리냐고 묻지도 않았다. 식사가 다 끝나갈 때쯤 나는 식당 뒤쪽으로 전화를 하러 가야 했다. 자리로 돌아와보니 아서가 쪽지 하나를 열심히 읽고 있다가 내가 다가가자 황급하게 주머니에 쑤셔넣었다. 동작이 그리 빠르지는 못했다. 나는 그것이 그 전보임을 알아봤다.

10장

아서는 좀 지나치게 순진하다 싶은 눈길로 나를 쳐다봤다.

"그런데 윌리엄," 그는 일부러 아무렇지 않은 듯 말했다. "다음 목요일 저녁에 별다른 일 있어?"

"없는데요."

"좋아. 그럼 저녁 파티에 초대해도 되지?"

"좋아요. 누가 오는데요?"

"아, 아주 작은 모임일 거야. 우리랑 프레그니츠 남작."

아서는 그 이름을 가능한 한 아무렇지도 않은 듯 말했다.

"쿠노라고요!" 내가 외쳤다.

"놀라는 것 같네, 윌리엄. 딱히 불쾌한 건 아니더라도," 그는 아무것도 모르겠다는 듯이 굴었다. "자네랑 그는 사이가 좋았다고 늘 생각했는데?”

“그랬죠, 마지막으로 만났을 때까지는. 그가 실질적으로 나를 끊어버렸어요.”

“아, 이런, 내가 이런 말을 해도 될지 모르지만, 내 생각엔 부분적으로는 자네의 상상일 뿐일 거야. 그런 일을 할 사람이 아니야. 전혀 그답지 않거든.”

“설마 내가 꿈을 꿨다고 말하려는 건 아니죠?”

“물론 자네 말을 의심하는 건 아니야. 그가 자네 말대로 약간 퉁명스러웠다면, 그건 그가 할 일이 많아서 걱정돼서였을 뿐일 거라고 생각해. 알다시피 그는 새로운 정권에서 자리를 하나 맡았거든.”

“신문에서 읽은 것 같아요, 네.”

“어쨌든, 자네가 말하는 그때에 그가 약간 이상하게 행동했더라도, 뭔가 잘못 알고 그랬을 거고 지금은 그 오해가 사라졌을 거라고 확신할 수 있어.”

나는 미소 지었다.

“그렇게 어렵게 생각할 거 없어요, 아서. 그 얘기를 나도 반쯤은 알고 있으니까요. 당신이 나머지 반쪽을 이야기해주면 돼요. 당신 비서가 그와 뭔가 관계가 있지요, 아마?”

아서는 우스꽝스러울 정도로 까다로운 표정으로 콧잔등을 찡그렸다.

“그렇게 부르지 마, 윌리엄, 제발. 그냥 슈미트라고 해. 그 연관을 떠올리는 건 상관없지만. 바보같이 뱀을 애완동물로 키우는 사람들은 조만간 후회할 일이 생기기 마련이지."

"그래요, 그럼, 슈미트…… 계속하세요."

"늘 그렇듯 자네는 내가 생각한 것보다 많이 알고 있어." 아서는 한숨을 쉬었다. "자, 자, 자네가 그 우울한 진실을 알고 싶다면, 떠올리면 고통스럽기는 하지만, 알아야겠지. 알다시피 쿠르비에르가에서 나는 마지막 몇주를 몹시 괴로운 재정적 불안 속에서 보냈지."

"잘 알죠."

"이것도 저것도 아닌 수많은 너저분한 세부 사항은 빼고 말하자면, 나는 어쨌든 돈을 모아야만 했어. 그럴듯한 곳이든 아닌 곳이든 모조리 쏘다녔지. 그리고 마지막으로, 문자 그대로 늑대가 문을 긁어댈 때가 돼서야 나는 자존심을 호주머니에 집어넣고……"

"쿠노에게 돈을 빌려달라고 한 거군요?"

"고마워. 늘 내 감정을 배려해주니. 이야기의 가장 힘든 부분을 거들어주는군…… 그래, 나는 바닥까지 갔어. 내 가장 소중한 원칙들 중 하나인, 친구에게는 절대 돈을 빌리지 않는다는 원칙을 위반했지. (그를 친구로, 아주 친한 친구로 생각했다고 할 수 있으니까.) 응……"

"그래서 그가 거절했나요? 인색한 놈 같으니!"

"아니야, 윌리엄. 너무 진도가 빠르네. 잘못 안 거야. 그가 거절했을 거라고 생각할 이유가 없어. 오히려 정반대지. 내가 그에게 먼저 연락한 것이 처음이었어. 그러나 슈미트가 내 의도를 알아차렸지. 아마 그놈이 내 편지들을 모두 조직적으로 열어보고 있었나봐. 어쨌든 그가 프레그니츠에게 직접 가서 내게 돈을 빌려주지 말라고 충고한 거야. 이런저런 이유를 댔는데, 대부분은 완전히 끔찍한 중상모략이었지. 내가 사람들을 오래 겪어왔지만, 그런 배신과 배은망덕이 가능할 거라고는 생각조차 못했어……"

"도대체 왜 그런 걸까요?"

"내 생각엔, 주로 앙심 때문인 것 같아. 그놈의 더러운 마음이 어떻게 돌아가는지 따라가볼 수 있는 한 따라가보자면 말이야. 그렇지만 틀림없이 그놈 역시 이번엔 자기 살점까지 잃게 될까봐 두려웠던 거지. 알다시피 그놈은 자기가 대출을 주선하곤 했고, 내게 돈을 건네주기 전에 일부를 미리 빼서 가졌거든…… 내가 이런 얘기를 하다니 정말 바닥까지 떨어진 기분이야."

"그럼 그가 맞았네요? 그러니까 이번엔 한푼도 내주지 않을 작정이었잖아요."

"음, 그렇지. 그 거실 카펫에 관한 그의 악독한 행동을 보고 나서 내가 그래야 할 이유가 없잖아. 그 카펫 기억하지?"

"기억나요."

"그 카펫 사건은, 말하자면, 우리 사이의 선전포고나 같았어. 그의 요구를 가능한 한 공정하게 들어주려고 노력은 했지만 말이야."

"그럼 쿠노는 이 모든 일에 대해서 뭐라고 했어요?"

"물론 대단히 속상하고 화가 났지. 그리고 불필요할 정도로 고약하게 굴었다고도 덧붙여야겠네. 나에게 무척 불쾌한 편지를 썼거든. 물론 신사답게 쓰긴 했지만. 늘 그런 사람이야. 그렇지만, 냉담했지. 아주 냉담했어."

"그가 당신이 아닌 슈미트의 말을 믿었다는 게 놀랍네요."

"분명히 슈미트는 그를 설득할 수 있는 방법이나 수단이 있었을 거야. 내 이력에 사고도 있고, 자네도 알잖아, 그걸 나쁘게 표현하는 것은 아주 쉬운 일이니까."

"그리고 그가 나도 끌어들였던 것이고요?"

"유감스럽게도 그렇다고 말할 수밖에 없어. 그게 이 모든 일에서 무엇보다도 고통스러워. 내가 허우적거리고 있던 그 진흙탕 속으로 자네가 끌려들었다고 생각하면."

"그가 쿠노에게 나에 대해서 정확히 뭐라고 했는데요?"

"아마도, 너무 자세히 구체적으로 말하지는 않고, 자네가 내 부도덕한 범죄의 공모자라고 넌지시 암시한 것 같아."

"그래서 제가 망한 거군요."

"우리 둘 다를 아주 시뻘건 볼셰비끼로 색칠했다는 건 말할 것도 없고."

"그건 저를 높이 평가한 거네요, 사실은."

"글쎄—뭐—그렇지. 물론 그렇게 볼 수도 있지. 불행하게도 혁명적 열정은 남작의 호의를 사는 데는 아무 도움도 안돼. 좌익에 대한 그의 견해는 다소 원초적이거든. 그는 우리가 호주머니 가득 폭탄이라도 넣어가지고 다니는 줄 안다니까."

"그렇지만, 이 모든 일에도 불구하고 그가 다음 목요일에 우리와 저녁을 먹는다는 거예요?"

"아, 우리 관계는 이제 아주 달라졌어. 기쁜 일이지. 베를린으로 돌아와서 그를 몇번 만났거든. 물론 상당히 외교적으로 접근해야 할 필요가 있었지. 그렇지만 아마 내가 슈미트의 비난이 얼마나 말도 안되는 것인지 얼마간 설득해놓은 것 같아. 운이 좋아서 내가 그에게 작은 일을 도와주기도 했고. 프레그니츠는 본질적으로 합리적인 사람이야. 그는 마음을 열고 설득될 준비가 돼 있다고."

나는 미소 지었다. "그 사람 때문에 적잖이 고생한 것 같네요. 그럴 만한 가치가 있으면 좋겠어요."

"내 특징 중 하나는 말이야, 윌리엄, 자네는 그걸 약점이라고 부를지도 모르지만, 친구를 잃는 것을 참지 못한다는 거야. 그런 일을 피할 수만 있다면 말이지."

"그리고 저도 친구를 잃을까봐 초조하신 거죠?"

"음, 그렇지, 내가 간접적으로라도 프레그니츠와 자네가 영원히 멀어지는 데 원인을 제공했다면 그건 정말 나를 불행하게 만들 거야. 쌍방에 조금이라도 의심이나 원한이 남아 있다면 이 만남으로 모두 털어버렸으면 좋겠어."

"사실 제 편에서는 나쁜 감정은 없어요."

"자네가 그렇게 말해주니 기쁘네. 정말 기뻐. 앙심을 품는 건 정말 바보 같은 일이야. 살면서 괜히 자존심을 세우다가 아주 많은 것을 잃게 되거든."

"돈도 많이 잃게 되죠."

"그래…… 그것도." 아서는 턱을 꼬집으며 생각에 잠긴 듯 보였다. "물질적인 관점보다는 정신적인 관점에서 말했던 거지만."

은근히 부드럽게 반박하는 어조였다.

"그건 그렇고," 내가 물었다. "슈미트는 지금 뭐 해요?"

"윌리엄." 아서는 고통스러워 보였다. "내가 어떻게 알아?"

"계속 당신을 괴롭히지 않았나 싶었어요."

"빠리에 있던 초반에는 터무니없는 협박을 하면서 돈을 요구하는 편지를 여러통 보냈어. 그냥 무시했지. 그후로는 아무 소식도 못들었어."

"슈뢰더 부인 집에 나타나진 않았어요?"

"맙소사, 아니야. 지금까지는. 그가 내 주소를 알아낼지도 모른다는 게 내 악몽 중 하나야."

"조만간 알아내지 않겠어요?"

"그런 말 하지 마, 윌리엄. 제발, 그런 말 하지 마…… 지금도 걱정이 너무 많은데. 걱정거리가 한사발 가득이야."

저녁 모임이 있는 날 저녁에 식당으로 걸어가면서 아서는 마지막 지시를 내렸다. "정말 조심해야 해. 바이어나 우리의 정치적 신념에 대해서는 조금도 내비치면 안돼, 알았지?"

"제가 그 정도로 정신 나가진 않았어요."

"물론 아니지, 윌리엄. 내가 기분 나쁘게 군다고 생각지 말아줘. 그렇지만 아무리 조심해도 때로는 스스로를 드러낼 때가 있잖아…… 또 한가지, 지금 단계에선 프레그니츠를 이름으로 편하게 부르지 않는 것이 좀더 현명할 거야. 거리를 약간 두는 게 좋아. 그런 태도는 오해를 부르기 쉬우니까 말이야."

"걱정 마세요. 부지깽이처럼 뻣뻣하게 굴 테니까."

"아니야, 뻣뻣하면 안돼, 정말로. 극히 편안하고, 극히 자연스럽게. 그렇지만 처음엔 조금 격식 차려서. 그가 먼저 다가오게 하란 말이야. 아주 약간 예의 바르게 삼가는 거, 그거야."

"얘기를 더 길게 하시면 제가 아예 말을 못하게 될 것 같아요."

식당에 도착하자 쿠노는 이미 아서가 예약해놓은 테이블에 앉아 있었다. 손가락 사이에 끼운 담배가 거의 끝까지 타들어가 있었다. 그의 얼굴에는 부유한 권태의 표정이 어려 있었다. 그를 보자 아서는 겁에 질려 헉 하고 숨을 들이쉬었다.

"남작님, 용서하세요. 정말 이런 일이 있으면 안되는데. 내가 삼십분이라고 했나요? 그랬나요? 그럼 십오분이나 기다린 거네요? 정말 부끄럽네요. 어떻게 사과드려야 할지."

아서의 과도한 태도는 자기 자신뿐만 아니라 남작마저도 난처하게 만든 것 같았다. 그는 지느러미 같은 손으로 가볍게 불쾌하다는 표시를 하고는 뭔가 알아들을 수 없는 말을 중얼거렸다.

"……정말 바보같이. 내가 어떻게 이렇게나 바보 같을 수 있는지 알 수가 없네요……"

우리는 모두 자리에 앉았다. 아서는 끊임없이 수다를 떨었다. 그의 사과는 마치 한가지 곡조를 변주하듯 이어졌다. 그는 자신의 기억력을 탓하며 그래서 낭패를 본 다른 경우들을 회상했다. ("워싱턴에서는 에스빠냐 대사관에서 정말 중요한 외교적 업무가 있었는데 까맣게 잊어버렸지 뭐예요.") 그는 시계도 탓했다. 최근에 시계가 빨리 가는 경향이 있다는 거였다. ("매년 이맘때에는 취리히에 있는 시계상에 보내서 수리를 하곤 하는데 말이죠.") 그러고는 그는 남작에게 최소한 다섯번쯤, 내가 이 잘못에 대해서 아무런 책임도 없다고 말했다. 나는 정말이지 마룻바닥을 뚫고 들어가버리고 싶었다. 아서는 초조했고 스스로 확신이 없어 보였다. 변주는 불안정하게 흔들렸고 언제라도 붕괴되어 불협화음이 되어버릴 수 있는 상태였다. 나는 그가 그렇게 말을 많이 하면서 그렇게 지루하게 구는 것을 본 적이 없었다. 쿠노는 외알 안경 뒤로 물러나 있었다. 그의 얼굴은 메뉴판처럼 신중하면서도 읽어낼 수 없었다.

생선 요리를 먹는 차례에 가서야 아서는 말을 더이상 하지 않았다. 뒤이은 침묵은 그의 수다보다 훨씬 더 불편했다. 우리는 우아한 저녁 식탁에 마치 서로 다른 체스 문제에 빠진 세사람처럼 앉아 있었다. 아서는 턱을 만지면서 내 쪽으로 은밀하게, 낭패스럽다는 듯 눈짓을 해서 도와달라는 표시를 했다. 나는 반응하지 않았다. 나는 뚱했고, 억울했다. 내가 오늘 저녁에 여기 온 것은 아서가 이미 쿠노와의 일을 어느정도 수습했고, 그래서 화해 분위기를 이미 닦아놓았을 것이라고 생각해서였다. 사실은 전혀 그게 아니었다. 쿠노는 여전히 아서를 의심하고 있었고, 분명 그가 지금 행동하는 방식을 살피고 있었다. 나는 그의 눈이 때때로 뭔가를 묻듯이 내게로 향하다가, 좌우로 눈길을 돌리는 법도 없이 계속 식사를 하는 것을 느꼈다.

"브래드쇼 씨는 방금 영국에서 돌아왔어요." 마치 아서가 나를 무대 한가운데로 난폭하게 밀어넣은 것 같았다. 그의 어조는 내게 내 역할을 하라고 애원하고 있었다. 그들은 이제 둘 다 나를 보고 있었다. 쿠노는 관심을 보였지만 경계하고 있었다. 아서는 대놓고 비굴했다. 그들은 서로 다른 의미에서 웃겼고, 그래서 나는 미소 지었다.

"네," 내가 말했다. "이달 초에요."

"그럼 런던에 있었던 건가요?"

"네, 일부는요."

"그래요?" 쿠노의 눈이 부드럽게 빛났다. "그곳은 어떻던가요?"

"9월에는 날씨가 정말 좋죠."

"네, 그렇군요……" 희미한, 물고기 같은 미소가 그의 입술에 떠올랐다. 그는 달콤한 기억을 음미하는 듯했다. 그의 외알 안경이 꿈결같이 빛났다. 또렷하고 잘 관리된 그의 옆모습이 생각에 잠겨 감상적이고 슬퍼 보였다.

"늘 제가 하는 얘기가," 구제불능의 아서가 끼어들었다. "9월의 런던은 그것만의 매력이 있죠. 유난히 아름답던 가을날이 기억나네요—1905년이었던가. 아침식사 전에 워털루 다리까지 걸어 내려가서 쎄인트폴 성당을 감상하곤 했죠. 그 당시 싸보이 호텔 스위트룸에 묵고 있었거든요……"

쿠노는 그의 말을 못 들은 것처럼 보였다.

"그러면, 근위기병은 어떤가요?"

"아직 있어요."

"그래요? 그 말을 들으니 반갑네요. 아주 기뻐요……"

나는 씩 웃었다. 쿠노도 물고기 같은 미묘한 웃음을 지었다. 아서는 깜짝 놀랄 정도로 거칠게 키득거리다가 바로 손으로 입을 막았다. 그러자 쿠노는 머리를 젖히고 크게 웃었다. "호! 호! 호!" 나는 그가 그렇게 정말로 웃는 것을 본 적이 없었다. 그의 웃음은 신기한 가보 같았다. 지난 세기의 식탁에서 물려받은 어떤 것. 귀족적이고 남자답고 가짜 같아서, 오늘날은 정극 무대가 아니면 거의 들을 수가 없는 웃음. 그는 그 웃음소리가 스스로도 약간 부끄러운 것 같았다. 웃음을 멈추고 다음과 같이 변명하듯 덧붙였으니까.

"봐요, 나도 그들을 아주 잘 기억할 수 있거든요."

"그러니까 생각나는데," 아서가 탁자 쪽으로 몸을 기울이며 흥미진진한 어조로 말했다. "그 지역 귀족에 대해 전해오는 얘기가 있거든요…… 그를 × 경이라고 부릅시다. 확실한 얘기예요. 내가 그를 카이로에서 한번 만난 적이 있는데, 정말 괴팍한 사람이라……"

의심의 여지가 없었다. 파티 분위기가 살아났다. 나는 좀더 자유롭게 숨 쉴 수가 있었다. 쿠노는 알아챌 수 없을 정도로 조금씩 긴장을 풀어, 예의 바른 의심에서 적극적인 유쾌함의 단계로 옮아갔다. 아서는 마음을 놓고 짓궂게 웃었다. 우리는 브랜디를 꽤 많이 마시고 뽀마르[51]를 세병이나 마셨다. 나는 유대인 회당에 간 두명의 스코틀랜드인에 관한 굉장히 한심한 이야기를 해줬다. 눈 깜짝할 사이 시간이 흘렀고, 시계를 봤더니 11시가 되어 있었다.

"맙소사!" 아서가 소리쳤다. "정말 죄송합니다. 급히 가야 해요. 약속이 하나 있어서……"

나는 뭐냐는 듯이 아서를 봤다. 나는 그가 이런 밤늦은 시간에 약속하는 것을 본 적이 없었다. 게다가 아니가 오는 날도 아니었다. 그러나 쿠노는 전혀 개의치 않는 것 같았다. 그는 한없이 자애

---

51 프랑스 부르고뉴 지방 뽀마르산 적포도주.

로웠다.

"괜찮아요······ 다 이해합니다." 그의 발이 탁자 아래로 내 발을 눌렀다.

"저기요," 나는 아서가 떠나자 말했다. "저도 집에 가봐야겠어요."

"아, 안돼요."

"가야 해요." 나는 단호하게 말하고 미소 지으며 발을 치웠다. 그는 내 티눈을 누르고 있었던 것이다.

"내 새 아파트를 보여주고 싶어요. 차를 타면 십분밖에 안 걸리는데."

"보고 싶기는 한데요. 나중에요."

그는 희미하게 미소 지었다.

"그럼 내가 집까지 태워다줘도 될까요?"

"대단히 감사합니다."

아주 잘생긴 운전기사가 건방지게 인사를 하고 우리를 커다란 검은 리무진 깊숙이 밀어넣었다. 쿠어퓌르스텐담을 따라 미끄러지듯 달려가면서 쿠노는 모피 깔개 아래로 내 손을 잡았다.

"나한테 아직 화가 나 있네." 그는 책망하듯 중얼거렸다.

"내가 왜요?"

"오, 그래, 미안하지만, 아직 화났네."

"정말, 아닌데."

쿠노는 내 손을 부드럽게 쥐었다.

"뭐 하나 물어봐도 돼?"

"물어봐."

"음, 개인적인 얘기는 하고 싶지 않은데. 플라토닉한 우정을 믿어?"

"그런 것 같아." 나는 경계하며 대답했다.

그 대답이 그를 만족시킨 것 같았다. 그의 어조는 좀더 은밀해졌다. "정말 와서 내 아파트 안 볼래? 오분도 안돼?"

"오늘밤은 안돼."

"정말이야?" 그는 손을 꽉 잡았다.

"정말, 정말 안돼."

"다른 날은?" 다시 손을 꽉 잡았다.

나는 웃었다. "낮에 보는 게 더 나을 것 같지 않아?"

쿠노는 가볍게 한숨을 쉬었지만 더이상 이야기하지 않았다. 잠시 후 리무진은 우리 집 문 앞에 멈췄다. 아서의 창문을 올려다보니 불이 켜져 있었다. 그러나 쿠노에게는 그 사실을 언급하지 않았다.

"그럼, 잘 자. 태워다줘서 고마워."

"천만에."

나는 기사 쪽으로 고갯짓했다. "집으로 데려다주라고 할까?"

"아니야, 됐어." 쿠노는 약간 슬프게, 그러나 억지로 웃음 지으며 말했다. "아니야. 아직 아니야."

그는 쿠션 위로 기댔고, 얼굴에는 미소가 얼어붙은 듯했다. 차가 멀어지면서 그의 외알 안경이 가로등 불빛을 반사하며 유령같이,

거울같이 반짝였다.

집에 들어서자 아서가 셔츠 바람으로 침실 문간에 나타났다. 뭔가 당혹스러운 것 같았다.

"벌써 왔어, 윌리엄?"

나는 씩 웃었다. "내가 반갑지 않은가봐요, 아서?"

"물론 반갑지. 무슨 질문이 그래! 이렇게 일찍 올지는 몰랐다는 거지. 그뿐이야."

"그런 줄 알아요. 그런데 약속이 오래 걸리지 않았나봐요."

"그게 —어— 약속이 취소됐어." 아서는 하품했다. 거짓말을 하기에도 너무 졸린 것 같았다.

나는 웃었다. "좋은 의도인 거 알아요. 걱정 마세요. 아주 좋게 잘 헤어졌어요."

그는 곧 얼굴이 밝아졌다. "그랬어? 아, 정말 좋다. 잠깐 동안 뭔가 문제가 생겼나 했지. 이제 마음 놓고 잘 수 있겠네. 다시 한번, 윌리엄, 나를 도와줘서 정말 고마워."

"언제나 기꺼이." 내가 말했다. "안녕히 주무세요."

11장

11월 첫 주가 되었고, 교통기관 파업이 선언됐다. 음울하고 눅눅한 날씨였다. 바깥의 사물들이 모두 기름진 먼지로 뒤덮였다. 전차는 앞뒤로 경찰관이 배치된 채 일부 운행됐다. 몇몇 전차는 공격당해서 창문이 깨지고 승객들이 내려야 했다. 거리는 황량하고 축축하고 음습한 잿빛이었다. 파펜[52] 정부가 계엄령을 선포할 것이라고 했다. 베를린은 완전히 무심한 듯 보였다. 선포, 총격, 체포, 이런 것들이 딱히 새로운 것은 아니었다. 헬렌 프랫은 슐라이허[53]에게 판돈을 걸었다. "그 사람이 제일 여우 같아." 그녀가 내게 말했다. "이

---

52 프란츠 폰 파펜(Franz von Papen, 1879~1969). 독일의 정치가, 외교관.
53 쿠르트 폰 슐라이허(Kurt von Schleicher, 1882~1934). 독일의 군인, 정치가. 바이마르 공화국 최후의 수상.

봐, 빌, 그가 크리스마스 이전에 나선다는 데 5마르크 걸게. 나랑 내기할래?" 나는 거절했다.

우파와 히틀러 간의 협상은 결렬됐다. 하켄크로이츠[54]는 심지어 망치와 낫[55]에게 가볍게 추파를 던지고 있었다. 아서가 말하길, 이미 적대하는 진영들 사이에 전화 통화가 이뤄졌다는 거였다. 나치 돌격대는 군중 속에서 공산당원들과 합류하여 파업 방해자들에게 야유하고 돌을 던졌다. 반면에 흠뻑 젖은 광고 기둥들에 붙은 나치 포스터에는 독일공산당이 붉은 군대의 제복을 입은 해골 유령으로 표현되기도 했다. 며칠 후에는 또 선거가 있을 예정이었다. 올 들어서만 네번째 선거였다. 사람들은 정치집회에 자주 참석했다. 그것이 영화를 보러 가거나 술에 취하는 것보다 돈이 덜 들었다. 노인들은 축축하고 남루한 집 안에 머무르며 맥아 커피나 묽은 차를 끓이며, 알코올의 한방이 없는 무기력한 대화를 나누곤 했다.

11월 7일, 선거 결과가 나왔다. 나치당은 이백만표 차이로 졌다. 공산당은 열한석을 얻었다. 그들은 베를린에서 십만표 남짓한 차이로 다수당이 됐다. "봐요," 나는 슈뢰더 부인에게 말했다. "부인이 이렇게 만든 겁니다." 우리는 그녀에게 길모퉁이 맥주 가게로 가서 생애 첫 투표를 하라고 설득했다. 그러고 나서 그녀는 마치 승자를 자기가 밀어주기라도 했다는 듯 즐거워했다. "노리스 씨! 노리스 씨! 생각해봐요. 난 그저 당신이 시키는 대로 했을 뿐인데. 그런데 전부 당신이 말한 대로 됐어요! 관리인 마누라는 단단히 화

---

54 갈고리 십자가. 나치의 상징.
55 공산당의 상징.

가 났어요. 그 여자는 여러해 동안 선거를 지켜봐왔는데, 이번에는 나치당이 백만표쯤 이길 거라고 주장했거든요. 나는 그 여자를 비웃어줬지요, 정말로요. '아하, 슈나이더 부인!' 그녀에게 말했어요. '나도 정치는 좀 알아요, 보세요!'라고."

오전에 아서와 나는 아서의 표현대로 "승리의 열매를 살짝 맛보기 위해" 빌헬름 가의 바이어 사무실로 갔다. 다른 수백명의 사람들도 같은 생각을 한 모양이었다. 사람들이 몰려들어 계단을 오르내리는 바람에 우리는 건물에 들어서는 데도 어려움을 겪었다. 모두들 기분이 최고라서 서로 소리치고 인사하고 휘파람을 불고 노래를 불렀다. 우리는 겨우겨우 위층으로 올라가다가 마침 내려오던 오토를 만났다. 그는 흥분해서 거의 내 손을 쥐어짜버릴 지경이었다.

"여러분![56] 윌리! 이제 시작되겠군![57] 당을 금지한다느니 그런 얘기를 지껄이게 내버려두라지! 그렇게 나오면 우리는 싸울 테니까! 이제 낡은 나치당은 망했어. 분명해. 여섯달 안에 히틀러의 돌격대들은 남아나질 못할 거야!"

그는 친구들 대여섯명과 함께 있었다. 그들은 모두 오래전에 잃어버린 형제를 다시 만난 듯 뜨겁게 나와 악수했다. 그러는 동안 오토는 아기 곰처럼 아서에게 얼싸안겼다. "아, 아서, 이 양반아, 당신도 여기 온 거야? 정말 좋지? 근사하지 않아? 아, 너무너무 기분이 좋아서 당신을 완전히 때려눕힐 수도 있을 정도야!"

---

56 (독) Mensch!
57 (독) Jetzt geht's los!

그는 아서의 갈비뼈 부근에 다정하게 훅을 날렸고 아서는 움찔했다. 옆에 있던 사람들이 다 함께 즐겁게 웃었다. "우리 아서!" 오토의 친구 중 한명이 큰 소리로 외쳤다. 그 이름을 사람들이 듣고 입에서 입으로 옮겼다. "아서…… 아서가 누구야? 아, 이런, 아서가 누군지 몰라?" 아니, 그들은 아서가 누군지 몰랐다. 또 몰라도 상관없었다. 그것은 이렇듯 흥분한 젊은이들의 열기가 집중되는 지점에 있는 이름이었고, 그 목적에 걸맞게 사용됐다. "아서! 아서!" 하고 사방에서 외치기 시작했다. 우리 위층의 사람들도, 아래층 현관에서도 그 이름을 외치기 시작했다. "아서가 여기 있다!" "아서여, 영원하라!" "우리는 아서를 원한다!" 삽시간에 폭풍 같은 목소리가 울렸다. 활기차고 반쯤은 장난기 섞인 힘찬 환호가 백여명의 목에서 저절로 터져나왔다. 환호는 계속해서 이어졌다. 삐걱거리는 낡은 계단이 흔들렸다. 천장에서 작은 횟가루가 떨어져내렸다. 이 밀폐된 공간에서 그 반향은 어마어마했다. 군중은 그들이 얼마나 큰 소리를 낼 수 있는지 실감하고 흥분했다. 보이지 않는 찬탄의 대상을 향해 안으로 들어가려고 발작적으로 밀려드는 움직임이 일어났다. 한 무리의 추종자들이 층계로 밀치고 올라와 위에서 아래로 밀려 내려가던 다른 무리들과 충돌했다. 모든 사람이 아서를 만지고 싶어했다. 그의 움찔거리는 어깨 위로 손바닥들이 비처럼 쏟아져 찰싹거렸다. 그를 공중으로 들어올리려는 동작은 타이밍이 맞질 않아 거의 그를 난간 너머로 내던질 뻔했다. 그의 모자는 이미 벗겨졌다. 나는 가까스로 모자를 붙잡았고, 그의 가발도 내가 지켜야 하지 않을까 싶었다. 아서는 숨을 헐떡이며 어안이 벙벙한 상태에서 상황에 대처했다. "감사합니다……" 그는 간신히 말했다. "매우 친절…… 정말 이럴 자격이…… 맙소사! 오, 맙소사!"

오토와 그의 친구들이 계단 꼭대기까지 억지로 길을 터주지 않았더라면 아서는 아주 심각한 부상을 입었을 수도 있었다. 우리는 밀치고 나가는 그들의 튼튼한 신체가 내는 길을 따라 재빨리 움직였다. 아서는 반쯤 겁에 질리고 반쯤은 수줍게 기분이 좋은 상태로 내 팔을 꼭 잡았다. "그들이 나를 안다고 생각해봐, 윌리엄." 그는 내 귀에 헐떡이며 속삭였다.

그러나 군중은 이 정도로 그치지 않았다. 일단 사무실 문 앞에 도착했으니 우리는 우위를 점했고, 그래서 아래의 층계에 몰려들어 서로 밀치는 사람들의 무리가 우리를 쳐다볼 수 있었다. 아서를 보자 또다시 어마어마한 환호가 건물을 뒤흔들었다. "연설해!" 누군가 외쳤다. 그리고 그 외침이 번져나갔다. "연설! 연설! 연설!" 층계에 있던 사람들은 박자를 맞춰 발을 구르고 소리치기 시작했다. 그들이 신은 장화가 내는 육중한 소음은 마치 거대한 피스톤이 움직이는 소리처럼 엄청났다. 아서가 뭐라도 해서 그 소리를 멈추지 못하면 아마도 층계 전체가 무너질 판이었다.

이 위기의 순간에 사무실 문이 열렸다. 바이어가 몸소 이 소란이 무엇 때문인지 보려고 나온 것이었다. 미소 띤 그의 눈은 마치 너그러운 교장 선생님처럼 즐겁게 이 장면을 바라봤다. 소동이 벌어져도 그는 조금도 당황하지 않았다. 이런 일은 익숙했던 것이다. 미소를 지으며 그는 겁에 질리고 당황한 아서와 악수하고, 안심시키듯 그의 어깨에 손을 얹었다. "루드비히!" 구경꾼들이 소리쳤다.

"루드비히! 아서! 연설해!" 바이어는 그들을 향해 웃고는, 그들에게 인사를 건네며 그만하라는 듯 사람 좋은 몸짓을 해 보였다. 그리고 그는 돌아서서 아서와 나를 사무실로 데리고 들어갔다. 바깥의 소음은 점점 노랫소리와 떠들썩한 농담으로 잦아들었다. 바깥쪽 사무실에서는 열띠게 논쟁하는 남녀 무리 사이에서 타자수들이 최선을 다해 일하고 있었다. 벽에는 선거 결과를 보여주는 신문기사들이 붙어 있었다. 우리는 붐비는 사무실을 헤치고 바이어의 작은 방으로 들어갔다. 아서는 의자에 털퍼덕 앉아 되찾은 모자로 부채질을 하기 시작했다.

"아, 아…… 맙소사! 그야말로 역사의 소용돌이에 그대로 휩쓸려서 완전히 박살나는 줄 알았네요. 운동의 역사에 기록될 빨간 날이에요."

바이어의 눈은 초롱초롱하게, 약간 즐겁다는 듯 흥미를 보이며 그를 쳐다봤다.

"놀랐죠?"

"그게 ― 어 ― 정말 아무리 낙천적으로 꿈을 꿔도 감히 이렇게 결정적인 ― 어 ― 승리는 기대하지 않았다는 것을 인정해야 할 것 같아요."

바이어는 격려하듯 고개를 끄덕였다.

"좋은 일이죠, 네. 그렇지만, 이 성공의 중요성을 과장하는 것은 현명하지 못하다고 생각해요. 여러가지 요인이 있었으니까요. 그게 뭐랄까, 증훈성이랄까?"

"징후성요." 아서는 작게 헛기침을 하며 바로잡았다. 그의 푸른 눈이 불안정하게 바이어의 책상에 놓인 서류들을 훑고 있었다. 바이어는 그에게 환히 웃어 보였다.

"아, 네, 징후성요. 이건 우리가 지금 지나고 있는 국면의 징후를 드러내는 겁니다. 우리가 아직 빌헬름 가를 건널 준비가 된 것은 아니에요." 그는 창밖으로 외교부와 힌덴부르크의 처소가 있는 방향으로 장난스럽게 손짓했다. "아니요. 아직은 아니에요."

"어떻게," 내가 물었다. "나치당이 망했다고 생각하시나요?"

그는 단호하게 고개를 저었다. "불행하게도, 아닙니다. 그렇게 낙관적으로 보면 안돼요. 이 역전은 그들에게는 일시적일 뿐이거든요. 보세요, 브래드쇼 씨, 경제 상황은 그들에게 유리해요. 우리 친구들에게 이야기를 더 많이 들어봐야 할 것 같아요."

"오, 그렇게 불쾌한 이야기는 하지 마세요." 아서가 모자를 만지작거리며 중얼거렸다. 그의 눈은 끊임없이 몰래 책상을 훑어보고 있었다. 바이어의 시선이 그것을 좇았다.

"당신은 나치를 좋아하시지 않죠, 노리스 씨?"

그의 어조는 장난기로 가득했다. 그는 바로 이 순간에 아서가 몹시 웃긴다고 생각하는 것 같았다. 나는 왜 그런지 몰라서 당혹스러웠다. 그는 무심코 그러는 것처럼 탁자 쪽으로 움직여 거기 놓인 서류들을 챙기기 시작했다.

"그럼요!" 아서는 충격받은 어조로 항변했다. "어떻게 그런 질문을 하십니까? 당연히 그들을 싫어하죠. 끔찍한 놈들……"

"아, 그렇지만 그러시면 안돼요!" 아주 천천히 바이어는 호주머니에서 열쇠를 하나 꺼내서 책상 서랍 하나를 열고 그 속에서 봉인

된 묵직한 꾸러미를 하나 꺼냈다. 그의 적갈색 눈이 장난치듯이 빛났다. "겉보기와는 아주 달라요. 오늘의 나치가 내일 공산주의자가 될 수도 있거든요. 자기네 지도자들이 만든 계획이 결국 무엇으로 귀결되는지 그들이 알게 되면 그들을 설득하기가 그리 어렵지 않을 수도 있어요. 나는 모든 반대가 그런 식으로 극복되기를 바랍니다. 물론 그런 논리에 귀 기울이지 않는 사람들도 있지만요."

미소 지으며 그는 그 꾸러미를 뒤적거렸다. 아서의 눈은 마치 자기도 모르게 마법에 걸린 듯 그것에 고정되어 있었다. 바이어는 자신의 최면 능력을 행사하며 즐거워하는 듯 보였다. 어쨌거나 아서는 분명 몹시 불편한 상태였다.

"어—네. 그게…… 당신 말이 맞을지도……"

묘한 침묵이 이어졌다. 바이어는 입꼬리를 슬며시 올려 혼자 미묘하게 미소 짓고 있었다. 나는 그가 이런 분위기를 띠는 것을 본 적이 없었다. 문득, 그는 자신이 들고 있는 것을 의식한 것처럼 보였다.

"아, 물론, 노리스 씨…… 이게 내가 당신에게 보여주기로 약속한 서류입니다. 내일 돌려주실 수 있을까요? 이것을 가능한 한 빨리 전달해야 해서요."

"그럼요, 물론이죠……" 아서는 자리에서 벌떡 일어나 그 꾸러미를 받았다. 그는 설탕 한덩어리를 받기로 한 한마리 개 같았다. "정말 조심해서 다룰게요. 약속해요."

바이어는 미소 지었지만 아무 말도 하지 않았다.

잠시 후 그는 우리를 마당으로 이어지는 뒤쪽 계단으로 다정하게 배웅해줬다. 그리하여 아서는 자신의 추종자들과 다시 마주치는 것을 피할 수 있었다.

길을 걸어가면서 아서는 생각에 잠겼고 조금 침울한 듯했다. 그는 두번이나 한숨을 쉬었다.

"피곤해요?" 내가 물었다.

"피곤하진 않아. 아니…… 다만 내가 자주 그러듯이 지나치게 사색에 잠겨 있었나봐. 자네도 내 나이가 되면 인생이 얼마나 이상하고 복잡한지 점점 더 뚜렷하게 알게 될 거야. 오늘 아침만 해도 그래. 그 젊은이들의 단순한 열정을 봐. 정말 깊은 감동을 받았다니까. 그런 경우 자신이 정말 가치 없게 느껴지거든. 세상엔 양심 따위로 고통받지 않는 사람들도 있을 거야. 그렇지만 난 그런 사람이 아니라서."

이 이상하게 터져나온 말에서 가장 낯설었던 것은 바로 그것이 아서의 진심이라는 점이었다. 그것은 진실한 고백의 한 조각이었지만, 나는 그게 무슨 뜻인지 알 수가 없었다.

"그래요," 나는 시험 삼아 격려 조로 말했다. "저도 때때로 그렇게 느껴요." 아서는 대답하지 않았다. 그는 세번째로 한숨을 쉴 따름이었다. 갑자기 불안의 그림자가 그의 얼굴에 스쳐갔다. 그는 황급히 바이어가 준 서류들로 호주머니가 불룩 튀어나온 부분을 만져봤다. 서류들은 거기에 그대로 있었다. 그는 안도의 숨을 내쉬었다.

11월은 별다른 사건 없이 지나갔다. 나는 학생들이 더 늘어나서 바빠졌다. 바이어는 내게 긴 원고를 두편 주고 번역해달라고 했다.

공산당 활동이 곧, 몇주 내로 금지된다는 소문이 돌았다. 오토는 그 소문을 비웃었다. 정부가 감히 그렇게 하지는 못할걸, 그가 말했다. 당이 투쟁할 텐데. 그의 세포조직에서는 모든 구성원들이 권총을 가지고 있었다. 그가 내게 말하길, 그들은 권총을 주점의 지하실 입구 쇠창살에 줄로 매놓아서 경찰들이 찾지 못한다는 거였다. 최근 들어 경찰들이 매우 활발하게 움직이고 있었다. 우리가 듣기로, 베를린 지역을 소탕할 것이라고 했다. 사복 형사들이 불시로 몇번이나 올가에게 찾아왔지만, 아직까지는 별다른 것을 발견하지 못했다. 그녀는 매우 신중했다.

우리는 쿠노와 몇차례 저녁을 먹고 그의 아파트에서 차를 마셨다. 그는 어떨 때는 감상적이다가, 뭔가에 몰두하다가 했다. 내각에서 벌어지고 있는 음모들 때문에 아마도 걱정되는 것 같았다. 그는 예전에 제멋대로 살던 시절의 자유분방함을 후회했다. 공적인 책임 때문에 그는 그의 메클렌부르크 별장에서 내가 만났던 그 젊은 이들과 어울리지 못하고 있었다. 이제 그에게 위안거리라고는 그들의 사진뿐이었고, 그는 그 사진들을 호화로운 사진첩으로 묶어 어딘지 알 수 없는 수납장에 감춰놓았다. 쿠노는 우리 둘만 있을 때 내게 그것을 보여줬다.

"때때로 저녁 시간엔 그들을 보는 게 좋아. 그리고 우리 모두가 태평양의 무인도에서 살아가는 이야기를 혼자 만들어내는 거지. 그런데, 이게 엄청 바보스럽다고 생각하는 건 아니지?"

"전혀." 나는 딱 잘라 말했다.

"봐, 자넨 이해할 줄 알았어." 이렇게 격려를 받고 그는 수줍게 좀더 고백하기 시작했다. 그 무인도 판타지는 새로운 것이 아니었다. 그는 이미 여러달 동안 그 환상을 간직하고 있었고, 차츰차츰 일종의 사적인 신앙으로까지 발전시켜왔다. 이러한 영향하에서 그는 소년을 위한 이야기들, 주로 영어로 쓰인 특정 종류의 모험담을 담은 책들을 모아 작은 서재를 만들었다. 그는 서적상에게 런던에 있는 조카 때문에 그 책들이 필요하다고 말했다. 쿠노는 대부분의 책들이 다소 불만스럽다고 했다. 그 이야기 속에는 어른들이 있고, 감춰진 보물이나 신기한 과학적 발명들이 있었다. 그에게는 그런 것들은 아무런 소용이 없었다. 오로지 한 이야기만이 그의 마음에 쏙 들었다. 『실종된 일곱 소년』이라는 소설이었다.

"이건 정말 천재의 작품 같아." 쿠노는 꽤 진지했다. 그의 눈이 열정으로 빛났다. "자네도 이걸 읽어보면 정말 좋겠는데."

나는 그 책을 집으로 가져왔다. 그 나름대로 전혀 나쁘지는 않았다. 열여섯에서 열아홉살 사이의 일곱 소년이 물과 식물이 풍부한 무인도에 표류해 온다. 그들에게는 먹을 것이 없고 망가진 펜나이프 말고는 아무런 도구도 없다. 그 책은 『스위스의 로빈슨 가족』[58]에서 대부분을 베껴 온 것 같은 작품으로, 그들이 어떻게 사냥하고 낚시하고 오두막을 짓고 결국 구조되는가에 대한 기계적인 설명으로 이뤄져 있었다. 나는 앉은자리에서 다 읽어치웠고 이튿날 쿠노에게 가져다줬다. 그는 내가 그 작품을 칭찬하자 기뻐했다.

"잭 기억나?"

----

58 *Der Schweizerische Robinson*. 스위스의 아동문학가 비스 부자(Johann David Wyss, Johann Rudolf Wyss)가 짓고 간추려 1812~27년 사이에 간행한 모험소설.

"낚시 잘하는 애 말이지? 그럼."

"그럼 말해봐, 걔가 꼭 군터 같지 않아?"

나는 군터가 누구인지 몰랐지만, 그가 메클렌부르크의 하우스 파티에 있던 남자들 중 한명이라고 추측했다.

"응, 그런 것 같아."

"오, 그걸 알아내다니 기쁘다. 그리고 토니는?"

"등산 잘하는 애 말이지?"

쿠노는 열렬히 고개를 끄덕였다. "걔는 꼭 하인츠 같지 않아?"

"무슨 말인지 알겠다."

이런 식으로 우리는 다른 인물들도 훑어나갔다. 테디, 밥, 렉스, 딕. 쿠노는 그 인물들마다 대응되는 사람을 열거했다. 나는 내가 실제로 그 책을 읽었고 이 이상한 시험에 통과할 수 있는 것이 스스로 대견했다. 마지막으로 수영 챔피언인 주인공 지미가 등장했다. 비상 상황에서 늘 다른 아이들을 인도했으며 모든 어려움을 해결할 수 있는 묘안을 내놓는 인물이었다.

"걔는 몰랐을걸?"

쿠노의 어조는 이상하게 우스꽝스러울 정도로 수줍어했다. 나는 틀린 답을 내놓지 않도록 조심해야겠다고 생각했다. 그렇지만 대체 뭐라고 대답한단 말인가?

"글쎄 생각은 있는데……" 나는 용감하게 던졌다.

"그래?" 그는 얼굴이 아예 붉어져 있었다.

나는 고개를 끄덕이고 웃으며 뭔가 아는 듯 보이려고 했다. 단서가 나오기를 기다리면서.

"알다시피, 그는 바로 나야." 쿠노는 단순하고도 완전하게 확신하고 있었다. "내가 어릴 때. 그렇지만 정확해…… 이 작가는 천재야. 아무도 모르는 나에 관한 이야기를 하고 있어. 내가 지미야. 지미가 나 자신이라고. 정말 대단해."

"확실히 신기하네." 내가 동의했다.

이후 우리는 그 섬에 대해서 몇번 이야기를 나눴다. 쿠노는 그 섬을 정확히 어떻게 그려봤는지 말했고, 그의 상상 속 여러 친구들의 외모와 특성에 대해서 세세히 늘어놓았다. 그는 분명 매우 생생한 상상력의 소유자였다. 『실종된 일곱 소년』의 작가가 와서 그의 이야기를 들었더라면 하고 바랄 정도였다. 그 작가가 자신의 소박한 노력이 어떤 이국적인 결과물을 낳았는지 보면 아마 깜짝 놀랐을 것이다. 이 주제에 관한 한 내가 쿠노가 유일하게 터놓고 이야기하는 상대일 것이라는 생각이 들었다. 나는 어떤 비밀스러운 모임에 억지로 가입하게 된 불운한 사람처럼 당혹스러웠다. 아서가 우리와 함께 있을 때면 쿠노는 너무 노골적으로 그를 보내고 나와 단둘이 있기를 바라는 티를 냈다. 아서도 물론 이것을 알아차리고 우리의 사적인 대화를 너무 빠르게 해석함으로써 나를 짜증스럽게 했다. 그럼에도 쿠노의 딱하고 작은 비밀을 발설하고 싶지는 않았다.

"이봐," 내가 언젠가 말했다. "왜 그렇게 안하지?"

"뭘?"

"왜 그냥 태평양으로 가서 책 속에 있는 바로 그런 섬을 찾은 다음 거기서 살지 않느냔 말이야. 다른 사람들은 그렇게 하는데. 당신이 못할 이유가 없잖아."

쿠노는 서글프게 머리를 내저었다.

"아니, 아니야. 불가능해."

그의 어조가 너무 단호하고 너무 서글퍼서 나는 더이상 아무 말도 하지 않았다. 또 다시는 그런 제안을 하지도 않았다.

그달이 지나면서 아서는 점점 우울해졌다. 나는 곧 그가 예전만큼 돈이 없다는 것을 알아차렸다. 그가 불평을 한 것은 아니었다. 그는 오히려 자신의 어려움을 극히 은밀하게 감추는 편이었다. 그는 자신의 재정 상태를 되도록 드러나지 않도록 했다. 버스도 빠르다며 택시를 포기한다든지, 호화로운 음식이 소화가 잘되지 않는다며 비싼 식당을 피한다든지 하는 식으로. 아니의 방문도 점점 뜸해졌다. 아서는 일찍 잠자리에 들었다. 낮 동안에는 전보다 더 오래 나가 있었다. 그가 대부분의 시간을 바이어의 사무실에서 보낸다는 것을 나는 알게 됐다.

오래지 않아 빠리에서 전보가 또 왔다. 나는 나 못지않게 뻔뻔한 호기심을 지닌 슈뢰더 부인을 쉽게 설득하여 아서가 낮잠을 자러 돌아오기 전에 봉투에 증기를 쐬어 열어봤다. 우리는 머리를 맞대고 함께 그것을 읽었다.

당신이 보내준 차茶는 전혀 쓸모없음 왜 당신을 믿었는지 모르겠음 다른 여자 만나요 키스 없음.

마고

"봐요," 슈뢰더 부인이 기쁘면서도 끔찍하다는 듯 소리쳤다. "그 여자는 그걸 막으려고 했던 거라니까."

"도대체······"

"아, 브래드쇼 씨," 그녀는 참다못해 내 손을 가볍게 찰싹 때렸다. "어찌 그리 둔할 수가 있어! 물론 아기 얘기지. 아마 뭔가를 그 여자에게 보냈겠지····· 오, 남자들이란! 나한테 왔더라면 내가 어떻게 하면 되는지 말해줬을 텐데. 틀림없거든."

"제발, 슈뢰더 부인, 이 얘기는 절대로 노리스 씨에게 하면 안돼요."

"오, 브래드쇼 씨, 날 믿어도 돼요."

그렇지만 내 생각엔 그녀의 태도 때문에 아서는 우리가 한 짓을 어렴풋이 알아챈 것 같았다. 왜냐하면 이 일이 있은 후 프랑스에서 오는 전보가 끊겼기 때문이다. 내 짐작에, 아서는 전보가 다른 주소로 배달되도록 신중하게 조치한 것 같았다.

그리고 12월 초의 어느날 저녁, 아서가 외출하고 슈뢰더 부인이 목욕하고 있을 때 초인종이 울렸다. 내가 나가봤다. 문간에 슈미트가 서 있었다.

"안녕하세요, 브래드쇼 씨."

그는 남루하고 지저분해 보였다. 커다랗고 기름기 낀 달덩이 같은 얼굴은 병색이 완연하게 희끄무레했다. 처음에 나는 그가 술에 취한 줄 알았다.

"무슨 일입니까?" 내가 물었다.

슈미트는 기분 나쁘게 씩 웃었다. "노리스 씨를 보려고요." 그는 내 마음을 읽은 모양인지, 이렇게 덧붙였다. "내게 굳이 거짓말할 필요는 없어요. 여기 사는 거 알고 있으니까, 알겠어요?"

"지금은 만날 수 없어요. 나갔습니다."

"정말 나갔어요?" 슈미트는 반쯤 눈을 감고 미소 지으며 나를 쳐다봤다.

"그럼요. 아니면 내가 그렇게 말할 리가 없죠."

"그래요…… 알았습니다."

우리는 잠시 동안 혐오를 담은 미소를 띤 채 서로 쳐다봤다. 나는 그의 면전에서 문을 쾅 닫아버리고 싶었다.

"노리스 씨는 절 만나는 게 좋을 겁니다." 슈미트가 잠시 후 무뚝뚝하고 무심한 어조로, 마치 그 주제에 대해 처음 언급한다는 듯이 말했다. 나는 그가 갑자기 거칠게 나올 것에 대비해 발 옆쪽을 가능한 한 보이지 않게 문에 받쳐놓았다.

"제 생각엔," 나는 점잖게 말했다. "그건 노리스 씨 자신이 판단할 문제인 것 같습니다만."

"내가 왔다고 얘기 안할 건가요?" 슈미트는 내 발을 내려다보고는 뻔뻔하게 씩 웃었다. 우리의 목소리는 부드럽고 낮아서 계단을 지나가는 사람이 들으면 우리가 친밀하게 담소를 나누는 이웃이라고 생각할 정도였다.

"노리스 씨는 집에 없다고 이미 말씀드렸습니다. 독일어 못하세요?"

슈미트의 미소는 이상하게도 모욕적이었다. 그의 반쯤 감은 눈이 나를 재미있다는 듯, 한편으로는 일정한 반감을 가진 채, 마치 내가 부정확하게 그려진 그림이기라도 한 것처럼 바라보고 있었다. 그는 공들여 참을성 있게, 천천히 말했다.

"그럼 노리스 씨에게 내 메시지를 전달해주셔도 크게 불편하지 않으시겠지요?"

"네. 그러죠."

"그럼 노리스 씨에게 내가 사흘 더 기다리겠노라고, 그렇지만 더는 안된다고 전해주시겠어요? 아시겠지요? 이번 주말까지 소식이 없으면 내가 편지에서 말한 대로 할 겁니다. 내가 무슨 말 하는지 그는 알 거예요. 내가 감히 그렇게 할 수 없을 거라고 생각할지도 모르겠어요. 글쎄요, 자기가 무슨 실수를 했는지 금세 알게 되겠지요. 그가 자청하지 않으면 굳이 문제를 일으킬 생각은 없어요. 그러나 나도 살아야 하거든요…… 그와 마찬가지로 나도 내 힘으로 먹고살아야 하니까요. 내 권리를 말하는 겁니다. 그가 나를 이런 구렁텅이에 빠뜨린 채 놔둘 수 있다고는 생각하지 말아야죠……"

그는 온몸을 부들부들 떨었다. 어떤 격렬한 감정, 격분, 혹은 극도의 쇠약함이 그의 몸을 나뭇잎처럼 떨게 만들고 있었다. 나는 잠시 그가 쓰러지지 않을까 생각했다.

"어디 아파요?" 내가 물었다.

내 질문을 받은 슈미트의 반응은 특이했다. 비웃는 미소를 띤 그의 기름진 얼굴은 뻣뻣한 증오의 가면으로 굳어졌다. 그는 자제력을 완전히 잃었다. 그는 내게 한발 다가서며 문자 그대로 내 얼굴에다 대고 소리쳤다.

"당신이 알 바 아니야, 알겠어? 노리스에게 내가 한 말이나 전해.

내가 원하는 대로 하지 않으면 태어난 것을 후회하게 만들어줄 거야! 그리고 너도, 이 돼지 같은 놈!"

그의 발작적인 격노가 갑자기 나에게도 전염됐다. 뒤로 물러서면서 나는 앞으로 덮쳐오며 소리 지르는 그의 얼굴을 턱 앞에서 막아보려고 문을 힘껏 닫아버렸다. 그러나 문이 얼굴과 충돌하지는 않았다. 그의 목소리는 마치 바늘을 들어올린 축음기처럼 뚝 그쳤다. 그는 더이상 소리를 내지 않았다. 분노로 가슴이 쿵쾅거리는 상태로 닫힌 문 뒤에 서 있는데, 그의 가벼운 발걸음이 층계참을 가로질러 아래층으로 내려가기 시작하는 소리가 들려왔다.

12장

한 시간 뒤, 아서가 집으로 돌아왔다. 나는 이 소식을 전하려고 그의 방으로 따라 들어갔다.

"슈미트가 왔었어요."

낚시꾼이 아서의 가발을 머리에서 갑자기 잡아채갔더라도 이보다 더 깜짝 놀라진 않았을 것이다.

"윌리엄, 가장 나쁜 얘기부터 해봐. 조마조마하게 하지 말고. 몇 시에? 직접 봤어? 뭐라고 그래?"

"그가 당신을 협박하려고 하는 거죠?"

아서는 재빨리 나를 쳐다봤다.

"그걸 인정했어?"

"말한 거나 마찬가지예요. 이미 당신한테 편지를 썼다고 하면서,

이번 주말까지 그가 원하는 대로 해주지 않으면 큰일 날 거라고 요."

"진짜 그렇게 말했단 말이야? 맙소사……"

"그가 편지를 썼다고 내게 말했어야죠." 나는 책망하듯 말했다.

"알아, 알아……" 아서는 진정 괴로워 보였다. "지난 보름 동안 말할까 말까 몇번이나 망설였어. 그렇지만 자네에게 불필요한 걱정을 끼치기 싫어서. 어쨌든 이게 다 지나갈지도 모르지 하고 바라고 있었던 거야."

"자, 봐요, 아서, 문제는 이거예요. 슈미트가 당신에게 해를 입힐 만한 뭔가를 진짜로 알고 있는 건가요?"

그는 초조하게 방을 오가다가 이젠 셔츠 바람으로 암담한 표정을 한 채 의자에 주저앉아 자기의 버튼 부츠만 쓸쓸하게 바라보고 있었다.

"그래, 윌리엄." 그의 목소리는 작았고 변명조였다. "그런 것 같아."

"그가 어떤 일을 알고 있는 건데요?"

"정말, 난…… 난 자네라도 내 끔찍한 과거 얘기를 세세히 들려줄 수는 없을 것 같아."

"자세한 얘기를 원하는 게 아니에요. 제가 알고 싶은 건 슈미트가 당신을 어떤 종류의 범죄 혐의로 끌어들일 수 있는가 하는 거죠."

아서는 곰곰이 턱을 문지르며 잠시 숙고했다.

"감히 그러진 못할 것 같아. 못해."

"전 잘 모르겠네요." 내가 말했다. "제가 보기에 상태가 아주 나쁜 것 같았거든요. 무슨 짓이든 할 정도로 절박했어요. 잘 먹지도 못하는 것처럼 보이던데요."

아서는 다시 일어나서 불안한 잔걸음으로 방 안을 빠르게 이리저리 오가기 시작했다.

"잠깐 아무 말도 하지 마, 윌리엄. 같이 조용히 생각을 좀 해보자고."

"당신이 슈미트를 경험해본 바로는, 그에게 돈을 좀 주고 당신을 가만 놔두라고 하면 조용히 있을 것 같은가요?"

아서는 망설이지 않았다.

"그렇지 않을 거야. 그는 그냥 내 피를 원하는 거니까…… 이런, 이런!"

"당신이 아예 독일을 떠나면요? 그래도 당신을 잡을 수 있을까요?"

아서는 극도로 동요된 몸짓을 하다가 갑자기 멈췄다.

"아니, 내 생각엔…… 그건, 아니야, 분명 아니야." 그는 낙담한 표정으로 나를 쳐다봤다. "내가 그렇게 해야 한다고 제안하는 건 아니지, 설마?"

"극단적인 방법이긴 하죠. 그렇지만 다른 대안이 있나요?"

"없는 것 같아. 분명히."

"저도 그렇게 생각해요."

아서는 절망적으로 어깨를 으쓱했다. "그래, 그래. 그렇게 말하는 건 쉽지. 그렇지만 돈이 어디서 나오나?"

"지금 상태가 꽤 괜찮으신 줄 알았는데요?" 나는 가볍게 놀라는 척했다. 아서의 시선이 슬쩍 내 눈길을 피해 아래로 떨어졌다.

"어떤 조건하에서만 그렇지."

"그러니까, 여기서만 돈을 벌 수 있다, 그런 얘기인가요?"

"음, 주로⋯⋯" 그는 이 교리문답을 좋아하지 않았고, 안절부절 못했다. 나는 이제 그냥 막 던져보지 않을 수 없었다.

"그렇지만 빠리에서 돈을 받잖아요?"

나는 과녁 중앙을 꿰뚫었다. 정직하지 않은 아서의 푸른 눈이 놀란 듯 흔들렸지만, 그 이상은 아니었다. 아마도 그는 이 질문에 아주 무방비 상태는 아니었을 것이다.

"윌리엄, 난 자네가 무슨 말을 하는지 전혀 모르겠어."

"신경 쓰지 마세요, 아서. 제가 상관할 일이 아닌걸요. 단지 할 수 있으면 당신을 돕고 싶을 뿐이에요."

"정말 고마워, 자네, 정말로." 아서가 한숨을 쉬었다. "이게 참 어려워. 대단히 복잡하고⋯⋯"

"네, 어쨌든 한가지는 분명하잖아요⋯⋯ 자, 당신이 할 수 있는 최선은 슈미트에게 당장 돈을 좀 보내서 그를 조용하게 만드는 겁니다. 그가 얼마나 요구하던가요?"

"일시불로 백." 아서는 풀 죽은 목소리로 말했다. "그리고 일주일에 오십."

"대담하네요. 그럼 백오십을 낼 수 있어요?"

"꼭 그래야 하면, 할 수는 있다고 봐. 정상적으로는 아니지만."

"알아요. 그렇지만 결국에는 그보다 열배 정도를 절약해줄 수 있으니까요. 제 제안은, 일단 그에게 백오십을 보내고, 1월 1일에 다시 정산하자고 약속하는 편지도 함께 보내는 거예요."

"정말, 윌리엄……"

"잠깐만요. 그리고 그사이에 당신은 12월 말 전까지 독일에서 빠져나는 겁니다. 그러면 석주간의 여유가 생기죠. 지금 온순하게 돈을 내주면 그때까지는 그가 당신을 괴롭히지 않을 거예요. 그는 당신을 자기 손아귀에 쥐고 있다고 생각할 테니까요."

"그래. 자네 말이 맞아. 그 생각에 적응해야겠어. 아, 모든 게 이렇게나 갑작스럽다니." 아서는 순간적으로 앙심이 치솟았다. "흉악한 독사 같으니! 그를 한번에 처단할 기회만 생긴다면……"

"걱정 마요. 조만간 그는 불쾌한 종말을 맞게 될 거니까. 당장 중요한 문제는 당신 여행비용을 마련하는 거예요. 돈을 빌릴 데는 있어요?"

그러나 아서는 벌써 다른 궁리를 하고 있었다.

"여기서 벗어날 방법을 찾을 수 있을 것 같아." 그의 어조는 훨씬 밝아졌다. "잠깐만 생각 좀 할게."

아서가 생각하는 동안 일주일이 지났다. 날씨는 나아지지 않았다. 낮이 음울하고 짧아서 우리의 마음도 영향을 받았다. 슈뢰더 부인은 등이 아프다고 불평이었다. 아서는 간이 좋지 않았다. 내 학생들은 시간을 안 지켰고 멍청하게 굴었다. 나는 우울하고 성마르게 됐다. 나는 우리의 누추한 아파트와, 내 창문 건너편에서 노려보는 남루한 집의 정면과, 축축한 거리와, 타버린 고기와 늘 똑같은 자우어크라우트와 수프로 우리가 저렴한 저녁을 먹는 답답하고 시끄러운 식당을 증오하기 시작했다.

"맙소사!" 어느날 저녁 나는 아서에게 외쳤다. "하루 이틀만이라도 이 갑갑한 도시에서 벗어날 수만 있다면!"

아서는 우울한 표정으로 멍하게 이를 쑤시고 있다가 생각에 잠긴 얼굴로 나를 바라봤다. 놀랍게도 그는 내 불평에 기꺼이 공감하며 동참할 준비가 되어 있는 듯했다.

"꼭 말해야겠는데, 윌리엄, 자네 요새 기분이 예전 같지 않은 것 같아. 눈에 띄게 창백해 보여."

"그래요?"

"요즘 너무 과로하는 것 같아 걱정이네. 외출도 잘 안하고. 자네 같은 젊은이는 운동도 하고 바람도 쐬어야 해."

나는 재미있기도 하고 약간 어리둥절해져서 미소 지었다.

"있잖아요, 아서, 당신 지금 환자를 대하는 것 같아요."

"이 친구야," ── 그는 약간 상처받은 척했다 ── "자네 건강을 진정으로 걱정하는데 그걸 놀리면 어떻게 하나. 알고 보면 자네 아버지뻘 나이라고. 내가 때때로 부모 노릇을 하더라도[59] 그럴 만할 것 같은데."

"죄송해요, 아빠."

아서는 미소 지었지만 좀 짜증난 것 같았다. 내 대답이 적절하지 않았던 것이다. 무엇인지는 몰라도, 그는 막연하게 꺼내려고 한 그 주제를 어떻게 시작해야 할지 알지 못했다. 잠시 망설인 후 그가

---

59 (라틴어) in loco parentis.

다시 이야기를 시작했다.

"이봐, 윌리엄, 자네는 그동안 여행하면서 스위스에 가본 적 있나?"

"무슨 연유에선지, 제네바의 작은 호텔에서 프랑스어를 배우려고 석달 동안 머무른 적이 있지요."

"아, 그래, 얘기했던 것 같아." 아서는 불편하게 헛기침을 했다. "그렇지만 난 겨울 스포츠를 떠올리고 있었는데."

"아니요. 그건 미처 못해봤어요."

아서는 분명 충격받은 것 같았다.

"정말, 자네, 이렇게 말하는 게 어떨지 모르지만, 자네는 신체 활동에 대한 경멸이 너무 지나친 것 같아, 진짜로. 물론 내가 정신적인 부분을 폄하하는 건 결코 아니지만 말이야. 그렇지만, 이거 봐, 자넨 아직 젊어. 어쨌거나 나중에는 즐길 수 없는 그런 쾌락을 지금 느끼지 못하는 건 보기가 안타까워. 솔직히 말해봐. 그냥 그런 척하는 거 아니야?"

나는 씩 웃었다.

"그럼 공손하게 여쭤보겠는데요, 스물여덟살에 어떤 분야의 스포츠에 푹 빠져계셨는지요?"

"글쎄 — 어 — 자네도 알다시피 나는 늘 건강이 좋질 않아서. 우리는 경우가 다르잖아. 그렇지만, 내가 스코틀랜드에 갔을 때는 낚시를 제법 열심히 했다고 말할 수 있어. 사실 꽤 자주 예쁜 붉은색과 갈색 무늬가 있는 작은 물고기들을 낚곤 했다고. 이름은 지금 잊어버렸는데."

나는 웃음을 터뜨리고 담배에 불을 붙였다.

"자, 아서, 자식 귀여워 어쩔 줄 모르는 부모로서 훌륭한 모습을 보여줬으니, 이제는 무슨 생각이신지 말해주셔야죠?"

그는 체념하고, 성내며, 아마도 한편으론 안도하며, 한숨을 내쉬었다. 이제 더이상 억지로 꾸며댈 필요가 없었으니까. 다시 입을 열었을 때 그의 어조는 완전히 달라져 있었다.

"그러니까 윌리엄, 내가 왜 이렇게 변죽만 울려야 하는지 모르겠네. 이제 우리 서로 알 만큼 알았잖아. 그건 그렇고 우리가 처음 만난 지 얼마나 됐지?"

"이년 넘었죠."

"그래? 정말이야? 어디 보자. 그래, 그렇네. 내가 말했다시피, 우리가 서로 충분히 오래 알고 지냈으니까 자네는 비록 나이는 젊지만 이미 세상사를 두루 경험했다는 것을 인정해야겠네……"

"좋게 말해주시네요."

"정말이야. 진심이라고. 저기, 내가 말하고 싶은 건 이거야. (그리고 이걸 아주 막연한 가능성 이상으로 받아들이진 말아줘. 왜냐하면 자네가 동의하는지 여부와는 별개로, 아주 중요한 문제거든. 지금으로서 그 계획에 대해서 아무것도 모르는 제삼자가 들어도 인정할 만한 것이어야 해)……"

아서는 이 괄호 뒤에 말을 멈추고 숨을 들이쉬면서 카드를 탁자에 꺼내놓는 데 대한 그의 체질적인 혐오를 극복하려고 했다.

"내가 물어보고 싶은 건 단지, 이번 크리스마스에 스위스의 겨울 스포츠 리조트에서 며칠 보낼래, 말래?"

마침내 이 이야기를 꺼내고 그는 혼란에 휩싸여 내 눈길을 피하면서 초조하게 양념병 받침대를 만지작거렸다. 이렇게 신경과민을 보이니 이 제안이 대단해 보였다. 나는 그를 잠시 응시했고, 놀라워서 그만 웃음을 터뜨렸다.

"나 참, 이럴 수가! 그러니까 이 얘기를 하려고 내내 그러신 거군요!"

아서는 살짝 수줍게 내 웃음에 동참했다. 그는 교활하고 은밀하게 내 얼굴이 시시각각으로 놀라는 과정을 살폈다. 그는 심리적으로 적절하다고 판단한 시점에 이렇게 덧붙였다.

"물론 모든 비용은 내가 부담할 거야."

"그렇지만 도대체……" 내가 입을 열었다.

"상관 마, 윌리엄. 상관 마. 그냥 내 생각이야, 그뿐이야. 그냥 아무것도 아닐지도, 정말 아무것도 아닐지도 몰라. 더이상은 물어보지 마. 그냥 내가 알고 싶은 건 이거야. 그런 일을 고려할 마음은 있는지, 아니면 아예 불가능한지?"

"물론 불가능할 건 전혀 없죠. 그렇지만 알고 싶은 게 너무 많아요. 예를 들어……"

아서는 섬세한 흰 손을 들어올렸다.

"지금은 아냐, 윌리엄, 제발."

"이것만요. 제가 어떤……"

"지금은 어떤 논의도 안돼." 아서가 단호하게 말을 잘랐다. "정말 안돼."

그리고, 마치 그럼에도 불구하고 자기 자신이 그러고 싶어지면 어쩌나 하는 듯이, 그는 웨이터를 불러 계산서를 달라고 했다.

아서가 그 수수께끼 같은 스위스 여행 계획을 더이상 언급하지 않은 채로 또 일주일이 거의 다 흘러갔다. 상당히 자제심을 발휘하여 나는 그에게 그 이야기를 상기시키지 않았다. 아마도 그의 다른 멋진 계획들처럼 이미 잊힌 것인지도 몰랐다. 그리고 생각해야 할 더 중요한 일들이 있었다. 크리스마스가 다가왔고 이제 이해도 다 지나가고 있었다. 그러나 내가 아는 한 그는 자신의 도피 자금을 마련할 전망은 전혀 갖고 있지 않았다. 내가 물었을 때 그는 막연한 대답만 했다. 그에게 무슨 조치를 취해야 하지 않느냐고 재촉했을 때는 말을 피했다. 그는 타성이라는 위험한 상태로 접어드는 것처럼 보였다. 분명 그는 슈미트의 악의와 해를 끼칠 수 있는 힘을 과소평가하고 있었다. 나는 그렇지 않았다. 나는 마지막으로 흘끗 본 그 비서의 불쾌한 얼굴을 쉽사리 잊을 수가 없었다. 아서의 무심함 때문에 나는 때때로 거의 미칠 지경이었다.

"걱정 마." 그는 멋진 가발을 나비처럼 가벼운 손길로 무심하게 매만지면서 막연하게 중얼거리곤 했다. "그날까지는 충분해, 알지…… 응."

"그날이 올 겁니다." 내가 반박했다. "이삼년간 계속 괴롭게 될 그날이요."

이튿날 내 두려움을 확인시켜주는 뭔가가 일어났다.

내가 평소처럼 아서의 방에서 그가 몸단장하는 것을 돕고 있을 때 전화가 울렸다.

"누군지 좀 받아볼래?" 아서가 분첩을 손에 들고 말했다. 그는 피할 수만 있다면 언제든 본인이 직접 전화를 받지 않는 편이었다. 나는 수화기를 들었다.

"슈미트예요." 잠시 후, 나는 일종의 우울한 만족감이 없지 않은 상태로, 송화구를 손으로 덮고 말했다.

"아이고!" 아서는 그를 박해하는 자가 침실 문밖에 실제로 서 있다고 하더라도 이보다 더 동요할 수는 없을 정도였다. 괴로워하는 그의 시선은 순간 숨을 공간이 있는지 재보려는 듯이 침대 아래를 문자 그대로 훑어나갔다.

"뭐든지 말해. 나 집에 없다고 해……"

"내 생각엔," 내가 단호하게 말했다. "당신이 직접 받는 게 나을 것 같아요. 어쨌든 전화로는 물어뜯을 수 없잖아요. 자기가 어떻게 하려는 건지 슬쩍 알려줄 수도 있어요."

"아, 그래, 굳이 그러라면……" 아서는 심통을 부렸다. "내 말은, 전혀 그럴 필요가 없다고 생각했다고."

조심스럽게, 분첩을 마치 방어무기처럼 손에 들고, 그는 전화기 쪽으로 다가갔다.

"응. 응." 턱의 보조개가 양쪽으로 일그러졌다. 그는 초조한 사자처럼 으르렁대는 표정을 지었다. "아니…… 그게 아니라…… 잠깐만 내 얘기 들어봐…… 안돼, 확실히…… 안돼……"

그의 목소리는 항의하고 애원하는 듯한 속삭임으로 길게 이어졌다. 그는 헛된 절망으로 전화기의 훅을 흔들어댔다.

"윌리엄, 그놈이 전화 끊었어."

아서가 낙담한 모습이 퍽이나 우스꽝스러워 저절로 미소가 지어졌다. "뭐래요?"

아서는 방을 가로질러 힘없이 침대에 털썩 앉았다. 그는 녹초가 된 듯했다. 힘없는 그의 손가락 사이에서 분첩이 바닥으로 떨어졌다.

"마법사 목소리밖에 들을 줄 모르는 귀머거리 독사 같아…… 괴물 같은 놈이야, 윌리엄! 자네는 저런 악귀에게 시달리는 일은 일생 없어야 하는데……"

"뭐라고 했는지 말해봐요."

"협박만 하더라고. 대부분 앞뒤도 안 맞아. 그는 그저 자기 존재를 내게 상기시키고 싶었을 뿐이야. 그리고 조만간 돈이 또 필요하다는 얘기도. 내가 직접 그와 얘기하도록 한 건 정말 잔인했어. 이제 오늘 하루 종일 속상하겠지. 내 손을 만져봐. 나뭇잎처럼 떨고 있잖아."

"그렇지만, 아서," 나는 분첩을 주워서 경대에 올려놓았다. "그냥 속상한 것만으론 소용이 없어요. 이게 당신에게 주는 경고일 거예요. 봐요, 그는 정말 진지하다고요. 조치를 취해야 해요. 무슨 계획 없어요? 당신이 할 수 있는 일이 없느냐고요?"

아서는 힘겹게 정신을 차렸다.

"그래, 그래. 자네 말이 맞아, 물론. 주사위는 던져졌어. 뭔가 해야지. 사실 한순간도 흘려보낼 수 없어. 장거리전화 교환국[60] 연결해서 빠리에 전화 좀 걸겠다고 해줄래? 시간이 이르진 않잖아? 그

---

60 (독) Fernamt.

럼……"

나는 아서가 준 번호로 연결해달라고 한 후 요령 있게 그를 혼자 남겨두었다. 나는 그를 저녁때까지 다시 보지 못했고, 여느 때처럼 저녁을 먹자고 약속해놓은 식당에서 만났다. 나는 그의 표정이 밝아진 것을 눈치챘다. 심지어 그는 포도주를 마시자고 주장했고, 내가 사양하자 내 몫까지 내겠다고 제안했다.

"기운이 난다니까." 그는 설득하듯이 덧붙였다.

나는 씩 웃었다. "아직도 제 건강이 걱정이세요?"

"자네 아주 못됐어." 아서는 미소 지으며 말했다. 그러나 그는 끌려오지 않았다. 일이분 후, 내가 무심코 일이 어떻게 되어가느냐고 물었을 때 그는 이렇게 답했다.

"먼저 저녁이나 먹자. 좀 참고 기다려줘, 제발."

그러나 저녁식사가 끝나고 둘 다 커피를 주문했을 때도, (덤으로 사치를 부린 거였다) 아서는 좀처럼 자신의 소식을 들려주지 않았다. 그 대신 그는 내가 무슨 일을 하고 있었는지, 어떤 학생들이 왔는지, 어디서 점심을 먹었는지 등등을 알고 싶어했다.

"우리 친구 프레그니츠를 최근에 못 만났지?"

"사실은 내일 같이 차를 마실 예정이에요."

"정말이야?"

나는 미소를 참았다. 이때쯤 나는 이미 아서의 접근 방식에 꽤 익숙해져 있었다. 점잖게 숨기기는 했지만 그 새로운 어조를 내가 놓칠 리 없었다. 그래서 마침내 우리는 요점으로 돌입했다.

"그에게 메시지라도 전해드릴까요?"

아서의 얼굴은 우스꽝스러워서 아주 볼만했다. 우리는 돈내기가 아닌 카드놀이에서 밤마다 서로를 속이는 두사람처럼 즐겁게 쳐다 봤다. 동시에 우리는 웃음을 터뜨렸다.

"정확히," 내가 물었다. "그에게서 뭘 얻어내고 싶은 건데요?"

"윌리엄, 제발…… 자넨 너무 표현이 거칠어."

"시간이 절약되잖아요."

"그래, 그래. 자네 말이 맞아. 아, 지금은 시간이 중요하지. 좋아, 그럼 내가 그와 작은 일을 하나 해보고 싶어한다고 해두지. 혹은 그에게 스스로 그것을 하게 해준다고나 할까?"

"친절도 하셔라!"

아서는 킥킥거렸다. "난 친절하지, 안 그래, 윌리엄? 알아보는 사람은 별로 없지만 말이야."

"그럼 그 사업이라는 게 뭔데요? 언제 성사되는 건데요?"

"그건 두고 봐야지. 곧 알게 돼."

"당신은 일정 비율을 받게 되는 거고요?"

"당연히."

"높은 비율로요?"

"성공한다면. 그렇지."

"독일을 떠날 만큼 충분히?"

"아, 그 이상이지. 사실은 꽤 쏠쏠한 비상금이 될 거야."

"그럼 괜찮은 거네요, 네?"

아서는 아주 꼼꼼하게 자기 손톱을 쳐다보며 초조하게 으르렁 거렸다.

"불행하게도, 기술적인 난점이 좀 있어. 그래서 자주 그랬듯이, 자네의 귀중한 조언이 필요해."

"좋아요, 들어봅시다."

아서는 잠깐 생각에 잠겼다. 나는 그가 내게 얼마나 말해야 하는지 궁리하고 있음을 알아차렸다.

"무엇보다," 마침내 그가 말했다. "이 사업은 독일에서는 성사될 수 없어."

"왜요?"

"왜냐하면, 사람들에게 너무 노출되거든. 거래해야 하는 다른 쪽이 유명한 사업가야. 알겠지만, 대기업들의 세계라는 게 비교적 얼마 안 크거든. 서로 다 지켜보고 있단 말이지. 소식이 삽시간에 퍼져버려. 슬쩍 암시만 주는 걸로 충분하지. 이 사람이 베를린에 온다면 이쪽 사업가들은 그가 심지어 도착도 하기 전에 다 알아버릴 거라니까. 그래서 기밀이 절대적으로 중요해."

"그것참 스릴 있는데요. 그렇지만 쿠노가 사업을 하고 있는 건 몰랐어요."

"엄밀하게 말하면 아니지." 아서는 애써 내 눈을 피하며 말했다. "이건 부업일 뿐이야."

"알았어요. 그럼 당신은 그 만남이 어디서 이루어져야 한다고 하는 건데요?"

아서는 앞에 놓인 작은 그릇에서 이쑤시개 하나를 조심스럽게 집어들었다.

"그게, 윌리엄, 바로 내가 자네의 귀중한 조언을 구하고 싶은 부분이야. 물론 독일 국경에서 쉽게 갈 수 있는 곳이어야 해. 이맘때쯤 사람들의 관심을 굳이 끌지 않고 휴가차 갈 수 있는 곳이어야 하고.”

극도로 신중하게 아서는 이쑤시개를 두동강 내어 탁자보 위에 나란히 놓았다. 나를 쳐다보지 않은 채 그는 덧붙였다.

“자네가 수락해야겠지만, 나는 스위스를 생각하고 있어.”

꽤 긴 침묵이 이어졌다. 우리는 둘 다 미소 짓고 있었다.

“그게 다예요?” 마침내 내가 말했다.

아서는 이쑤시개를 다시 네동강으로 부러뜨리고, 고개를 들어 부정직한, 미소를 띤 순진한 눈길로 나를 쳐다봤다.

“자네가 바로 보았듯이, 그게 다야.”

“아, 아. 당신 정말 여우 같은 노인네예요.” 내가 웃었다. “이제야 뭔가 보이기 시작하네요.”

“윌리엄, 고백하건대, 자네 눈치가 조금 둔한 것 같다는 생각이 들려던 참이야. 자네답지 않아.”

“미안해요, 아서. 그렇지만 이 모든 수수께끼 때문에 약간 어지럽거든요. 이상한 질문은 이제 그만하고, 처음부터 다시 정리해볼까요?”

“물론이지, 나는 자네에게 이 일에 대해서 내가 아는 것을 기꺼이 다 말할 용의가 있어. 할 얘기가 많지도 않아. 음, 요약해보면, 프레그니츠는 독일에 있는 가장 큰 유리 제조업체에 관심을 두고 있어. 어떤 회사인지는 중요하지 않아. 임원 명단에 그의 이름도 안 올라가 있으니까. 그럼에도 불구하고 비공식적으로 엄청난 영향력이 있지. 물론 이런 일들을 내가 다 알고 있다고 할 수도 없어."

"유리 제조업요? 뭐, 괜찮게 들리네요."

"그런데 말이야," 아서는 초조하게 나를 안심시키듯 말했다. "물론 괜찮지. 자네는 조심스러운 본성을 타고났지만, 그것 때문에 균형 감각이 흔들리면 안되네. 이 제안이 처음에 자네에게 약간 이상하게 들렸다면, 그건 자네가 대형 금융거래 방식에 익숙하지 않기 때문일 거야. 음, 그런데 이런 일은 매일 일어나거든. 누구한테든 물어봐. 가장 큰 거래는 거의 항상 비공식적으로 논의되거든."

"알겠어요! 알겠어요! 계속하세요."

"보자. 어디까지 했더라? 아, 그래. 자, 빠리에 있는 내 친한 친구 중 한명이 꽤 유명한 금융인인데 —"

"마고라고 서명하는 그 사람요?"

그러나 이번엔 내가 아서의 허를 찌르는 데 실패했다. 나는 그가 놀랐는지 아닌지도 추측할 수가 없었다. 그는 미소 지을 뿐이었다.

"날카롭기도 하지, 윌리엄! 글쎄, 그럴지도 모르지. 어쨌든 그를 편의상 마고라고 부르자. 그래…… 어쨌거나, 마고는 프레그니츠를 몹시 만나보고 싶어해. 스스로 인정하지는 않지만, 내가 알기로 그는 프레그니츠의 회사와 자기 회사에 일종의 합병을 제안하고 싶어해. 그렇지만 전적으로 비공식적인 거지. 그건 우리 관심사가 아니야. 프레그니츠로서는, 마고의 제안을 직접 들어보고 그것이 그의 회사에 이득이 될지 아닐지 결정하면 되는 거야. 아마도, 그럴 가능성이 큰데, 이득이 되긴 할 거야. 그렇지 않더라도 손해 볼 건 없어. 그거야 순전히 마고 자신 탓인 거지. 그가 내게 주선해주기를 원하는 건 경제지 기자들이 귀찮게 굴지 않을 중립지대에서 그와 남작이 만나 사교하면서 이 얘기를 조용히 나눴으면 하는 거야."

"그럼 그들을 만나게 해주는 즉시 현금을 받게 되는 건가요?"

"만남이 성사되면," 아서는 목소리를 낮췄다. "일단 반을 받게 돼. 그리고 거래가 이뤄지면 그때 가서야 나머지 반을 받게 되는 거고. 그러나 나쁜 점은, 마고가 프레그니츠를 당장 봐야 한다고 우기는 거야. 그는 일단 머릿속에 생각이 떠오르면 늘 그런 식이거든. 아주 성질 급한 사람이라……"

"정말 당신이 이 만남을 성사시키는 것만으로도 그렇게 많은 돈을 줄 준비가 돼 있다는 거예요?"

"명심해, 윌리엄, 그에게는 그저 푼돈이야. 이 거래가 성사되기만 하면 수백만을 벌어들일 텐데."

"음, 제가 할 수 있는 말은, 축하한다는 거예요. 쉽게 잘돼야 할 텐데."

"그렇게 생각한다니 기쁘네." 아서의 어조는 조심스럽고 확신이 없었다.

"그런데, 뭐가 어렵죠? 그냥 당신이 쿠노에게 가서 이 상황을 다 설명하면 되잖아요."

"윌리엄!" 아서는 그야말로 공포에 질린 듯했다. "그러면 치명적일 거야!"

"왜 그런지 모르겠는데요."

"왜 그런지 몰라? 정말로, 자네가 좀더 섬세한 사람인 줄로 믿었는데. 아니야, 그건 말도 안되는 일이야. 프레그니츠를 나만큼 몰라서 그래. 그는 이런 문제에 대해서는 아주 예민하거든. 내 나름대로 댓가를 치르고 알게 된 거야. 그러면 그는 자기 일에 정당하지 않게 개입한다고 받아들일 거라고. 당장 뒤로 물러날 거야. 그는 진정으로 귀족적인 세계관을 가지고 있어. 이 돈밖에 모르는 시절에 좀처럼 발견하기 힘든 점이지. 그것 때문에 그를 좋아하는 것이기도 해."

나는 씩 웃었다.

"당신이 그에게 거금을 제시하는데 기분 나빠한다면, 그는 아주 기이한 부류의 사업가인 것 같은데요."

그러나 아서는 상당히 열이 올라 있었다.

"제발, 윌리엄, 농담할 때가 아니야. 내가 무슨 말 하는지 알아야 해. 프레그니츠는, 나 역시 그에게 공감하지만, 개인적인 일과 사업상의 관계를 뒤섞는 것을 싫어해. 자네가 하든, 내가 하든, 마고나 다른 누구와 협상을 해야 한다고 권하면 그건 분수를 모르는 짓이될 거야. 그런 걸 그렇게 싫어한다니까. 그러니까 부탁하는데, 이 건에 대해서 무슨 일이 있더라도 그에게 한마디도 발설하면 안돼."

"안해요, 물론 안하죠. 흥분하지 마세요. 그렇지만, 이거 봐요, 아서, 그러니까 쿠노가 마고를 만날 거라는 사실을 알지 못한 채로 스위스에 가야 한다는 얘기인 거죠?"

"아주 간단명료하게 말해줬네."

"흠…… 좀 복잡한 얘기네요. 그래도 뭐가 그리 특별히 어렵다는 건지는 모르겠어요. 쿠노는 어쨌든 겨울 스포츠를 즐기러 갈 텐데. 그건 그의 취향에 맞잖아요. 내가 잘 모르겠는 건, 거기 내가 왜 들어가는 거죠? 그냥 머릿수를 늘려주려고 가는 건가요, 아니면 익살을 부려 분위기를 풀어주려고, 아니면?"

아서는 이쑤시개 하나를 더 집어들어 부러뜨렸다.

"바로 그 점을 말하려고 했어, 윌리엄." 그는 신중하게 사무적인 어조로 말했다. "그러니까, 자네만 가줬으면 하는 거야."

"쿠노랑 단둘이요?"

"응." 아서는 초조하게 빠른 속도로 말하기 시작했다. "내가 자네와 함께 가거나 이 일을 스스로 처리하지 못하는 몇가지 이유가 있어. 우선, 며칠 동안이라도 일단 이 나라를 떠나면 이리로 다시 돌아오기가, 돌아오긴 해야 할 텐데, 아주 껄끄러워질 거야. 둘째로, 우리가 함께 겨울 스포츠를 하러 가자는 제안을 내가 먼저 하면 아주 이상하게 들릴 거라는 거지. 프레그니츠는 내가 그런 일을 벌일 체질도 아니고 취향도 없다는 것을 아주 잘 알거든. 반면에, 그 제안을 자네가 하면 그보다 더 자연스러운 일이 어디 있겠어? 그는 아마 이렇게 젊고 발랄한 친구와 함께 여행한다는 생각에 무척 기뻐할 거야."

"네, 다 잘 알겠어요…… 그렇지만 내가 어떻게 마고와 만나게 되나요? 나는 그 사람 얼굴도 모르는데?"

아서는 그건 아무것도 아니라는 듯 손을 내저었다.

"그건 나와 그 사람에게 맡겨. 마음 가라앉히고, 오늘 저녁에 내가 한 얘기는 다 잊어버리고, 그냥 즐기면 되는 거야."

"그뿐이에요?"

"그뿐이야. 프레그니츠를 국경 너머로 데려가면 그걸로 자네 할 일은 끝이야."

"재미있는데요."

아서의 얼굴이 당장 환하게 밝아졌다.

"그럼 가는 거야?"

"생각해봐야죠."

실망하여 그는 턱을 쥐어뜯었다. 이쑤시개는 길게 쪼개져 있었다. 한참 후 그가 주저하면서 말했다.

"이 말을 하려고 했는데, 자네가 쓸 비용은 미리 주겠지만 그것 말고, 어, 약간의 수고비를 받아줬으면 해."

"아니에요, 괜찮아요, 아서."

"제발 부탁이야, 윌리엄." 그의 목소리는 훨씬 안도한 듯 들렸다. "받지 않을 거라고 생각했지만 말이야."

나는 씩 웃었다.

"당신이 정직하게 번 돈을 빼앗지는 않을 거예요."

내 얼굴을 찬찬히 보고, 그는 미소 지었다. 그는 나를 어떻게 받아들여야 할지 확신하지 못하고 있었다. 그의 태도가 바뀌었다.

"물론이지. 잘 생각해서 해야지. 자네에게 억지로 뭘 시키고 싶지는 않아. 이 계획에 반하는 결정을 내린다면 다시는 이 얘기 안할게. 그렇지만 이게 나에게 어떤 의미인지 잘 알거야. 내게는 유일한 기회지. 호의를 베풀어달라고 구걸하긴 싫어. 자네에게 너무 많은 걸 요구하는 건지도 모르겠네. 단지 자네가 나를 위해 이 일을 해주면 영원히 고마운 마음일 거라는 얘기만 할게. 그리고 언제 이 신세를 갚을 수만 있다면⋯⋯"

"그만해요, 아서. 그만! 그러다 나를 울리겠어요." 나는 웃음을 터뜨렸다. "좋아요, 쿠노에게 최선을 다해보죠. 그렇지만 정말이지, 여기에 희망을 다 걸지는 마요. 그가 갈 것 같지가 않아서 그래요. 이미 선약이 있을지도 모르고요."

여기까지 이야기가 되고 나서 그날 저녁은 그것으로 논의가 끝났다.

이튿날 쿠노의 아파트에서 있었던 티 파티에서 돌아왔을 때 아서는 극도로 초조하게 자기 침실에서 나를 기다리고 있었다. 그는 문을 닫자마자 소식을 듣고 싶어 안달했다.

"빨리, 윌리엄, 제발. 나쁜 소식부터 말해. 다 견딜 수 있어. 안 간대? 응?"

"아니요," 내가 말했다. "간대요."

잠시 동안 아서는 기뻐서 말문이 막히고 꼼짝도 못하게 된 것 같았다. 그러고는 그의 온몸에 전율이 일었다. 그는 공중으로 펄쩍 뛰어올랐다.

"아이고, 자네! 정말, 정말이지 한번 안아줘야겠네!" 그리고 내 목에 문자 그대로 팔을 척 두르고 마치 프랑스 장군처럼 양 볼에 키스했다. "전부 얘기해봐. 어려웠어? 뭐라고 그래?"

"아, 내가 입을 열기도 전에 그가 스스로 제안을 꺼내던걸요. 리젠 산맥[61] 쪽으로 가고 싶다고. 그렇지만 내가 알프스 쪽 눈이 훨씬

---
61 독일 동남부의 산맥.

더 좋을 거라고 했지요."

"그랬어? 잘했다, 윌리엄! 어쩜 그런 생각을······"

나는 의자에 앉았다. 아서는 찬탄하는 표정을 하고 기분이 좋아서 내 주변을 맴돌았다.

"그럼 조금도 의심하지 않는다는 거지?"

"확실해요."

"얼마나 빨리 떠날 수 있어?"

"크리스마스이브에 갈 것 같아요."

아서는 나를 근심스럽게 쳐다봤다.

"자네는 별로 내키지 않는 것 같은데. 이게 자네에게도 즐거운 일이 됐으면 해. 어디 불편한 건 아니지?"

"전혀요. 괜찮아요." 나는 일어섰다. "아서, 부탁이 있어요."

내 어조에 그의 눈꺼풀이 파르르 떨렸다.

"아—어—물론. 말해봐. 말해봐."

"당신이 사실대로 얘기해줬으면 좋겠어요. 당신과 마고가 쿠노에게 사기를 치려고 하는 건가요? 그래요, 아니에요?"

"윌리엄—어—정말······ 자네가 그런 생각을······"

"전 대답을 원해요, 제발, 아서. 제가 그걸 아는 게 중요해요. 이제 이 일에 개입돼버렸잖아요. 그래요, 안 그래요?"

"어, 그러니까······ 아니야. 물론 아니야. 내가 이미 길게 설명했듯이 나는······"

"맹세할 수 있어요?"

"정말, 윌리엄, 여긴 법정이 아니잖아. 나를 그렇게 보지 마, 제발. 좋아, 자네가 그렇게 하길 원한다면, 맹세할게."

"고마워요. 제가 바라는 건 그것뿐이에요. 불손하게 들렸다면 죄송해요. 원칙적으로는 내가 당신 일에 개입하지 않는 거 아시잖아요. 이젠 이게 제 일이 됐으니까요."

아서는 약간 동요하며 어렴풋한 미소를 지었다.

"자네가 불안한 거 이해해, 물론. 그렇지만 이 경우에는 장담하는데, 전혀 그럴 일 없어. 프레그니츠도 현명하게 받아들이기만 한다면 이 거래로 엄청난 이득을 거둬들일 거라고 믿어."

마지막 시험으로 나는 아서의 눈을 똑바로 보려고 했다. 그러나 아니, 이 고전적인 방식은 통하지 않았다. 그의 눈은 영혼의 창이 아니었다. 그건 그저 연푸른색 젤리처럼, 바위틈에 끼인 조갯살처럼, 그의 얼굴의 일부일 뿐이었다. 주목할 만한 것은 아무것도 없었다. 광채도, 내면의 빛도 보이지 않았다. 열심히 쳐다보다가 나는 좀더 흥미로운 부분에 머물렀다. 부드럽게 툭 튀어나온 코와 찌부러진 턱이었다. 서너번 시도 끝에 나는 포기했다. 소용없었다. 그저 아서의 말을 액면 그대로 받아들이는 수밖에 없었다.

13장

　쿠노와의 스위스 여행은 정략결혼에 뒤이은 신혼여행과 닮아 있었다. 우리는 서로 예의를 차리고 배려했으며 좀 수줍어했다. 쿠노는 사려 깊은 정중함의 본보기였다. 그는 손수 선반 위의 내 짐을 정리해주고, 마지막 순간에 뛰어나가 잡지를 사다주고, 에둘러 물어본 끝에 내가 침대차의 아래 칸보다 위 칸을 더 좋아한다는 사실을 알아냈으며, 내가 옷을 갈아입는 동안 복도로 나가서 기다려주기도 했다. 내가 독서에 지치자 상냥하고도 유익하게 산들의 이름을 가르쳐줬다. 우리는 오분쯤 활발하게 수다를 떨다가 갑자기 멍하니 침묵에 빠져들었다. 우리 둘 다 생각할 것이 아주 많았다. 내 생각에 쿠노는 독일 정치의 불길한 행보에 대해 걱정하고 있었거나, 일곱 소년들이 사는 그의 섬을 꿈꾸고 있었다. 나는 여유롭게 마고의 수수께끼를 모든 측면에서 다시 검토해봤다. 그는 실존 인물일까? 내 머리 위에는 바로 전날 양복점에서 배달된 정찬용 재킷이 든 새 돼지가죽 가방이 놓여 있었다. 아서가 우리를 고용한 사람의 돈으로 으스댔던 것이다. "원하는 거 뭐든지 사. 너절하게 보이는 건 절대 안돼. 게다가 만약에⋯⋯" 잠시 망설이다 나는 갸우뚱하면서도 그의 조언을 따랐다. 그가 채근한 정도로 무모한 지경은 아니었지만 말이다. 아서는 심지어 '여행비용'으로 내가 금으로 된 커프스단추 한쌍, 손목시계, 만년필까지 사도 괜찮다고 해석하기까지 했다. "결국, 윌리엄, 사업은 사업이야. 자네는 이 사람들을 나만큼 몰라." 마고를 언급할 때 그의 어조는 눈에 띄게 씁쓸했다. "만약 자네가 그에게 뭔가 해달라고 부탁한다면, 그는 주저 없이 자네에게서 마지막 한푼까지 다 짜낼걸."

여행 첫 아침인 복싱 데이[62]에, 나는 아래쪽 눈 덮인 길에서 쟁그랑거리는 썰매의 종소리와, 욕실에서 들려오는 역시 금속성의, 묘하게 찰캉거리는 소음에 잠을 깼다. 반쯤 열린 문틈으로 쿠노가 운동복 반바지 차림으로 흉부 확장기를 가지고 운동하는 것이 보였다. 그는 격렬하게 운동하는 중이었다. 한번 안간힘을 쓸 때마다 목의 핏줄이 불거지고, 콧구멍은 둥글게 경직됐다. 그는 내가 있다는 것을 의식하지 못하고 있음이 분명했다. 외알 안경을 끼지 않은 그의 두 눈은 눈앞 가까이의 실체 없는 뭔가를 막연하게 노려보는 듯

---

62 크리스마스 이튿날.

고정돼 있어서, 사적인 종교의식을 치르고 있는 듯했다. 그에게 말을 건다면 마치 기도하고 있는 사람을 방해하는 것처럼 거슬리는 일일 것이었다. 나는 침대 위에서 몸을 돌려 자는 척했다. 잠시 후 욕실 문이 살며시 닫히는 소리가 났다.

우리가 묵은 방은 호텔의 이층이었고, 내려다보이는 마을의 집들은 얼어붙은 호수를 따라 점점이 흩어져 반짝이는 슬로프까지 이어져 있었다. 스키장은 마치 담요를 덮은 거대한 몸뚱이의 윤곽처럼 거대하고 완만했고, 터보건의 활강 코스가 시작되는 곳으로 올라가는 거미 같은 등산열차의 검은 노선이 그 경사면을 가로질렀다. 국제적인 사업 거래를 하기에는 좀 이상한 배경인 것 같았다. 그러나 아서가 옳게 지적했듯이, 나는 금융인들의 방식에 대해서는 아무것도 몰랐다. 나는 보이지 않는 주최자를 생각하며 천천히 옷을 입었다. 마고는 이미 여기 와 있을까? 매니저 말로는 호텔이 만실이라고 했다. 어젯밤 커다란 식당에서 손님들을 흘끗 본 바로 미루어보면, 여기 머무르는 사람이 수백명은 되는 듯했다.

쿠노는 나와 아침을 먹었다. 그는 세심하게 캐주얼해 보이도록 회색 플란넬 바지와 블레이저를 입고, 옥스퍼드 대학 깃발이 새겨진 실크 스카프를 맸다.

"잘 잤지?"

"아주 잘 잤어. 당신은?"

"난, 잘 못 잤어." 그는 미소를 띠고 살짝 부끄러워하며 얼굴을 붉혔다. "상관없어. 밤에는 책을 읽으면 되니까."

수줍게 그는 손에 들고 있던 책 제목을 보여줬다. 『표류자 빌리』

라는 책이었다.

"재밌어?" 내가 물었다.

"어떤 장은 정말 좋아. 내가 찾은 장은……"

그 재미있는 장의 이야기를 듣기 전에 웨이터가 작은 바퀴가 달린 밀차에 아침식사를 가지고 왔다. 우리는 순식간에 남의 이목을 의식하는 우리의 신혼 분위기로 되돌아갔다.

"크림 좀 줄까?"

"조금만."

"이 정도면 괜찮아?"

"고마워. 맛있네."

우리의 말소리가 너무 말도 안되게 들려서 나는 큰 소리로 웃을 수밖에 없었다. 우리는 연극 1막에 나와서 주인공이 나타날 때까지 대화를 하고 있는 두명의 군소 인물들 같았다.

아침식사를 마칠 즈음, 거대한 흰색 슬로프는 이미 잠자리들처럼 좌우로 스치듯 지나가거나 부상당한 개미들처럼 비틀거리다 넘어지는 조그만 형체들로 붐비고 있었다. 호수에는 스케이트를 타러 수십명이 나와 있었다. 밧줄로 가로막아놓은 공간에서는, 집중해서 보는 관중 앞에서, 인간이 아니다 싶게 날쌘 사람 하나가 검은색 타이츠를 입고 신기한 재주를 보여주고 있었다. 좀더 활동적인 손님들은 배낭을 메고 헬멧을 쓰고 장화를 신고는, 마치 호화로운 막사에서 나온 병사 같은 모습으로 높은 산봉우리로 멀고 위험한 여정을 떠나고 있었다. 거대한 무리 중에는, 부상을 입어 지팡이에 의지하여 절뚝거리거나, 삼각건에 팔을 걸고 고통스러운 회복기의 산책을 나온 사람들도 군데군데 눈에 띄었다.

여전히 정중한 태도로, 쿠노는 당연히 나에게 스키를 가르쳐줘야 한다고 생각했다. 나는 그냥 혼자 있는 편이 더 나을 것 같았지만, 내가 아무리 예의 바르게 거절해도 소용이 없었다. 그는 그 일을 자신의 의무라고 생각하는 것 같았다. 더 말할 필요도 없었다. 그래서 우리는 초심자 슬로프에서 땀을 뻘뻘 흘리며 두시간을 보냈다. 나는 미끄러지고 비틀거렸으며, 쿠노는 나를 타이르고 붙잡아줬다. "아니야, 이렇게 하면 안돼…… 몸이 너무 뻣뻣하잖아, 봐." 그의 인내심에는 한계가 없는 것 같았다. 나는 점심시간을 간절히 기다렸다.

오전 중에 한 젊은이가 우리 주변 초심자들 사이에서 능숙하게 원을 그리며 다가왔다. 그는 멈춰서서 우리를 바라봤다. 내가 서툴러서 그게 재미있었나보다. 그가 있으니 좀 짜증이 났다. 누가 날 구경하는 것은 원치 않았으니까. 반은 우연히, 반쯤은 일부러, 나는 그가 전혀 예상하지 못한 순간에 그쪽으로 갑자기 몸을 틀어 그를 넘어뜨렸다. 우리는 서로 엄청나게 사과했다. 그는 내가 일어서도록 도와줬고 심지어 손으로 내게 묻은 눈을 털어주기까지 했다.

"제가 할게요…… 판 호른이라고 합니다."

그의 인사와 스키와 모든 것들이 놀랍도록 뻣뻣해서 마치 나에게 결투라도 신청하는 것 같았다.

"브래드쇼입니다…… 반갑습니다."

나는 그를 우스꽝스럽게 흉내 내려고 했고, 곧 다시 앞으로 넘어져 이번에는 쿠노가 일으켜줘야 했다. 좀 덜 정중하게, 나는 그들을 서로 소개했다.

이 일이 있은 후 다행스럽게도 나를 가르치려는 쿠노의 관심은 눈에 띄게 줄어들었다. 판 호른은 수수한 바이킹 스타일로 잘생긴, 키가 큰 금발 청년이었다. 머리를 거의 다 박박 밀어버려서 외모를 좀 망치긴 했지만 말이다. 맨질한 뒤통수는 햇볕에 타서 화난 듯한 다홍색이었다. 그의 말에 의하면, 그는 함부르크 대학을 세 학기째 다니고 있었다. 그는 쿠노가 사려 깊게 비위를 맞추는 미소로 말을 걸 때마다 몹시 수줍어했고 얼굴이 새빨개졌다.

판 호른은 쿠노가 대단히 큰 관심이 있는 종류의 회전을 할 줄 알았다. 그들은 조금 멀리 떨어진 곳으로 가서 시범을 보여주며 연습했다. 곧 점심때가 됐다. 호텔로 내려가는 길에 그 젊은이는 자기 삼촌을 소개해줬다. 그는 활달하고 땅딸한 네덜란드인으로서, 얼음 위에서 굉장한 피겨 스케이팅 기술을 선보이고 있었다. 삼촌 판 호른 씨는 진지한 조카와는 대조적이었다. 그의 눈은 명랑하게 반짝였고, 우리와 알게 되어서 기분이 좋은 것 같았다. 얼굴은 오래된 장화 같은 갈색이었고, 완전히 대머리였다. 그는 구레나룻과 가운데로 모인 턱수염을 기르고 있었다.

"그래서 벌써 친구를 사귄 거야?" 그는 독일어로 조카에게 말했다. "맞아요." 그의 반짝이는 눈이 쿠노와 나를 쳐다봤다. "핏에게 좋은 여자를 사귀어야 한다고 말하는데, 말을 안 들어요. 너무 부끄럼을 타서. 난 저 나이 때 안 그랬는데 말입니다."

핏 판 호른은 얼굴을 붉히고 찌푸리더니 쿠노가 보내는 상냥한 공감의 시선에 응하지 않고 눈길을 돌려버렸다. 판 호른 씨는 스케이트를 벗으며 나에게 수다를 떨었다.

"그래서 여기 좋아요? 아유, 나도 맘에 드네요! 정말 오랫동안 이렇게 즐겁게 지내본 적이 없어요. 벌써 1, 2파운드는 살이 빠진 것 같아요. 오늘 아침에는 기분이 딱 스물한살 같던데요."

식당에 들어서면서 쿠노는 판 호른 삼촌과 조카에게 우리와 함께 앉으면 어떠냐고 제안했다. 그는 말하면서 핏을 의미심장하게 바라봤다. 나는 꽤나 당황스러웠다. 쿠노는 분명 좀 투박하게 접근하고 있었다. 그러나 판 호른 씨는 바로 기꺼이 동의했다. 그는 이 제안이 하등 이상할 것이 없다고 생각하는 듯했다. 아마도 그는 기분이 좋아서 말상대가 더 생겼으면 하는 것 같기도 했다.

점심을 먹는 동안 쿠노는 내내 핏만 바라봤다. 쿠노는 분위기를 녹이는 데 어느정도 성공한 것 같았다. 그 청년이 몇번 웃었으니까. 그러는 동안 판 호른은 내 귀에다가 흡연실에서나 나눌 만한 일련의 낡아빠지고 매우 유치한 이야기들을 늘어놓았다. 어찌나 열을 내어 즐겁게 이야기를 하던지. 나는 거의 듣지도 않았다. 차가운 바깥공기를 쐬고 와서 종려나무 뒤에서 밴드가 몽롱한 음악을 연주하는 따뜻한 식당에 앉아 있으려니 슬슬 졸음이 왔다. 음식은 맛이 좋았다. 그런 점심은 거의 먹어본 적이 없었다. 그러는 내내 나는 마고가 어디 있으며, 언제, 어떻게 나타날지 막연하게 궁금해했다.

내 몽롱한 의식으로, 점점 더 자주 몇마디 프랑스어 문장이 들어왔다. 나는 간간이 단어만 알아들을 수 있었다. "재미있는" "암시적인" "지극히 전형적인". 내 주의를 끈 것은 말하는 사람의 목소리였다. 그 목소리는 우리 바로 옆 테이블에서 들려오고 있었다. 나는 느릿느릿 고개를 돌렸다.

덩치가 큰 중년 남성 한명이 빠리에서나 볼 수 있는 유형의 이국적인 미모의 금발 여성과 마주 보고 앉아 있었다. 그들은 둘 다 우리 쪽을 보고 있었고, 분명 우리에 대해서 조심스럽게 억제된 어조로 말하고 있었다. 남자 쪽에서 특히 관심이 있는 것 같았다. 그의 달걀형 머리는 벗어졌고, 대담하게 툭 튀어나온 둥글고 근엄한 눈을 가졌으며, 백발에 가까운 노란 머리칼을 뒤로 빗어넘겨 날개 한쌍을 접은 것처럼 두개골 아래쪽에 붙여놓았다. 그의 목소리는 떨리고 거칠었다. 외모 전체에선 뭔가 설명할 수 없이 불쾌하고 음산한 분위기가 풍겼다. 나는 내 신경계로 이상한 전율이, 적대적이고 불길하면서도 뭔가 기대하며 흐르는 것을 느꼈다. 나는 다른 사람들을 재빨리 훑었다. 그러나, 아니, 그들은 그 낯선 이의 냉소적이고 노골적인 탐색을 전혀 의식하지 못하는 것 같았다. 쿠노는 몸을 굽히고는 물고기처럼, 달래듯이, 상냥하게 핏에게 뭔가 말하고 있었다. 삼촌 판 호른 씨는 마침내 말을 멈추더니 시간을 벌충하듯이 구운 스테이크를 열심히 먹고 있었다. 그는 냅킨을 옷깃에 끼워넣고, 더이상 조끼에 국물이 묻을 염려가 없는 사람답게 정신을 놓고 먹어대고 있었다. 나는 옆에 앉은 프랑스인이 "역겨워"[63]라는 단어를 발음하는 것을 들은 것 같았다.

나는 종종 마고가 어떻게 생겼을까 상상해봤었다. 나는 그가 더 살찌고 더 늙고 더 평범할 것이라고 상상했다. 내 상상력은 지나치

---

63 (프) dégoûtant.

게 소심했다. 나는 그렇게 진짜 같고, 그렇게 절대적이고, 직접적으로 설득력 있는 무엇을 꿈에도 생각하지 못했던 것이다. 어떤 사람의 직감도 여기서 틀릴 수는 없었다. 나는 마치 내가 그를 오랫동안 알고 지내온 것처럼 그의 신원을 확신했다.

짜릿한 순간이었다. 애석한 점은 아무도 나와 이 흥분을 함께하지 못한다는 것이었다. 아서라면 얼마나 좋아했을까! 나는 그의 숨기기 힘든 즐거운 동요를, 모든 사람이 알아볼 수 있는 그만의 신호를, 쾌활한 수다로 수수께끼를 덮으려는 우스꽝스럽고 억지스러운 시도를 상상할 수 있었다. 그 생각을 하니 큰 소리로 웃고 싶을 지경이었다. 나는 내 생각을 들킬까봐 옆 사람들을 다시 감히 쳐다보지도 못했다. 일찌감치 나는 이미 이 일이 진행되는 동안 어떤 단계에서도 눈 깜짝할 만큼이라도 내가 공모했다는 것을 절대 드러내지 말아야겠다고 결심한 바 있었다. 마고는 그 거래에서 자신의 역할을 했고, 나 역시 내가 믿을 만하고 신중하다는 점을 보여주고자 했다.

그가 어떻게 공격해올 것인가? 이는 정말 매력적인 질문이었다. 나는 그의 입장이 되어서 가장 기상천외하게 절묘한 수를 상상해보기 시작했다. 아마도 그와 여자가 쿠노를 소매치기한 뒤 나중에 바닥에서 그의 지갑을 주운 척하고 자기들을 소개할 수도 있다. 어쩌면 그날밤 가짜 화재경보가 울릴 수도 있다. 마고는 쿠노의 방에 연막탄을 숨겨놓았다가 달려와서 연기로부터 그를 구해줄 수도 있다. 그들이 뭔가 극단적인 일을 하리라는 것이 분명해 보였다. 마고는 어정쩡한 조치로 만족할 사람으로 보이지 않았다. 지금 무슨 일을 꾸미고 있는 것일까? 더이상 그들의 목소리가 들리지 않았다. 바닥에 냅킨을 어색하게 떨어뜨리곤, 나는 냅킨을 주우려 몸을 숙이고 슬쩍 그들 쪽을 봤지만, 실망스럽게도 두사람은 이미 식당을 떠나고 없었다. 나는 실망했지만, 다시 생각해보니 딱히 놀랄 일은 아니다 싶었다. 일단 서로 알아본 것뿐이니까. 마고는 아마도 저녁 전까지는 아무것도 하지 않을 것이다.

점심을 먹고 나서 쿠노는 나에게 쉬라고 진심으로 조언했다. 그의 설명에 따르면 초심자는 첫날부터 너무 열심히 하면 좋지 않다는 것이다. 나도 은근히 좋아하며 동의했다. 잠시 후 나는 그가 핏판 호른과 터보건을 타러 나가기로 약속하는 소리를 들었다. 판 호른 씨는 이미 방으로 들어가고 없었다.

오후에 차를 마실 때 라운지에서 춤추는 시간이 있었다. 핏과 쿠노는 나타나지 않았다. 다행스럽게도 판 호른 씨 역시 나타나지 않았다. 나는 손님들을 지켜보면서 홀로 행복을 누렸다. 그때 마고가 혼자 들어왔다. 그는 나와 불과 몇 야드 떨어진, 커다란 유리창이 달린 베란다의 맞은편 테이블에 앉았다. 그쪽을 홀끗 훔쳐보다가 그와 눈이 마주쳤다. 차갑고 두드러지고 거칠게 캐묻는 눈초리였다. 심장이 불편하게 쿵쿵 뛰었다. 상황은 점점 기이해졌다. 내가 지금 가서 그에게 말을 건다면? 그러면 그의 수고를 많이 덜어줄 수 있다. 그냥 내가 그를 내 지인으로, 여기서 우연히 만난 것으로 소개하면 되니까. 뭔가가 미리 계획됐다고 쿠노가 의심할 이유는 전혀 없었다. 왜 우리가 이런 음험한 위장을 계속해야 하나? 나는 잠시 망설이다, 반쯤 일어났다가, 다시 주저앉았다. 두번째로 그와 눈이 마주쳤다. 이번엔 내가 그의 생각을 완벽하게 이해한 것 같았다. '바보같이 굴지 마.' 그는 이렇게 말하고 있었다. '나한테 맡겨. 알지도 못하는 일에 끼어들려고 하지 말라고.'

'좋아요.' 나는 어깨를 으쓱하며 그에게 마음속으로 이렇게 말했다. '알아서 하세요. 당신 책임이니까.'

그리고 약간 화가 나서 일어나 라운지 밖으로 나왔다. 나는 이 침묵의 대면[64]을 더이상 견딜 수가 없었다.

그날 저녁 시간, 쿠노와 판 호른 씨는 각각의 방식으로 기분이 아주 좋았다. 핏은 지루해 보였다. 아마도 야회복이 나처럼 너무 뻣뻣하고 불편했을지도 모른다. 그렇다면 나도 기꺼이 공감할 수 있었다. 그의 삼촌은 때때로 그가 너무 가만히 있는다며 놀려댔고, 나는 나라면 판 호른 씨 같은 사람과 여행하는 게 얼마나 싫을까 생각해봤다.

저녁식사가 끝나갈 무렵, 마고와 그의 동반자가 식당으로 들어섰다. 나는 그들을 바로 봤다. 왜냐하면 나는 자리에 앉을 때부터 무의식적으로 문을 쭉 주시하고 있었기 때문이었다. 마고는 연미복을 입고 단춧구멍에 꽃을 한송이 꽂고 있었다. 여자는 마치 은으로 된 갑옷 같은 광채의 반짝이는 재질로 만든 화려한 드레스를 입었다. 그들이 테이블 사이의 긴 통로를 지나갈 때 여러사람의 눈길이 그들을 따라갔다.

"봐, 핏," 판 호른 씨가 외쳤다. "저기 너한테 맞는 예쁜 여자가

---

64 (프) tête à tête.

있네. 오늘 저녁 춤추자고 해봐. 그녀의 아버지가 잡아먹진 않겠지."

그들의 테이블로 가려면 마고는 우리가 앉은 의자 바로 옆을 지나가야 했다. 지나가면서 그는 가볍게 고개를 숙였다. 쿠노는 자애롭게 인사를 받았다. 순간 나는 마고가 날씨에 대한 상투적인 언급으로라도 이렇게 인사를 나눈 상황을 이어갈 거라고 생각했다. 그는 그러지 않았다. 그들은 자리를 잡고 앉았다. 거의 그와 동시에 우리는 일어나서 커피를 마시러 흡연실로 갔다.

여기서 판 호른의 대화는 놀라운 전환을 보였다. 마치 정겨운 분위기와 미심쩍은 이야기는 이만하면 충분히 과하다고 깨달은 것 같았다. 그는 꽤 갑작스레 예술에 대해서 이야기하기 시작했다. 그의 말에 따르면, 그는 빠리에 집을 한채 가지고 있는데, 고가구와 동판화로 가득 차 있다는 것이다. 그는 겸손하게 이야기했지만, 곧 그가 전문가임이 분명해졌다. 쿠노는 큰 관심을 보였다. 핏은 무심하게 있었다. 나는 그가 이제 잘 시간이 아닌가 하고 몰래 여러번 손목시계를 흘낏대는 것을 봤다.

"실례합니다, 신사분들."

걸걸한 목소리가 들려 모두 놀랐다. 아무도 마고가 다가오는 것을 보지 못했던 것이다. 그는 우아하고 냉소적인 태도로 얼룩진 누런 손에 씨가를 하나 들고 우리 옆에 서 있었다.

"이 젊은이에게 뭐 하나 물어봐야겠습니다."

그의 튀어나온 눈은 마치 돋보기가 아니면 볼 수 없는 작은 벌레라도 관찰하는 듯한 집중력으로 핏에게 고정되어 있었다. 그 불쌍한 청년은 당황하여 문자 그대로 진땀을 흘리기 시작했다. 나는 마고의 이 새로운 전술 전환에 너무 놀라서 그저 입을 벌리고 그를 바라볼 수밖에 없었다. 마고는 자신의 극적인 등장이 일으킨 효과를 분명 즐기고 있었다. 그의 입술이 정말로 악마 같은 미소를 띠며 말려 올라갔다.

"진짜 아리아인 혈통인가요?"

놀란 핏이 미처 대답하기도 전에 그가 덧붙였다.

"전 마르셀 자냉입니다."

다른 사람들에게 그 말이 거의 안 들렸는지, 아니면 그들의 점잖은 태도가 단지 가식이었는지 아직도 모르겠다. 우연히도 나는 그의 이름을 잘 알고 있었다. 자냉 씨는 프리츠 벤델이 좋아하는 작가 중 한명이었다. 프리츠는 언젠가 그의 책 한권을 빌려준 적이 있었다. 『백야의 키스』라는 책이었다. 최신 유행의 프랑스 스타일로 쓰인, 반은 허구이고 반은 르뽀인 작품이었는데, 충격적이지만 분명히 상상에 의한, 함메르페스트[65]에서의 에로틱한 경험에 대한 이야기를 담고 있었다. 그리고 쌴띠아고에서 상하이에 이르는 여러 지역[66]을 배경으로 한, 비슷하게 선정적인 대여섯개의 다른 작품들도 있었다. 옷차림으로 미루어보건대, 자냉 씨 특유의 포르노그래피는 대중의 취향을 명중한 모양이었다. 그에 말에 의하면 그는 방금 여덟번째 작품을 마무리했다. 겨울 스포츠 호텔에 특유한 정사를 다룬 것이라고 했다. 그래서 그가 여기 와 있는 것이었다. 통명스럽게 스스로를 소개한 후, 그는 더 청하지도 않았는데 몹시 다정한 태도로 자신의 경력과, 작품의 목적과 작업 방식에 대해 우리에게 이야기를 늘어놓아줬다.

"나는 아주 빨리 써요." 그가 우리에게 알려줬다. "한번만 보면 내겐 충분해요. 두번째 인상은 믿지 않거든요."

자냉 씨는 크루즈선에서 상륙하여 며칠 지낸 것만으로도 작품 대부분에 필요한 자료를 충분히 얻었다고 했다. 그리고 이제 스위스도 대략 다 봤다는 거였다. 정복할 새로운 세계를 찾아 둘러보다가 그는 나치에 주목했다. 그와 비서는 이튿날 뮌헨으로 떠날 예정이었다. "일주일 내에," 그는 불길하게 결론지었다. "난 모두 다 알게 될 겁니다."

나는 자냉 씨의 비서가 (그는 몇번이나 이 직함을 고집했다) 그의 번개 같은 연구 활동에 어떤 역할을 하는지 궁금했다. 아마도 그녀는 일종의 급조한 화학 시약 같은 일을 하는 것인지도 몰랐다. 그녀는 어떤 조합에서 이미 알려진 어떤 결과를 만들어내는 것이다. 핏을 발견한 것은 그녀일 듯싶었다. 자냉은 익숙하지 않은 영토에 들어선 사냥꾼처럼 흥분하여 너무 서둘러 달려들어 공격했다. 그러나 그는 이 사람이 적절한 먹잇감이 아님을 알고도 그리 실망하는 것 같지 않았다. 시간을 절약하기 위해 미리 공식화해놓은 그의 일반론은 쉽사리 흔들리지 않았다. 네덜란드인이든 독일인이든 다 마찬가지로 괜찮았다. 내 추측엔, 그럼에도 불구하고 핏은 갈색 셔츠[67]를 빌려 입고 새 책에 등장하게 될 것 같았다. 자냉 씨 같은 기술을 가진 작가는 아무것도 낭비하지 않는다.

한가지 수수께끼가 풀렸고, 다른 하나는 더 아리송해졌다. 나는
저녁 내내 고민했다. 마고가 자냉이 아니라면 그는 누구인가? 그리
고 어디에 있는가? 쿠노를 서둘러 데려오라고 해놓고, 스물네시간
을 이런 식으로 낭비한다는 것은 이상한 일이었다. 내일은 반드시
나타나겠지, 나는 생각했다. 이렇게 생각에 잠겨 있는데 쿠노가 내
방문을 두드리고 자느냐고 물었다. 그는 핏 판 호른에 대해 이야기
하고 싶다고 했고, 나는 졸리긴 했으나 그를 거절할 정도로 매정하
지는 않았다.

"말해봐, 제발…… 그 친구 토니랑 좀 비슷하지 않아?"

"토니?" 그날 저녁 나는 머리가 잘 돌지 않았다. "어떤 토니 말이
야?"

쿠노는 부드럽게 나무라듯 나를 쳐다봤다.

"아, 그게…… 책에 나오는 토니 말이야."

나는 미소 지었다.

"토니가 하인츠보다 핏과 더 비슷하다고 생각하는군?"

"어, 그래." 쿠노는 이 문제에 있어 무척 단호했다. "훨씬 더 비슷
해."

그리하여 불쌍한 하인츠는 그 섬에서 추방됐다. 마지못해 거기
에 동의하고는, 우리는 밤 인사를 나눴다.

이튿날 아침 나는 스스로 조사를 좀 해보기로 했다. 쿠노가 라운

---

67 나치 돌격대의 제복을 말함.

지에서 두사람의 판 호른과 이야기하고 있을 때 나는 현관의 짐꾼과 대화를 시작했다. 아, 네, 하고 그가 확인해줬다. 지금 빠리에서 온 사업가들이 여기 엄청 많아요. 그들 중 몇몇은 아주 중요 인사랍니다.

"예를 들어, 공장주 번스타인 씨요. 백만장자죠…… 보세요, 저기 데스크 옆에 있네요."

나는 마치 뿌루퉁한 아기 같은 표정을 짓고 있는, 뚱뚱하고 가무잡잡한 사람을 아슬아슬하게 볼 수 있었다. 동네에서였다면 어디서라도 그를 알아챌 수 없을 것이었다. 그는 편지를 한 꾸러미 들고 흡연실 문으로 들어갔다.

"혹시 저 사람이 유리 공장을 소유하고 있는지 알아요?" 내가 물었다.

"그건 몰라요. 놀랄 일도 아니죠. 사람들이 그러는데 그가 안하는 일이 없대요."

그날은 더 진전 없이 그냥 지나갔다. 오후에는 마침내 판 호른 씨가 수줍음 타는 그의 조카를 생기발랄한 폴란드 여자들과 억지로 어울리게 해줬다. 그들은 함께 스키를 타러 나갔다. 쿠노는 기분이 썩 좋지 않았지만, 늘 그렇듯 그 상황을 품위 있게 받아들였다. 그는 판 호른 씨와 어울리는 것이 꽤 마음에 드는 눈치였다. 두사람은 그날 오후를 실내에서 보냈다.

차를 마시고 나서 라운지에서 나오는데 번스타인 씨와 딱 마주쳤다. 그는 우리에게 전혀 관심을 보이지 않은 채 지나갔다.

그날밤 침대에 누워서 나는 마고가 아서의 상상 속 인물임에 틀림없다고 결론지었다. 도대체 무슨 목적으로 그런 인물을 만들어 냈는지 나는 이해할 수가 없었다. 어쨌든 나는 별 상관 없었다. 여기 있는 것이 무척 좋았으니까. 나는 마음껏 즐기는 중이었다. 하루 이틀 지나면 스키도 배우게 될 터였다. 내 휴가를 최대한 활용할 테다, 나는 결심했다. 아서의 충고대로 내가 여기 온 이유 따위는 잊어버리는 거다. 쿠노에 관해서는, 내가 괜한 걱정을 한 것이었다. 그는 한푼도 사기당한 적이 없다. 그러니 걱정할 일이 뭐가 있는가?

사흘째 되는 날 오후, 핏은 자발적으로 우리 둘이서만 호수에 스케이트를 타러 가자고 제안했다. 점심때 본 바로는, 그 가련한 청년은 거의 폭발 직전이었다. 그는 삼촌과, 쿠노와, 폴란드 여자들에게 질렸다. 그는 누군가에게 자신의 감정을 터놓아야만 할 지경이 됐고, 별 볼 일 없는 사람들 중에서 그나마 내가 조금은 공감해줄 여지가 있어 보였던 것이다. 얼음 위에 올라서자마자 그는 이야기를 시작했다. 나는 그가 얼마나 열렬하게 이야기를 늘어놓을 수 있는지를 알고 깜짝 놀랐다.

이곳에 대해 어떻게 생각해요? 그가 물었다. 이 사치스러움이 역겹지 않아요? 사람들은요? 다들 너무 바보 같고 이루 말할 수 없이 혐오스럽지 않아요? 어떻게 유럽이 지금 이 모양인데, 저렇게 행동할 수가 있죠? 염치라고는 조금도 없나요? 수많은 유대인들이 자기 나라를 망치고 있는데 그들과 어울리다니 대체 민족적 자부심이 있는 건가요? 어떻게 생각하세요?

"삼촌은 이 문제에 대해서 뭐라고 하세요?" 답변을 피하기 위해 나는 거꾸로 질문했다.

핏은 화가 난다는 듯 어깨를 으쓱했다.

"아, 삼촌은…… 정치에 대해서는 일말의 관심도 없어요. 그냥 옛날 생각만 하시는 거죠. 아버지 말로는 삼촌은 네덜란드인이라 기보다는 프랑스인이래요."

핏은 독일에서 공부하다가 열렬한 파시스트가 됐던 것이다. 자 냉 씨의 본능은 결국 아주 틀리지는 않은 셈이다. 이 청년은 갈색 셔츠의 나치 돌격대보다 더 갈색이었다.

"우리나라에 필요한 건 히틀러 같은 사람이에요. 진정한 지도자 죠. 야망이 없는 사람들은 존재할 가치가 없어요." 그는 유머라고 는 없는 잘생긴 얼굴을 돌려 나를 엄중하게 쳐다봤다. "당신에게는 대영제국이 있으니 이해하시겠죠."

그러나 나는 끌려가지 않았다.

"삼촌과 여행을 자주 하세요?" 내가 물었다.

"아니요. 사실은 삼촌이 여기 오자고 해서 놀랐어요. 그렇게 갑 자기요. 불과 일주일 전이었으니까요. 그렇지만 전 스키를 좋아하 니까, 그냥 지난 크리스마스 때 친구들 몇명하고 한 여행처럼 원시 적이고 단순할 거라고 생각했죠. 리젠 산맥에 갔었거든요. 우리는 양동이에 눈을 담아서 매일 아침 씻곤 했어요. 자기 몸을 단련하는 법을 배워야 해요. 자기단련이야말로 요즘 같은 시절에 정말 중요 하죠……"

"여기 언제 온 거죠?" 내가 말을 끊고 물었다.

"보자. 당신들이 오기 전날일 거예요." 핏은 퍼뜩 어떤 생각이 떠오른 것 같았다. 그는 좀더 인간적으로 됐다. 심지어 미소를 짓기도 했다. "그건 그렇고 깜빡 잊었는데, 재미난 게 있어요…… 삼촌이 당신을 알고 싶어서 정말 안달했거든요."

"나를요?"

"네……" 핏은 웃으며 얼굴을 붉혔다. "사실은 삼촌이 저더러 당신이 누군지 알아보라고 했어요."

"삼촌이 그랬어요?"

"그게, 당신이 삼촌 친구 아들이라고 생각했던 거예요. 영국 사람요. 그렇지만 그 아들을 본 건 오래전 딱 한번뿐이라 확실치 않았던 거죠. 당신이 삼촌을 봤는데 삼촌이 당신을 못 알아보면 당신이 마음 상하지 않을까 걱정했어요."

"아, 그럼 내가 분명 당신이 나를 알게 되도록 도와준 거네요?" 우리는 함께 웃었다.

"네, 그랬죠."

"하하! 정말 재밌네요!"

"그렇죠? 정말 웃겨요."

우리가 차를 마시러 호텔로 돌아왔을 때쯤엔 쿠노와 판 호른 씨를 찾기가 힘들었다. 그들은 다른 손님들과 떨어져 흡연실 가장 먼 구석 자리에 함께 앉아 있었다. 판 호른 씨는 더이상 웃고 있지 않았다. 그는 쿠노의 얼굴을 응시하면서 조용히 진지하게 이야기하고 있었다. 쿠노도 마치 판사처럼 근엄한 얼굴이었다. 나는 그가 대화의 주제로 인해 심하게 동요하고 당혹스러워하고 있다는 인상을 받았다. 하지만 그저 인상일 뿐, 그것도 순간적인 인상일 뿐이었다. 판 호른 씨는 내가 다가가는 것을 눈치챈 순간, 마치 재미있는 이야기의 절정에 도달한 듯 큰 소리로 웃으며 쿠노의 팔꿈치를 슬쩍 건드렸다. 쿠노도 웃었지만, 그다지 흔쾌하진 않았다.

"자, 자!" 판 호른 씨가 외쳤다. "애들이 왔네요! 사냥꾼처럼 굶주렸을 게 확실해요! 우리 두 옛날 사람은 오후 내내 실내에서 이야기나 하면서 보냈는데. 맙소사, 시간이 벌써 그렇게 됐나? 아이고, 차를 마셔야겠네!"

"전보입니다." 내 바로 뒤에서 심부름하는 소년 목소리가 들렸다. 나는 그가 다른 사람 중 하나에게 말하는 줄 알고 옆으로 물러섰다. 그러나 아니었다. 그는 은쟁반을 나에게 내밀었다. 틀림없었다. 봉투에서 나는 내 이름을 읽었다.

"아하!" 판 호른 씨가 외쳤다. "애인이 안달이 나셨군. 그녀에게로 돌아오라는 거죠."

나는 봉투를 열고 종이를 펼쳤다. 메시지는 딱 세 단어였다.

즉시 돌아올 것.

나는 몇번이나 전보를 읽었다. 나는 미소 지었다.

"사실은," 나는 판 호른 씨에게 말했다. "맞습니다. 그녀가 오라는군요."

전보에는 '루드비히'라고 서명되어 있었다.

14장

아서에게 무슨 일인가 일어났다. 그것만은 분명했다. 그게 아니라면, 그가 나를 봐야 했다면 직접 오라고 했을 것이다. 어떤 곤경에 처해 있든 그것이 무엇이든, 전보에 바이어의 서명이 있었으므로 당과 관련된 것이 분명했다. 내 추리는 여기서 끝이었다. 그것은 기차를 둘러싼 어둠처럼 모호하고 무한한 추측과 가능성에 묶여 있었다. 나는 침대칸에 누워서 잠을 청했으나 잠이 오지 않았다. 객차의 흔들림, 철컹거리는 바퀴 소리가 내 심장의 흥분되고 초조한 고동과 박자를 맞췄다. 아서, 바이어, 마고, 슈미트, 나는 그 수수께끼를 거꾸로, 옆으로, 위로 풀어보려고 했다. 그러느라고 밤을 꼴딱 새웠다.

내가 겨우 열쇠로 아파트 문을 열고 들어서 서둘러 내 방문을 열어젖힌 것은 바로 이튿날 오후였지만, 그사이 몇해가 흐른 것 같았다. 내 방 한가운데 슈뢰더 부인이 가장 좋은 안락의자에 앉아서 졸고 있었다. 그녀는 실내화를 벗고 양말 신은 발을 발판 위에 올려놓고 있었다. 세입자 중 하나가 집을 비우면 그녀는 종종 이렇게 하곤 했다. 그녀는 대부분의 집주인이 꾸는 꿈, 집 전체가 자신의 소유인 꿈에 빠져 있었던 것이다.

그녀는 잠에서 깨어 문간에 내가 서 있는 모습을 보고는, 내가 죽었다 살아 돌아왔더라도 그보다 더 날카로울 수 없게 비명을 질렀다.

"브래드쇼 씨! 놀랐잖아!"

"죄송해요, 슈뢰더 부인. 아니요, 일어나지 마세요. 노리스 씨는 어디 있어요?"

"노리스 씨?" 그녀는 아직 몽롱한 듯했다. "몰라. 7시경에 돌아오겠다고 했는데."

"그럼, 아직 여기 사는 거예요?"

"아, 그럼, 브래드쇼 씨. 그게 무슨 소리야!" 슈뢰더 부인은 놀라서 불안하게 나를 쳐다봤다. "무슨 일인데? 왜 집에 더 빨리 온다는 얘기를 안했어? 내일쯤 방을 대청소할까 생각하고 있었는데."

"괜찮아요. 다 좋아 보이네요. 노리스 씨가 아팠던 건 아니죠?"

"음, 아니야." 슈뢰더 부인의 당혹감은 순간순간 커졌다. "그게, 아팠대도 내게는 한마디도 안했고, 아침부터 저녁까지 바쁘니까. 아프다고 편지했어?"

"아니요, 그러진 않았어요…… 다만…… 내가 떠날 때 안색이 좀 창백했던 것 같아서요. 저한테 전화 걸거나 메시지 남긴 사람은 없었나요?"

"없어, 브래드쇼 씨. 학생들한테도 전부 새해까지 어디 가 있을 거라고 말했잖아."

"네, 그랬죠."

나는 창가로 가서 눅눅하고 텅 빈 거리를 내려다봤다. 아니, 아주 텅 빈 것은 아니었다. 저쪽 모퉁이에 단추를 꼭 채운 외투를 입고 펠트 모자를 쓴 키 작은 남자가 서 있었다. 그는 뒷짐을 지고 마치 여자 친구를 기다리듯이 조용히 오르락내리락했다.

"뜨거운 물이라도 갖다줄까?" 슈뢰더 부인이 눈치 빠르게 물었다. 나는 거울 속 내 모습을 봤다. 나는 피곤하고 지저분해 보였고 면도도 안 한 채였다.

"아니요, 괜찮아요." 나는 웃으며 말했다. "먼저 할 일이 있어서요. 한시간쯤 후에 돌아올게요. 그사이에 목욕물 좀 데워주시겠어요?"

"네, 루드비히 있어요." 빌헬름 가의 바깥쪽 사무실에 있는 여자가 내게 말했다. "들어가보세요."

바이어는 나를 보고도 전혀 놀라는 것 같지 않았다. 그는 서류에서 눈을 떼고 나를 올려다보며 미소 지었다.

"왔군, 브래드쇼 씨! 앉아요. 휴가는 잘 보내셨나요?"

나는 미소 지었다.

"네, 그렇지 않아도 제가……"

"내 전보 언제 받았어요? 미안해요, 그렇지만 꼭 그래야 해서요."

바이어는 멈추고 곰곰이 나를 바라보다가, 말을 이었다.

"내가 해야 하는 말이 당신에게 불쾌하게 들릴지도 모르겠어요, 브래드쇼 씨. 그렇지만 당신이 더이상 진실을 모른 채로 있는 건 옳지 않아요."

시계가 똑딱이는 소리가 들렸다──방 안 어딘가에서. 모든 것이 아주 조용해 보였다. 내 심장이 갈빗대에 불편하게 부딪힐 정도로 쿵쿵 뛰고 있었다. 나는 무슨 이야기가 나올지 반쯤은 알고 있는 기분이었다.

"당신은," 바이어는 이어갔다. "프레그니츠 남작과 스위스에 갔지요?"

"네. 그렇습니다." 나는 혀로 입술을 핥았다.

"이제부터 나는 당신 사생활에 지나치게 간섭하는 것처럼 보일지도 모르는 질문을 할 겁니다. 기분 나빠하지 마세요. 원하지 않으면 대답 안해도 됩니다, 알겠죠?"

목이 바짝 말랐다. 나는 헛기침을 하려고 하다가 터무니없이 요란하고 거슬리는 소리를 냈다.

"뭐든지 대답하겠습니다." 나는 약간 목 쉰 소리로 말했다.

바이어의 눈이 만족스럽게 빛났다. 그는 책상 너머 내 쪽으로 몸을 기울였다.

"당신이 이런 태도를 보여주니 기쁩니다, 브래드쇼 씨…… 협조하려 하시는군요. 좋아요…… 그럼, 노리스 씨가 당신을 이 프레그니츠 남작과 함께 스위스로 가야 한다고 했던 이유가 뭔지 말씀해 주시겠어요?"

다시 시계 소리가 들렸다. 바이어는 팔꿈치를 책상에 괴고 나를 격려하듯 주시하며 자애로운 표정으로 쳐다봤다. 다시 한번 나는 목을 가다듬었다.

"그게," 내가 시작했다. "우선은……"

말하는 데 몇시간은 걸린 것 같은, 길고도 바보 같은 이야기였다. 나는 그 이야기에서 어떤 부분이 얼마나 어리석고 경멸을 살 만한지 깨닫지 못했었다. 그의 친근한 눈길이 중립적으로 심문하는 가운데, 나는 나 자신이 끔찍하도록 창피하다고 느꼈고, 얼굴을 붉히며 뭔가 재치 있어 보이려고 애쓰다 실패하고, 내 동기를 변호하다가 비난하고, 어떤 부분을 피해갔다가 잠시 후 실토해버렸다. 그 이야기는 마치 거기 조용하게 경청하고 있는 사람에게 나의 모든 약점을 고백하는 것 같았다. 나는 평생 그렇게 굴욕감을 느낀 적이 없었다.

마침내 내가 이야기를 마치자, 바이어는 슬쩍 움직였다.

"감사합니다. 브래드쇼 씨. 그 모든 것이 우리가 예상하던 대로입니다. 빠리에 있는 우리 일꾼들이 이미 이 판 호른이라는 사람을 잘 알고 있어요. 그는 영리한 자입니다. 그 사람이 우리를 꽤 애먹였어요."

"그러니까…… 그가 경찰 첩자란 말입니까?"

"비공식적으로, 그렇습니다. 그는 모든 종류의 정보를 모아서, 돈을 주는 사람들에게 팔죠. 이런 일을 하는 사람들은 상당히 많지만, 대부분은 아주 바보 같고 전혀 위험하지도 않아요.”

“그렇군요…… 그럼 판 호른은 노리스를 이용해서 정보를 수집하고 있었던 겁니까?”

“그렇습니다. 네.”

“그렇지만 어떻게 그가 노리스로 하여금 자신을 돕게 만들었던 거죠? 어떤 얘기를 했기에? 노리스가 의심을 안 한 것이 희한하네요.”

심각한 분위기에도 불구하고 바이어의 눈이 재미있다는 듯 반짝였다.

“사실 노리스도 의심했을 가능성이 큽니다. 아니요. 제 말을 잘못 알아들었어요, 브래드쇼 씨. 그러니까 판 호른이 그를 속였다는 게 아니에요. 그럴 필요가 없었지요.”

“그럴 필요가 없었다고요?” 나는 바보처럼 되풀이했다.

“필요가 없었죠. 네…… 노리스는 판 호른이 뭘 원하는지 알고 있었던 겁니다. 그들은 서로의 의중을 잘 알고 있었어요. 노리스는 독일로 돌아온 이래 판 호른을 통해서 프랑스 비밀정보부에서 정기적으로 돈을 받아왔어요.”

“믿을 수가 없어요!”

“그럼에도 불구하고, 사실이에요. 원하면 증명해 보일 수도 있어요. 노리스는 우리를 감시하고 우리의 계획과 운동에 대한 정보를 주는 댓가로 돈을 받아왔어요.” 바이어는 마치 내가 항의하기를 기대하는 것처럼, 웃으며 손을 들었다. “아, 그렇게 끔찍한 건 아니에요. 그가 주기로 돼 있던 정보는 전혀 중요한 것이 아니거든요. 우리 운동에는 자본주의 언론이나 범죄 소설에 묘사된 것 같은 엄청 난 음모가 필요하지 않아요. 우리는 공개적으로 움직이니까. 모두 우리가 뭘 하는지 쉽게 알 수 있어요. 노리스가 그의 친구들에게 베를린과 빠리를 자주 오가는 몇몇 전달책의 이름을 말했을 수는 있지요. 어떤 주소들도요. 그렇지만 그건 처음에만 그럴 수 있었을 거예요."

"그럼 오래전부터 그에 대해 알고 있었던 겁니까?" 나는 내 목소 리도 들리지 않을 지경이었다.

바이어는 환하게 웃었다.

"아주 오래됐죠. 네." 그의 어조는 달래는 듯했다. "노리스는 심 지어, 그가 바라진 않았겠지만, 우리에게 많이 도움이 되기도 했어 요. 우린 때때로 그 경로를 통해서 우리의 적들에게 가짜 정보들을 흘릴 수 있었거든요."

내 머릿속에서는 아찔한 속도로 지그소 퍼즐이 맞춰지고 있었 다. 불현듯 또다른 조각이 더해졌다. 나는 선거 이튿날 아침을 떠올 렸다. 바이어는 바로 이 방 책상에서 봉인된 꾸러미를 꺼내 아서에 게 건넸었다.

"네…… 이제 알겠네요……"

"브래드쇼 씨." 바이어의 어조는 친절하고, 심지어 아버지 같았 다. "너무 괴로워하지 마세요. 노리스가 당신 친구라는 거 압니다. 명심하세요, 이건 한 인간으로서의 그에 대한 이야기가 아닙니다. 사생활은 우리 관심사가 아니에요. 우리 모두는 당신이 이 사실을 모르고 있었을 거라고 확신합니다. 당신은 내내 선의를 가지고 우리를 대해췄어요. 당신이 이 문제를 모르고 그냥 지나갈 수 있었더라면 좋았을 텐데 하는 마음입니다."

"아직 이해가 안 가는 건, 어떻게 프레그니츠가……"

"아, 그 얘기를 하려던 참이에요…… 노리스는 더이상 그의 보고로 빠리의 친구들을 만족시킬 수가 없게 됐어요. 그 정보들이 너무 자주 불충분하거나 틀렸기 때문이죠. 그래서 그가 판 호른에게 프레그니츠와의 만남을 제안한 겁니다."

"그럼 유리 공장은요?"

"그건 노리스의 상상 속에만 존재하는 거예요. 그가 당신이 경험이 부족한 것을 이용한 거죠. 판 호른이 당신의 스위스 여행비용을 댄 것은 그것 때문이 아니에요. 프레그니츠 남작은 정치가지 금융가가 아니거든요."

"설마 그럼……?"

"네, 내가 하고 싶은 얘기가 바로 그거예요. 프레그니츠는 독일 정부의 많은 기밀에 접근할 수 있지요. 그는 판 호른의 고용주가 큰돈을 주고서라도 보고 싶어하는 지도, 도면, 기밀서류 들의 사본을 얻어낼 수 있어요. 아마 프레그니츠는 유혹당할 겁니다. 그 부분은 우리 관심사가 아니에요. 우리는 당신이 아무것도 모르는 채로 내란죄 혐의를 받아 감옥에 가게 되는 일이 없도록 당신에게 개인적으로 경고하고 싶었던 겁니다."

"맙소사…… 도대체 어떻게 이 모든 것을 다 알게 되신 거죠?"

바이어는 미소 지었다.

"우리도 우리 나름대로 첩자가 있을 거라고 생각하는 거죠? 아니요, 그런 건 필요없습니다. 이런 종류의 모든 정보는 경찰로부터 쉽게 얻을 수 있어요."

"그럼 경찰도 알고 있어요?"

"그들이 모든 것을 확실히 안다고 생각진 않아요, 아직은. 그렇지만 매우 의심스러워하고 있어요. 경찰 두명이 여기 와서 노리스와 프레그니츠, 그리고 당신에 대해 질문하고 갔거든요. 그 질문을 통해서 많은 것을 추측할 수 있었죠. 당신이 위험한 음모가가 아니라는 것은 우리가 그들에게 충분히 설명한 것 같아요." 바이어는 미소 지었다. "그렇지만 당신에게 즉시 전보를 보내서 더이상 연루되지 않게 하는 게 최선인 것 같았죠."

"저를 그렇게 신경 써주시다니 정말 감사합니다."

"우리는 늘 우리를 돕는 사람들을 도우려고 노력하죠. 불행하게도 때때로는 그럴 수 없기도 하지만요. 아직 노리스를 못 봤나요?"

"네. 도착하니 외출하고 없더라고요."

"그래요? 잘됐네요. 당신이 직접 그에게 이 얘기를 하는 것이 더 낫겠어요. 그는 일주일째 여기 안 오고 있거든요. 우리는 그에게 해를 끼칠 생각이 없다고 전해주세요. 그렇지만 당장 독일을 떠나면 더 좋을 거라고. 그리고 경찰이 계속 감시하고 있다고 경고도 해주세요. 그들은 그가 받고 보내는 모든 편지를 열어보고 있어요. 이건 확실해요."

"좋아요." 내가 말했다. "그렇게 전하죠."

"그래줄래요? 좋아요." 바이어는 일어났다. "자, 브래드쇼 씨, 자책은 절대 하지 마세요. 어쩌면 어리석었을지는 몰라요. 그래도 마음 쓰지 마요. 우리는 모두 때때로 매우, 매우 어리석기도 하니까요. 부끄러운 일은 아무것도 한 게 없어요. 내 생각에 이제 친구를 사귈 때는 좀더 조심하게 되겠지요, 음?"

"네, 그래야겠어요."

바이어는 미소 지었다. 그는 격려하듯이 내 어깨를 툭툭 쳤다.

"그럼 이제 이 불쾌한 일은 잊도록 합시다. 조만간 우리 일을 좀더 도와주실 거죠? 좋아요…… 내가 한 얘기 노리스에게 전하고요? 잘 가요."

"안녕히 계세요."

나는 그와 악수하고 평소처럼 그곳에서 나온 것 같다. 행동도 지극히 정상적이었던 것 같다. 왜냐하면 바깥쪽 사무실에 있는 누구도 나를 처다보지 않았으니까. 거리로 나와서야 달리기 시작했다. 나는 갑자기 엄청나게 서둘렀다. 이 모든 것에서 벗어나고 싶었다, 어서.

택시가 한대 지나갔다. 기사가 속도를 늦추기도 전에 나는 이미 안에 올라타고 있었다. "최대한 빨리 가주세요." 나는 그에게 말했다. 우리는 늘어선 차들 사이를 뚫고 달렸다. 비가 내리고 있었고 길은 진흙으로 미끄러웠다. 벌써 가로등이 켜졌고, 날이 어두워지고 있었다. 나는 담배에 불을 붙였다가 두어모금 빨고는 던져버렸다. 손이 떨리고 있었다. 그것만 아니면 나는 아주 차분했다. 화가 난 것도, 심지어 역겨움을 느낀 것도 아니었다. 아무것도 아니야. 퍼즐은 완벽하게 딱 맞았다. 원한다면, 그 모든 것을 한눈에 조밀하고 생생한 한점의 그림처럼 볼 수도 있을 것 같았다. 내가 원하는 건, 이걸 빨리 넘어서는 거야, 나는 생각했다. 당장.

아서는 이미 돌아와 있었다. 내가 아파트 현관을 열자 그가 침실에서 내다봤다.

"들어와, 들어와! 정말 뜻밖의 기쁨이네! 슈뢰더 부인이 자네가 돌아왔다고 하는데 믿을 수가 없지 뭐야. 왜 이렇게 빨리 돌아왔어? 베를린이 그리워 병이라도 난 거야, 아니면 나랑 어울리고 싶어 안달이 난 거야? 그렇다고 말해줘! 우리 모두 자네를 정말 그리워했다고. 자네가 없으니 크리스마스 정찬도 아무 맛이 없어. 응…… 그런데 기대하던 것만큼 얼굴이 좋아 보이질 않네. 여행하느라 피곤한가봐? 여기 앉아. 차 마셨어? 기운 차리게 뭐 한잔 줄까?"

"아니요, 됐어요, 아서."

"그래? 자, 자…… 그럼 나중에라도 마음이 바뀔지 모르니까. 프레그니츠는 어떻게 하고 있어? 잘 지내겠지?"

"네. 잘 지내요."

"그 말 들으니 기쁘네. 아주 좋아. 그럼, 윌리엄, 이제 자네가 작은 임무를 놀라운 기술과 작전으로 완수한 것을 축하해야겠네. 마고가 정말 만족스러워하더라고. 알다시피 그가 좀 특이하잖아. 비위 맞추기 힘들고……"

"그럼 그에게서 소식을 들었어요?"

"아, 그럼. 오늘 아침 긴 전보를 받았어. 돈은 내일 도착할 거야. 마고에 대해서 이건 얘기해야겠어. 그는 이런 문제엔 아주 틀림없고 정확하거든. 그라면 늘 믿을 수 있어."

"그럼 쿠노가 동의했다는 건가요?"

"아니, 그건 아냐, 휴! 아직은. 이런 일은 하루아침에 결정되는 게 아니거든. 그렇지만 마고는 분명 낙관적이더라고. 프레그니츠를 설득하는 게 처음에는 힘들었던 것 같아. 이 거래가 그의 회사에 어떻게 이익이 될지 보지 못한 거지. 그렇지만 이젠 분명 흥미를 보이게 됐대. 물론 생각할 시간이 필요하지. 그러는 동안 나는 우리가 미리 정해놨던 절반을 받는 거야. 감사하게도 여행비용을 충당하고도 남을 정도로 충분해. 그래서 이제 한시름 놓은 거지. 개인적인 생각인데, 나머지 일에 대해선 프레그니츠가 결국엔 동의할 거라고 확신해."

"네…… 다들 그럴 것 같네요."

"거의 다들 그렇지. 응……" 아서는 멍하게 동의했다가, 다음 순간 내 어조가 어딘가 이상하다는 것을 알아챘다.

"윌리엄, 자네가 무슨 말 하는지 정확하게 모르겠는데."

"몰라요? 그럼 좀더 분명하게 말하죠. 판 호른은 자신이 구매하기 원하는 것을 사람들이 팔도록 하는 데 대개 성공하는 편이라고 생각하는데요?"

"저—어, 이번 경우엔 그걸 판매라고 해야 할지 모르겠는데. 내가 말했듯이……"

"아서," 나는 지쳐서 말을 끊었다. "이제 거짓말 그만해도 돼요. 저 다 알아요."

"아." 그는 말을 시작했다가, 입을 다물었다. 충격에 숨도 제대로 못 쉬는 것 같았다. 의자에 털썩 앉아서 그는 낙담한 표정을 감추지 못한 채 자기 손톱을 들여다봤다.

"이게 다 내 잘못이야, 정말. 자네에게 맡기다니 나는 못 말리는 바보였어. 알고 보면 이러지 말라고 자네가 충분히 자주 경고했었는데."

아서는 매 맞기 직전의 스패니얼 강아지처럼 나를 재빨리 올려다봤다. 그는 입술을 움직였지만 아무 말도 하지 않았다. 그의 늘어진 턱에 깊이 팬 보조개가 순간 드러났다. 그는 슬그머니 턱을 긁고는 마치 그 몸짓이 나를 짜증나게 할까봐 두렵다는 듯이 얼른 다시 손을 내렸다.

"당신이 조만간 나를 미끼로라도 이용할 방법을 찾아낼 거라는 것을 알았어야 했어요. 늘 모든 사람에게서 이용할 방법을 찾아내잖아요, 안 그래요? 감옥에 가게 됐더라도, 난 그래도 쌌던 거죠."

"윌리엄, 정말 맹세하건대, 난 결코……"

"나는요," 나는 말을 이었다. "쿠노에게 무슨 일이 일어나든 전혀 개의치 않아요. 그가 이 일에 끼어들 만큼 바보라 해도, 그는 두 눈 멀쩡히 뜨고 그렇게 한 거니까…… 그렇지만 이 말은 해야겠어요, 아서. 만약 바이어가 아닌 다른 사람이 당신이 당에 더러운 짓을 했다고 말했다면 나는 그를 새빨간 거짓말쟁이라고 했을 거예요. 당신은 내가 지나치게 감상적이라고 생각하겠죠, 아마도?"

그 이름에 아서는 눈에 보이게 놀랐다.

"그래서, 바이어가 안다고?"

"물론이죠."

"오, 맙소사, 맙소사……"

그는 비 맞은 허수아비처럼 스스로 무너져내렸다. 그의 늘어지고 까칠한 뺨은 얼룩덜룩 창백했고, 그의 입술은 고통스러움에 멍하니 으르렁대듯 벌어져 있었다.

"난 판 호른에게 중요한 어떤 것도 말한 적이 없어, 윌리엄. 그런 적 없다고 맹세해."

"알아요. 그럴 기회도 없었죠. 내가 보기에 당신은 사기꾼으로서도 별 재능은 없는 것 같아요."

"나한테 화내지 마. 견딜 수가 없어."

"난 당신에게 화난 게 아니에요. 그런 바보짓을 한 나 자신에게 화가 나는 거죠. 난 당신을 내 친구라고 생각했으니까요."

"용서해달라고 하지 않을게." 아서가 초라하게 말했다. "물론 결코 용서하지 않겠지. 그렇지만 나를 너무 가혹하게 판단하진 말아줘. 자넨 젊잖아. 자네 기준은 너무 엄격해. 내 나이가 되면 이 모든 게 달리 보일 거야, 아마. 유혹을 받아보지 않은 상황에서는 경멸하는 게 훨씬 쉽지. 명심해."

"난 당신을 경멸하지 않아요. 내 기준으로 말하면, 그런 게 있기나 한지 모르지만, 당신이 그 기준을 완전히 뒤죽박죽으로 만들었어요. 당신 말이 맞아요. 당신 입장이라면 나도 똑같이 했을지도 몰라요."

"그렇지?" 그는 자기가 유리한 쪽으로 열심히 따라왔다. "나는 자네가 이 문제를 그런 시각으로 볼 줄 알았어."

"난 이 문제를 어떤 시각으로도 보고 싶지 않아요. 그냥 이 모든 추잡한 일들에 아주 넌덜머리가 나요…… 맙소사, 그냥 당신이 어디로 가버려서 다시는 안 만나게 됐으면 좋겠어요!"

아서는 한숨을 쉬었다.

"자네 정말 매정하네, 윌리엄. 이럴 거라고는 예상 못했는데. 자네는 늘 공감해주는 성품이었던 것 같았는데 말이야."

"그걸 믿은 거죠? 글쎄요, 당신은 부드러운 사람들이 다른 사람들보다 훨씬 더 속여먹기 쉽다는 것을 아는 것 같아요. 그들은 그저 자신만을 탓하기 때문에 더 신경을 많이 쓰죠."

"자네 말이 다 맞아. 자네가 내게 무슨 야속한 말을 하든지 다 들어도 싸지. 나를 봐주지 말게. 그렇지만 자네한테 엄숙하게 약속하는데, 자네를 어떤 범죄에든 연루시키려는 생각은 떠올려본 적도 없어. 봐, 모든 것이 우리가 계획한 대로 됐잖아. 결국 위험은 이제 어디에도 없잖아?"

"당신이 생각하는 것보다 위험한 요소가 더 많았어요. 우리가 떠나기도 전에 경찰이 이 여행에 대해 다 알고 있었다고요."

"경찰이? 윌리엄, 진담은 아니겠지!"

"내가 지금 농담하는 걸로 보이는 건 아니죠? 바이어가 당신에게 경고하라고 했어요. 경찰이 그들을 찾아와서 물어보고 갔다고."

"맙소사……"

아서에게서 마지막 남은 꼿꼿함마저 흔적 없이 사라졌다. 그는 푸른 눈을 공포로 번득인 채, 구겨진 종이봉투처럼 그 자리에 주저앉았다.

"하지만 그럴 리가……"

나는 창가로 갔다.

"못 믿겠으면 와서 보세요. 아직 저기 있네요."

"누가 아직 있다는 거야?"

"이 집을 감시하는 형사요."

아무 말 없이 아서는 급히 창가 내 옆으로 와서 단추를 꼭 채운 외투를 입은 사내를 엿봤다.

그리고 그는 천천히 의자로 돌아왔다. 그는 갑자기 훨씬 차분해진 것 같았다.

"어떻게 하지?" 그는 내게 말한다기보다는 소리 내어 생각하는 것처럼 보였다.

"도망가야죠, 물론. 돈을 받는 즉시."

"체포될 거야. 윌리엄."

"아니요, 그렇지 않을 겁니다. 그러려고 했다면 진작에 했겠죠. 바이어 말로는 당신 편지를 전부 다 읽고 있대요…… 게다가 아직은 저들이 모든 것을 다 확실하게 아는 게 아니라고 보던데요."

아서는 말없이 잠시 생각에 잠겼다. 그는 초조한 눈길로 호소하듯이 나를 쳐다봤다.

"그럼 자네는……" 그는 말을 멈췄다.

"제가 뭐요?"

"경찰에, 그러니까 ─ 어 ─ 모든 걸 말하려는 건 아니지?"

"맙소사, 아서!" 나는 문자 그대로 헐떡였다. "도대체 나를 어떻게 보는 거예요?"

"아냐, 물론…… 용서해줘. 내가 알았어야……" 아서는 변명하듯 기침했다. "그냥, 순간 겁이 나서. 꽤 큰 보상금이 있을 수도 있으니……"

잠시 동안 나는 말문이 턱 막혔다.

그렇게 충격을 받은 적이 거의 없었다. 나는 입을 벌리고 분노와 흥미, 호기심과 역겨움이 뒤섞인 감정으로 그를 쳐다봤다. 그의 눈이 소심하게 나와 마주쳤다. 의심의 여지가 없었다. 정말로 그는 놀라거나 불쾌하게 만들 어떤 것을 말했다는 의식이 없었다. 마침내 내가 입을 열었다.

"봐요, 무엇보다……"

그러나 무슨 말이 터져나오려는 순간 누군가가 침실 문을 성난 듯이 마구 두들겼다.

"브래드쇼 씨! 브래드쇼 씨!" 슈뢰더 부인은 흥분해서 제정신이 아니었다. "물이 끓는데 수도꼭지를 못 틀겠어요! 당장 빨리 와요, 아니면 다 터져버리겠어요!"

"나중에 얘기해요." 나는 아서에게 이렇게 말하고 서둘러 방을 나왔다.

15장

사십오분 후, 씻고 면도하고 나는 아서의 방으로 다시 갔다. 그는 레이스 커튼 뒤에 몸을 숨기고 조심스럽게 길을 내려다보고 있었다.

"이제 다른 사람이야, 윌리엄." 그가 내게 말했다. "오분쯤 전에 교대했어."

그의 어조는 명랑했다. 그는 분명 그 상황을 즐기고 있는 것 같았다. 나도 그의 곁으로 가서 섰다. 확실히 중절모를 쓴 키 큰 사람이 동료를 대신하여 보이지 않는 여자 친구를 기다리는, 보답 없는 과업을 수행하고 있었다.

"불쌍한 놈." 아서가 키득거렸다. "끔찍하게 춥겠다, 그렇지? 내가 약병에 브랜디를 가득 담아 내 명함을 곁들여 내려보내면 화나겠지?"

"농담인 걸 이해 못할 거예요."

이상하게도 당황한 것은 나였다. 뻔뻔하게 편안한 태도로, 아서는 내가 그에게 온갖 기분 나쁜 말을 한 지 한시간도 안돼 전부 다 잊어버린 듯 보였다. 나를 대하는 그의 태도는 마치 아무 일도 일어나지 않은 것처럼 자연스러웠다. 나는 다시 그에게 냉정해지는 것을 느꼈다. 목욕을 하면서 나는 마음이 누그러져, 내가 한 잔인한 말들을 후회하고, 다른 말들도 악의적이거나 건방진 것이었다고 생각한 차였다. 나는 너그러운 말로 일정 부분 화해하려고 연습했었다. 그러나 물론 아서가 먼저 다가와야 했다. 그러는 대신 그는 늘 그러던 것처럼 환대하는 분위기로 친근하게 포도주 수납장을 열고 있었다.

"어쨌든, 윌리엄, 한잔할 거지? 식욕을 돋워줄 거야."

"아니요, 됐습니다."

나는 엄격한 어조로 말하려고 했지만, 그냥 뿌루퉁하게 들릴 뿐이었다. 아서가 바로 고개를 숙였다. 이제 보니 그의 편안한 태도는 그냥 한번 그렇게 해본 것뿐이었다. 그는 깊이 한숨을 쉬고, 어쩔 수 없이 더 후회스러운 듯, 장례식에 가 있는 사람 모양으로 침울하고 위선적이고 신중한 표정을 지었다. 그게 그와 너무 안 어울려서 나도 모르게 미소가 지어졌다.

"그러지 마요, 아서. 봐줄 수가 없네요!"

그는 조심하느라 대답도 못하고, 그저 수줍고 교활한 미소를 지을 따름이었다. 이번엔 지나치게 성급한 반응을 보이려 하지 않았다.

"내 생각에," 나는 숙고하며 말을 이었다. "그들 중 누구도 당신에게 정말 화가 난 사람은 없네요, 결국엔?"

아서는 무슨 말인지 모르는 척하지는 않았다. 얌전하게 그는 자기 손톱을 살폈다.

"아, 누구나 자네처럼 너그러운 성품을 가진 것은 아니야, 윌리엄."

아무 소용이 없었다. 우리는 이미 말로 하는 카드놀이로 돌아와 있었다. 많은 것을 상쇄할 수도 있었던 솔직함의 순간을 우아하게 피해갔던 것이다. 동양식으로 민감한 아서의 영혼은, 거칠고 건전하고 현대적인, 닥치는 대로 말하는 뼈아픈 진실이나 고백을 피해 움츠러들었다. 그는 그 대신 보상책을 제시했다. 우리는 전에도 종종 그랬듯, 우리의 두 세계를 나누는 그 섬세하고 거의 눈에 보일 것 같은 경계선 가장자리에 와 있었다. 지금은 그 선을 결코 넘어서는 안됐다. 나는 접근로를 찾아내기에는 나이도 젊고 세심하지도 못했다. 실망스러운 침묵이 이어졌고, 그러는 동안 그는 수납장을 뒤졌다.

"브랜디 조금이라도 진짜 안 마실래?"

나는 한숨을 쉬었다. 포기했다. 나는 미소 지었다.

"좋아요. 고마워요, 마실게요."

우리는 술잔을 부딪고 격식을 갖춰 술을 마셨다. 아서는 만족을 감추지 않고 입술을 움직이며 입맛을 다셨다. 그는 뭔가 상징적인 순간이라고 생각하는 것 같았다. 화해, 아니면, 어쨌거나, 휴전. 그러나 아니었다. 나는 그런 기분이 아니었다. 추악하고 더러운 사실이 엄연히 바로 우리 면전에 존재했고, 브랜디를 아무리 마셔도 그것을 씻어낼 수는 없었다.

잠시 동안 아서는 초연하게도 그것의 존재를 의식하지 못하는 듯 보였다. 나는 기뻤다. 갑자기 그가 자신이 저지른 일을 깨닫지 못하도록 보호해줘야 한다는 생각에 초조해졌다. 회한은 나이 든 사람에게는 좋지 않다. 나이 든 사람이 회한에 젖으면 그건 사람을 정화하거나 고양시키는 것이 아니라, 방광의 질병처럼 사람을 비열하고 비참하게 만들 뿐이다. 아서는 결코 후회해서는 안된다. 그리고 정말이지, 그가 후회할 가능성은 별로 없어 보였다.

"나가서 뭐 좀 먹어요." 나는 우리가 이 불길한 방에서 빨리 빠져나갈수록 좋다고 느끼며 말했다. 아서는 무심결에 창문 쪽을 쳐다봤다.

"윌리엄, 슈뢰더 부인더러 우리에게 스크램블 에그 좀 만들어달라고 하면 안될까? 난 지금 당장은 감히 밖에 나갈 기분이 아니야."

"꼭 나가야 해요, 윌리엄. 바보 같은 소리 마요. 가능하면 평상시처럼 행동해야 해요. 그러지 않으면 뭔가 음모를 꾸미고 있다고 생각할 거예요. 게다가 저기 서 있는 불쌍한 사람을 생각해봐요. 얼마나 지루하겠어요. 우리가 나가면 저 사람도 뭔가 먹을 수 있을 거 아니에요."

"그래, 그러고 보니," 아서가 미심쩍어하며 동의했다. "그런 쪽으로는 생각해보질 않았네. 좋아, 그렇게 하는 게 좋다고 하면……"

형사에게 미행당한다는 사실을 알고 있다는 것은 묘한 기분이었다. 특히 이런 경우, 딱히 그로부터 벗어나려는 생각이 없을 때는 더욱. 아서와 나란히 길로 나오면서, 나는 마치 수상과 함께 의회를 나서는 내무장관이 된 기분이었다. 중절모를 쓴 사내는 이 업무에 초심자이거나 혹은 너무너무 지겨워하는 듯했다. 그는 굳이 몸을 숨기려 하지 않고 가로등 불빛 한가운데 서서 우리를 뚫어지게 쳐다봤다. 나는 일종의 비딱한 예절 감각을 발휘해, 그가 따라오고 있는지 보려고 어깨 너머로 뒤돌아보지 않았다. 아서로 말하면, 당혹감이 너무나 고통스럽게 드러나 있었다. 그의 목은 몸속으로 접혀 들어간 것처럼, 얼굴의 사분의 삼이 외투 깃에 파묻혀 있었다. 걸음걸이는 시신에서 물러서는 살인자 같았다. 나는 곧 나도 무의식적으로 발걸음을 맞추고 있다는 것을 깨달았다. 나는 우리를 따라오는 사람으로부터 벗어나고픈 본능적인 욕구에 서둘러 앞서갔다가, 행여 그를 완전히 따돌릴까봐 걸음을 늦췄다. 식당으로 걸어가는 동안, 아서와 나는 한마디도 하지 않았다.

우리가 자리를 잡자마자 그 형사가 들어섰다. 그는 우리 쪽을 쳐다보지도 않고, 바 자리로 가서 삶은 쏘시지와 레모네이드를 시무룩하게 먹고 마셨다.

"내 생각엔," 내가 말했다. "저 사람들, 일할 때는 맥주를 마시면 안되나봐요."

"쉬, 윌리엄!" 아서가 키득거렸다. "들리겠어!"

"들어도 상관없어요. 그를 비웃었다고 나를 체포할 수는 없잖아요."

그럼에도 불구하고 성장 환경의 숨겨진 영향력은 어쩔 수 없는지, 나는 거의 속삭이다시피 목소리를 낮췄다.

"저 비용은 정산해주겠죠. 있잖아요, 그를 몽마르트르로 데려가야겠어요. 한번 거하게 먹도록."

"아니면 오페라나."

"교회에 가도 재미있겠네요."

우리는 교장을 놀려먹는 두 소년처럼 함께 시시덕거렸다. 키 큰 남자는 우리 이야기를 들었는지 어쨌는지, 매우 점잖게 처신했다. 우리에게 옆모습을 보이고 있는 그의 얼굴은 우울했고 생각에 잠겨 철학적으로 보이기까지 했다. 시를 한편 써도 될 판이었다. 그는 쏘시지를 다 먹고 이딸리아식 쌜러드를 주문했다.

그렇게 우리는 먹는 내내 농담을 했다. 나는 의식적으로 농담을 할 수 있는 한 길게 끌고 갔다. 아서도 그런 것 같았다. 전략적으로 우리는 상부상조하고 있었다. 우리는 말이 끊길까봐 두려웠다. 침묵이 도리어 너무 웅변적일 터였다. 그리고 이제 할 말이 별로 남아 있지 않았다. 우리는 가능한 한 빨리 점잖게 식당을 빠져나왔고, 우리의 담당자는 마치 잠자리까지 바래다주는 간호사처럼 우리를 집까지 따라왔다. 아서의 방 창문으로 우리는 그가 집 반대편 가로등 아래 아까처럼 자리를 잡은 것을 봤다.

"얼마나 오래 저기 있을 것 같아?" 아서가 근심스럽게 물었다.

"밤새 있겠죠, 아마."

"오, 맙소사, 그러지 않았으면. 그러면 난 한숨도 못 잘 것 같아."

"창가에 잠옷 입은 모습을 보여주면 가겠지요."

"정말, 윌리엄, 난 그렇게 망측한 짓을 할 수는 없을 것 같아." 아서는 하품을 참으며 말했다.

"그럼," 내가 약간 어색하게 말했다. "전 이만 자러 갈게요."

"내가 말하려던 건 말이야," 두 손가락으로 무심코 턱을 잡으며 아서는 방을 멍하니 둘러봤다. 그리고 암시적인 아이러니조차 전혀 없는 담백한 말투로 덧붙였다.

"우리 둘 다 오늘 하루 참 힘들었어."

이튿날 아침이 되니 어쨌든 쑥스러워할 틈이 없었다. 우리는 할 일이 많았다. 이발사가 아서의 머리 손질을 마치자마자 나는 가운을 입은 채로 그의 방에 들어가서 회의를 했다. 외투를 입은 키 작은 형사가 이제 근무 중이었다. 아서는 둘 중 누군가가 집밖에서 밤을 보냈는지 어쨌는지 모르겠다고 인정해야만 했다. 결국 동정심이 그의 수면을 방해하지는 못했던 것이다.

물론 첫번째 문제는 아서의 행선지를 결정하는 것이었다. 가능한 선편이나 육로 편이 있는지 가까운 여행사에 문의해야만 했다. 아서는 최종적으로는 유럽을 떠나야겠다고 이미 결심하고 있었다.

"아무래도 환경을 완전히 바꿔야 할 것 같아. 살던 곳을 아주 떠나는 건 힘들지만 말이야. 여기는 너무 옹색하고, 너무 제약이 많아. 윌리엄, 자네도 나이가 들면 이 세상이 점점 좁아 보일 거야. 국경이 갈수록 좁혀와서 나중엔 거의 숨 쉴 공간도 없게 된다니까."

"얼마나 불쾌한 기분일까요."

"맞아." 아서가 한숨을 쉬었다. "정말 그래. 요즘 내가 좀 과로해서 그런지도 모르지만, 내게는 유럽의 나라들이 더도 말고 덜도 말고 그냥 한무더기 쥐덫 같아. 개중 치즈가 좀 나아 보이는 덫이 있긴 하지. 그 차이일 뿐이야."

다음으로 우리는 누가 나가서 알아볼 것인지 논의했다. 아서는 정말 하고 싶어하지 않았다.

"그렇지만, 윌리엄, 내가 나가면 아래층의 저 친구가 분명 나를 따라올 거야."

"물론 그러겠지요. 그게 바로 우리가 원하는 거예요. 당신이 떠날 거라고 당국에 알리자마자 그들은 마음을 놓을 겁니다. 분명 그들은 그저 당신이 떠나는 것을 보게 되길 원할 뿐인걸요."

그렇지만 아서는 내켜하지 않았다. 그런 작전은 그의 비밀스러운 본능에 맞지 않았다. "뭔가 점잖지 못한 것 같아." 그가 덧붙였다.

"봐요," 내가 약빠르게 말했다. "정말 내가 나가길 원하면 그렇게 할게요. 그렇지만 내가 나가 있는 동안 슈뢰더 부인에게 당신이 직접 소식을 전한다는 조건으로요."

"정말, 자네…… 아니야. 그건 못해. 좋아, 그럼 자네 말대로……"

반시간 후, 내 방 창문에서 나는 그가 거리로 나서는 것을 지켜봤다. 형사는 그가 나가는 것을 전혀 보지 못하는 것 같았다. 그는 맞은편 집들의 현관에 붙은 명패들을 읽는 데 골몰해 있었다. 아서는 좌우를 둘러보지 않고 경쾌하게 출발했다. 그는 시 속에 나오는, 자기 발걸음을 따라오는 악마와 눈이 마주칠까 두려워하는 인물을 상기시켰다. 형사는 매우 흥미롭게 명패들을 열심히 보고 있었다. 그러다 마침내, 그가 보지 못해서 짜증이 막 나기 시작할 무렵, 그는 몸을 쭉 펴고 시계를 꺼내 보더니 흠칫 놀랐고, 잠시 머뭇거리며 생각하는 것 같더니, 마침내 너무 오래 기다렸다는 듯 빠르고 성급한 발걸음으로 걸어가버렸다. 나는 즐겁게 감탄하며 그의 작은 모습이 사라질 때까지 지켜봤다. 그는 예술가였다.

그사이 나에게는 내 나름대로 유쾌하지 않은 과업이 있었다. 슈뢰더 부인이 매일 아침 평생 그래왔듯이, 거실에서 카드를 늘어놓고 하루 운세를 점치고 있는 것이 보였다. 변죽을 울리는 건 아무 소용 없는 일이었다.

"슈뢰더 부인, 노리스 씨에게 나쁜 소식이 있어요. 당장 베를린을 떠나야 한대요. 저더러 당신께 말씀드리라고……"

나는 끔찍하게 불편한 느낌이 들어 말을 멈추고, 침을 꿀꺽 삼킨 후 내뱉었다.

"저더러 말씀드려달래요…… 1월분 방세랑 2월분까지도 한꺼번에 드리고 싶다고……"

슈뢰더 부인은 아무 말이 없었다. 나는 자신 없게 마무리했다 —

"이렇게 갑자기 떠나게 돼서 당신이……"

그녀는 올려다보지 않았다. 숨죽인 소리가 들리더니 커다란 눈물방울이 앞의 탁자에 놓인 카드 위로 떨어졌다. 나도 울고 싶은 기분이었다.

"아마……" 나는 소심하게 말했다. "그냥 몇달 동안만일 거예요. 돌아올지도……"

그렇지만 슈뢰더 부인은 이 말을 듣지도 믿지도 않았다. 그녀의 흐느낌이 더욱 커졌다. 그녀는 굳이 억누르려 하지 않았다. 아마도 아서가 떠나는 것은 결정적인 신호탄이리라. 일단 한번 눈물이 터지고 나면 울 일은 더 많아질 것이었다. 밀린 집세와 세금, 미납 고지서, 매정한 석탄 배달부, 그녀의 허리 통증, 그녀의 종기, 그녀의 가난, 그녀의 외로움, 그녀에게 점점 다가오는 죽음. 그녀의 울음소리를 듣고 있으려니 끔찍했다. 나는 초조하게 가구들을 만지며, 불편함의 절정 속에서, 방 안을 서성대기 시작했다.

"슈뢰더 부인…… 괜찮아요, 정말…… 그러지 마세요…… 제발……"

그녀는 마침내 마음을 추슬렀다. 탁자보 가장자리로 눈물을 닦고, 그녀는 깊이 한숨을 쉬었다. 그녀는 늘어놓은 카드를 뻘겋게 된 눈으로 구슬프게 살펴봤다. 그녀는 서글프고도 의기양양하게 외쳤다.

"아, 정말. 저거 봐요, 브래드쇼 씨! 스페이드 에이스가…… 거꾸로야! 이런 일이 있을 줄 알 수 있었는데. 카드 점은 틀림없거든."

아서는 한시간쯤 후에 택시를 타고 여행사에서 돌아왔다. 그의 손에는 서류들과 삽화가 든 홍보물들이 가득했다. 그는 피곤하고 우울해 보였다.

"어떻게 됐어요?" 내가 물었다.

"잠깐만, 윌리엄, 시간을 좀 줘…… 내가 숨이 차서……"

의자에 털썩 앉아 그는 모자로 부채질을 했다. 나는 창가로 슬슬 걸어갔다. 형사는 원래 위치에 없었다. 고개를 왼쪽으로 돌리자 그가 보였지만, 이번엔 길 아래쪽으로 좀더 내려가서 식료품점의 물건들을 살펴보는 중이었다.

"벌써 돌아왔어?" 아서가 물었다.

나는 고개를 끄덕였다.

"정말? 인정할 건 인정해야겠네. 하기 싫은 일을 잘도 하는 걸…… 윌리엄, 글쎄 저놈이 뻔뻔스럽게 사무실까지 곧장 들어와서 바로 옆 카운터에 서질 않겠어? 하르츠[68] 여행에 대해 문의하는 소리까지 다 들리더라니까."

"아마 정말 거기 가고 싶었나보죠. 모르는 일이잖아요. 곧 휴가를 갈 예정인지도."

"그래, 그래…… 어쨌거나, 참 불쾌하더라고…… 대단히 심각한 결정을 내려야 하는데 최고로 어려웠다니까."

"그래서 최종 결론은요?"

"애석하지만," 그는 장화에 달린 단추를 우울하게 내려다보며 말했다. "멕시코로 가야 할 것 같아."

"세상에!"

"봐, 이렇게 갑자기 가려고 하면, 가능성이 굉장히 제한되니까…… 물론 리우나 아르헨띠나가 훨씬 더 좋겠지만. 심지어 중국도 타진해봤어. 그렇지만 요샌 어디나 터무니없는 절차들이 있어서 말이야. 온갖 바보 같고 뻔뻔스러운 질문들을 다 하더라고. 내가 젊을 때만 해도 전혀 달랐는데…… 영국 신사면 어디서나 환영받았다고. 특히 일등석 표를 가지고 있으면."

"언제 떠날 거예요?"

---

68 독일 중부의 산간지역.

"내일 낮에 배가 있어. 오늘 저녁 기차를 타고 함부르크로 가야 할 것 같아. 그게 더 편하고, 아마도 더 현명할 거야. 안 그래?"

"그렇겠네요…… 정말 갑자기 엄청난 일이 벌어지는 거 같아요. 멕시코에 아는 사람은 있어요?"

아서는 킥킥거렸다. "나는 어디에나 친구가 있어, 윌리엄, 아니면 공범이라고나 할까?"

"거기 가면 뭐 하실 건데요?"

"곧장 멕시코시티로 갈 거야. (아주 우울한 곳이지. 내가 1911년에 거기 갔을 때 이래로 많이 바뀌었을 테지만.) 제일 좋은 호텔에 방을 잡고 영감이 떠오르길 기다려야지…… 굶어 죽지는 않을 거야."

"그렇겠죠, 아서." 나는 웃었다. "나도 당신이 굶어 죽을 것 같진 않아요!"

우리는 기분이 풀렸다. 술을 몇잔 마셨다. 우리는 꽤 활기가 넘쳤다.

아서가 짐을 싸기 시작해야 해서, 슈뢰더 부인이 불려왔다. 그녀는 처음엔 우울해하고 원망의 말을 하려고 했지만, 꼬냑 한잔이 기적을 일으켰다. 그녀는 아서가 갑자기 떠나는 이유에 대한 나름의 설명을 이미 가지고 있었다.

"아, 노리스 씨, 노리스 씨! 좀 조심했어야지요. 당신 연세의 신사라면 그런 일에는 경험이 많아야……" 그녀는 얼근히 취해 그의 등 뒤에서 내게 윙크를 했다. "왜 늙은 슈뢰더에게 충실하지 못했던 거예요? 당신을 도와줄 수도 있었는데. 내내 다 알고 있었다고요!"

아서는 당황하고 왠지 쑥스러워져서 뭔지 설명해달라는 듯 나를 쳐다봤다. 나는 아무것도 모르는 척했다. 관리인과 그의 아들이 꼭대기 다락방에서 여행가방들을 날라다줬다. 슈뢰더 부인은 짐을 싸면서 아서의 멋진 옷들을 보며 감탄사를 내뱉었다. 아서는 너그럽고 유쾌하게 선물을 나눠주기 시작했다. 관리인은 양복을, 관리인의 아내는 셰리 한병을, 그 아들은 그의 발에는 너무 작지만 어떻게든 욱여넣어 신겠노라고 우기던 뱀가죽 구두를 받았다. 신문과 잡지 더미는 한 병원으로 보낼 예정이었다. 아서는 신나게 물건들을 나눠줬다. 그는 귀공자 역할을 하는 법을 알고 있었다. 관리인 가족은 깊은 감명을 받고 감사하는 마음으로 물러갔다. 나는 전설의 시작이 이렇게 탄생했음을 알게 됐다.

슈뢰더 부인으로 말하자면, 그녀는 선물을 한무더기 받았다. 동판화와 일본산 가리개 외에도 아서는 그녀에게 향수 세병과 헤어로션, 분첩, 포도주 수납장에 든 것 일체, 아름다운 스카프 두장, 그리고 그가 아끼던 비단 속옷도 얼굴을 붉히며 건넸다.

"윌리엄, 자네도 뭔가 가져갔으면 좋겠어. 아주 작은 거라도……"

"됐어요, 아서, 괜찮아요…… 그럼, 『스미스 양의 고문실』 아직도 가지고 있어요? 난 당신 책들 중 그게 제일 좋던데요."

"그래? 정말?" 아서는 좋아서 얼굴이 달아올랐다. "그렇게 말해주다니 얼마나 멋있어! 윌리엄, 정말이지 비밀 한가지 알려줘야겠어. 내 비밀 중의 비밀인데…… 그 책 바로 내가 쓴 거야!"

"아서, 설마요!"

"정말이야, 그렇다니까!" 아서는 기뻐서 킥킥거렸다. "이젠 오래 됐지만…… 철없던 젊은 날 얘기고, 그후로 좀 부끄러웠다고…… 빠리에서 자비로 출간했지. 유럽에서 가장 유명한 수집가들 중에 서재에 그 책을 갖고 있는 사람들이 있다고 들었어. 굉장히 희귀본 이래."

"그거 말고 다른 작품은 안 썼어요?"

"안 썼어, 안타깝게도……! 나는 내 천재성을 예술이 아니라 삶에 쏟아부은 거지.[69] 이 말은 내가 한 말이 아니야. 상관없어. 그런데 이런 화제가 나왔으니 말인데, 내가 아니에게 작별인사 안한 거 알아? 오늘 오후에 이리로 와달라고 해야 할 것 같지 않아? 어차피 차를 마시고 나서야 떠날 거니까."

"안 부르는 게 낫겠어요, 아서. 여행 떠나려면 힘을 아껴야 해요."

"아, 하, 하! 자네 말이 맞아. 이별의 **고통**은 분명히 아주 가혹할 테니까……"

점심을 먹고 나서 아서는 누워서 휴식을 취했다. 나는 그의 여행 가방들을 택시에 실어 레어터 역으로 보내 물품 보관소에 맡기도록 했다. 아서는 집을 나서는 지루한 의례를 피하고 싶어서 안달이었다. 이제 키 큰 형사가 근무 중이었다. 그는 택시에 짐을 싣는 것을 흥미롭게 지켜봤으나 아무런 행동도 하지 않았다.

---

69 오스카 와일드(Oscar Wilde, 1854~1900)가 한 말의 인용.

차 마시는 시간에 아서는 초조하고 우울해 보였다. 텅 빈 수납장 문이 열려 있고 매트리스가 침대 발치에 둘둘 말린 채 어질러진 침실에 우리는 함께 앉았다. 나는 괜히 걱정스러운 기분이 들었다. 아서는 지친 듯 턱을 비비고는 한숨을 지었다.

"내가 묵은해가 된 기분이야, 윌리엄. 이제 얼른 가버려야겠어."

나는 미소 지었다. "이제 일주일 후면, 우린 이 참혹한 도시에서 여전히 꽁꽁 얼거나 흠뻑 젖어 있는데, 당신은 햇빛을 받으며 덱에 앉아 있겠죠. 부러워요, 진심이에요."

"그래? 난 때때로 내가 이렇게 많이 돌아다니지 않아도 됐으면 하고 바라는데. 난 기본적으로 가정적인 성격이거든. 정착하면 더 바랄 게 없겠어."

"음, 그럼 정착하시지그래요?"

"그게 종종 내가 스스로에게 묻는 거야…… 늘 뭔가가 그렇게 하지 못하게 하는 것 같아."

마침내 가야 할 시간이 됐다.

엄청 수선을 피우며 아서는 외투를 입고, 장갑을 잃어버렸다 찾아내고, 가발을 마지막으로 매만졌다. 나는 그의 가방을 들고 현관으로 나왔다. 이제 최악의 일이 남아 있었다. 슈뢰더 부인에게 작별인사를 하는 시련 말이다. 그녀는 거실에서 젖은 눈을 하고 나타났다.

"저, 노리스 씨……"

초인종이 요란하게 울리고 누군가가 문을 두번 두들겼다. 갑작스러운 소리에 아서는 펄쩍 뛸 듯이 놀랐다.

"맙소사! 도대체 누구야?"

"우편배달부일 거예요." 슈뢰더 부인이 말했다. "실례해요, 브래드쇼 씨……"

그녀가 문을 열자마자 밖에 서 있던 남자가 그녀를 밀치고 현관으로 들어왔다. 슈미트였다.

그가 입을 열기도 전에 만취했다는 것은 분명히 알 수 있었다. 그는 모자도 쓰지 않고, 넥타이를 한쪽 어깨 너머로 걸치고, 옷깃도 비뚤어진 채, 불안정하게 흔들거리며 서 있었다. 그의 커다란 얼굴은 벌겋게 부어올라서 눈이 거의 가늘게 찢어진 틈처럼 보일 지경이었다. 현관은 네사람이 서 있기엔 좁았다. 우리는 서로 바짝 붙어서 있었으므로 그의 입 냄새를 맡을 수 있었다. 아주 고약했다.

내 옆에 선 아서는 앞뒤가 맞지 않는 낭패스러운 소리를 내뱉었고, 나는 그냥 입을 떡 벌리고 있었다. 이상하게 보일지도 모르겠지만, 나는 이 사람이 나타날 것에 대해서는 전혀 대비가 없었다. 지난 스물네시간 동안 나는 슈미트의 존재를 까맣게 잊고 있었다.

그는 이 상황의 주인이었고 스스로 그 사실을 알고 있었다. 그의 얼굴은 악의로 번득였다. 뒷발질로 현관문을 닫아버리고, 그는 우리 두사람을, 아서의 외투와 내 손에 든 가방을 훑어봤다.

"뺑소니를 치시겠다, 응?" 그는 대규모 청중의 가운데쯤을 향해 말하듯 큰 소리로 외쳤다. "알겠어…… 날 속이고 달아나려 했단 말이지, 그렇지?" 그가 한걸음 다가왔다. 그는 당황하여 벌벌 떠는 아서를 마주 봤다. "내가 마침 잘 왔네, 안 그래? 당신으로선 재수가 없는 거지만……"

아서는 뭔가 또 소리를 냈다. 이번엔 공포에 질린 비명 같은 것이었다. 그 소리 때문에 슈미트는 흥분하여 미친 듯이 격분한 것 같았다. 그는 주먹을 쥐고는 깜짝 놀랄 만큼 격렬하게 외쳤다.

"더러운 놈!"

그는 팔을 쳐들었다. 진짜로 아서를 때리려고 했는지도 모르겠다. 그랬다면 내가 미처 그를 막을 시간이 없었을 것이다. 그 순간 내가 할 수 있는 거라고는 가방을 내려놓는 정도였다. 그러나 슈뢰더 부인이 좀더 빠르고 효율적이었다. 그녀는 이 모든 소동이 무엇 때문인지 전혀 알지 못했다. 그건 전혀 걱정거리가 아니었다. 노리스 씨가 낯선 취객에게 모욕당하고 있다는 사실만으로 충분했다. 째지는 듯 격분한 함성을 지르며 그녀가 달려들었다. 그녀는 손을 활짝 펼쳐 슈미트의 뒷덜미를 잡고, 기관차가 화물차를 이동시키듯 그를 앞으로 밀쳤다. 불안정하게 서 있던데다가 불의의 습격을 받아, 그는 열린 문을 통해 거실로 고꾸라졌고, 카펫 위에 납작 엎어졌다. 슈뢰더 부인은 재빨리 자물쇠를 잠갔다. 이 모든 동작이 불과 약 오초 사이에 이루어졌다.

"저런 뻔뻔한!" 슈뢰더 부인이 외쳤다. 그녀의 뺨이 격렬한 움직임 때문에 선홍색으로 물들었다. "여길 자기 집처럼 밀고 들어오다니. 게다가 취해서…… 쳇! 역겨운 돼지 새끼!"

그녀는 이 사태에서 아무런 이상한 점도 찾지 못한 것처럼 보였다. 아마도 그녀는 슈미트를 어찌어찌 마고와 불우한 아기와 연관시켰을지도 모르겠다. 그렇더라도, 그녀는 눈치가 빨랐던지라 그렇게 말하지는 않았다. 거실 문을 요란하게 두들기는 소리 때문에 나는 어떤 설명을 만들어내려는 시도도 할 필요가 없었다.

"저자가 뒤로 빠져나갈 수는 없을까요?" 아서가 초조하게 물었다.

"안심해도 돼요, 노리스 씨. 부엌문은 잠겨 있거든요." 슈뢰더 부인은 보이지 않는 슈미트 쪽으로 기세등등하게 돌아서서 말했다. "조용히 해, 이 나쁜 놈아! 곧 내가 상대해줄 거니까!"

"그래도……" 아서는 안절부절못했다. "가봐야 할 것 같아요……"

"저놈을 어떻게 내보내실 건데요?" 나는 슈뢰더 부인에게 물었다.

"아, 그건 걱정 마세요, 브래드쇼 씨. 당신들이 가자마자 관리인 아들을 부를 거니까. 아주 조용하게 처리할 거예요, 약속해요. 그렇지 않으면 유감스러운 일이 생길걸……"

우리는 서둘러 작별인사를 했다. 슈뢰더 부인은 너무 흥분하고 의기양양해서 감정을 보일 겨를도 없었다. 아서는 그녀의 양 뺨에 키스했다. 그녀는 계단 꼭대기에서 우리에게 손을 흔들며 서 있었다. 그녀의 뒤로 다시 문 두드리는 소리가 희미하게 들려왔다.

우리는 택시를 탔고, 역으로 가는 길 중간쯤 되어서야 아서는 이야기를 할 만한 정신을 되찾았다.

"맙소사…… 이렇게 어떤 도시에서 극도로 불쾌하게 빠져나온 적은 거의 없는 것 같아……"

"확 깨는 배웅이라고 할 수 있겠네요." 나는 뒤를 흘끗 보고 키 큰 형사가 탄 다른 택시가 아직 우리를 따라오는 것을 확인했다.

"그놈이 어떻게 할 것 같아, 윌리엄? 아마 곧장 경찰서로 가겠지?"

"그건 아닐 거예요. 취해 있으니 사람들이 그의 말을 들어주지도 않을 거고요. 술이 깰 때쯤 되면 그래봐야 소용없다는 걸 알게 될 거예요. 당신이 어디로 가는지도 전혀 모르잖아요. 그가 아는 건 당신이 오늘밤 이 나라를 빠져나간다는 것뿐이죠."

"자네 말이 맞아. 나도 그러길 바라. 그 나쁜 놈에게 자네를 노출시켜놓고 떠나는 게 싫어. 정말 조심해야 돼, 알겠지?"

"아, 슈미트는 저를 귀찮게 하진 않을 거예요. 그의 관점에서 보면 나는 가치가 없는걸요. 아마 쉽사리 다른 희생자를 찾아내겠죠. 자기 수첩에 한참 많이 적어놨을 텐데요, 뭐."

"내 밑에 있을 때 그놈에게는 분명 그럴 기회가 많았어." 아서는 생각에 잠겨 동의했다. "난 그가 그 기회를 충분히 이용할 거라고 봤지. 그놈은 재주가 있었거든 ─ 좀 삐딱한 재주라 그렇지…… 아, 확실히 그렇지…… 응……"

마침내 모든 것이 끝났다. 물품 보관소 직원과의 오해, 짐을 둘러싸고 벌어진 소동, 구석 자리 찾기, 팁 주기. 아서는 객차 창문으로 몸을 내밀었다. 나는 플랫폼에 서 있었다. 우리에게는 오분 정도가 남아 있었다.

"오토에게 안부 전해줘, 알았지?"

"그럴게요."

"그리고 아니에게도 사랑한다고 전해줄 거지?"

"물론이죠."

"여기 다들 올 수 있었으면 좋았을걸."

"안타깝네요, 그렇죠?"

"그렇지만 상황이 이러니, 그러면 안 좋았을 거야. 그렇지 않아?"

"그래요."

나는 기차가 출발하기를 바랐다. 더이상 할 말도 없었다. 너무 늦어버려서 이제는 하면 안되는 말들을 제외하면 말이다. 아서도 이 공백을 의식한 것 같았다. 그는 판에 박은 말들을 불안하게 더 듬거렸다.

"자네랑 함께 가면 좋았을 텐데, 윌리엄…… 정말 무지하게 보고 싶을 거야."

"그럴까요?" 나는 미묘하게 불편한 기분이 들어 어색하게 웃었다.

"그럼, 정말로 그럴 거야…… 자넨 내게 너무 큰 도움을 줬어. 우리가 처음 만났을 때부터……"

얼굴이 달아올랐다. 그가 어쩌면 그렇게 나 스스로를 비열한 놈으로 느껴지도록 만드는지 놀라울 지경이었다. 결국 내가 오해한 것인가? 내가 그를 잘못 판단한 것은 아닐까? 내가 어딘가 모르게 아주 나쁘게 군 건 아닌가? 화제를 바꾸려고 내가 물었다.

"그 여행 기억나요? 난 그들이 국경에서 왜 그렇게 야단스럽게 구는지 이해할 수가 없었어요. 그때 이미 당신을 감시하고 있었나 봐요?"

아서는 그 추억에 대해서 별로 신경 쓰지도 않았다.

"그랬던가봐…… 그래."

다시 침묵이 이어졌다. 절망적으로 나는 시계를 흘끗 봤다. 일분 남았다. 그는 더듬더듬 다시 말문을 열었다.

"나를 너무 나쁘게 생각하지 마, 윌리엄…… 그러면 싫어……"

"무슨 말도 안되는 소리를, 아서⋯⋯" 나는 최선을 다해 가볍게 넘어가려고 했다. "정말 말도 안돼요!"

"인생이라는 게 아주 복잡해. 내 행동이 늘 일관되진 않았더라도, 정말 나는 지금도 앞으로도 언제나 당에 진심으로 충성할 거라고 장담할 수 있어⋯⋯ 내 말 믿는다고 해줄 거지?"

그는 일말의 부끄러움도 없이 흥분해 있었고, 기괴해 보였다. 그렇지만 내가 무슨 대답을 했어야 한단 말인가? 그 순간 그가 요구하면 2 곱하기 2는 5라고 맹세라도 할 판이었다.

"그럼요, 아서, 믿고말고요."

"고마워, 윌리엄⋯⋯ 아이고, 이제 정말 떠나네. 짐은 짐칸에 잘 들어 있겠지. 신의 가호가 있기를. 늘 자네 생각 할게. 내 방수 외투가 어디 있지? 아, 맞다. 내 모자는 똑바른가? 안녕. 편지 자주 써줘. 안녕."

기차는 점점 속도를 내어 그의 손톱 손질된 손을 내 손으로부터 빼내갔다. 나는 플랫폼을 따라서 조금 걸어가다가 서서 마지막 열차칸이 보이지 않을 때까지 손을 흔들었다.

돌아서서 역을 떠나려다가 나는 바로 뒤에 서 있던 사람과 거의 부딪힐 뻔했다. 그 형사였다.

"실례합니다, 형사님.[70]" 나는 중얼거렸다.

그러나 그는 미소조차 보이지 않았다.

---

70 (독) Herr Kommissar.

16장

선거가 끝난 3월 초, 갑자기 날씨가 온화하고 따뜻해졌다. '히틀러 날씨'라고 관리인의 아내가 말했다. 그녀의 아들은 농담으로, 우리가 판 데르 뤼베[71]에게 감사해야 한다, 국회의사당의 불길이 눈을 녹였으니까, 하고 말했다. "그렇게 번듯하게 생긴 청년이," 슈뢰더 부인이 한숨을 쉬고 말했다. "어떻게 그렇게 끔찍한 일을 저지를 수가 있었지?" 관리인의 아내는 콧방귀를 뀌었다.

우리가 사는 길은 들어서면 파란 하늘을 배경으로 흑백적기[72]들

---

71 마리뉘스 판 데르 뤼베(Marinus van der Lubbe, 1909~34). 1933년 2월 27일 발생한 독일 국회의사당 방화 사건의 범인으로 지목되어 처형된 네덜란드 출신 공산주의자.
72 북독일연방과 독일제국 시대의 깃발로 바이마르 공화국 초기(1918~19)와 나치 정권 초반(1933~35)에 국기로 사용됨.

이 창문마다 나부끼는 것이 눈에 띄어서 꽤 화사해 보였다. 놀렌도르프 광장에서는 사람들이 외투를 입은 채 까페 앞 야외 테이블에 앉아 바이에른 지역의 쿠데타 기사를 읽고 있었다. 길모퉁이의 라디오 스피커에서는 괴링[73]의 연설이 흘러나왔다. 독일은 잠에서 깨어났다, 그가 말했다. 아이스크림 가게가 문을 열었다. 여기저기서 제복을 입은 나치 당원들이 중요한 업무를 보러 다닌다는 듯 심각하고 굳은 얼굴로 오가고 있었다. 까페에서 신문을 읽던 사람들은 고개를 돌려 그들이 지나가는 것을 보고 미소 지었고, 기분이 좋은 듯했다.

그들은 베르사유 조약을 뒤집으려고 하는, 크고 으리으리한 장화를 신은 이 젊은이들을 보고 흐뭇하게 미소 지었다. 그들은 곧 여름이 될 것이기에, 히틀러가 소상인들을 보호해주겠다고 약속했기에, 그들이 읽는 신문이 좋은 시절이 올 거라고 말해줬기에, 기분이 좋았다. 그들은 갑자기 금발인 것에 자부심을 느꼈다. 그리고 자기 사업의 적수들, 유대인들, 맑스주의자들, 그리고 자신들과는 아무 상관 없고 막연하게 규정된 소수파의 사람들이 패전과 인플레이션의 원인이라고 충분히 밝혀졌고 곧 혼나리라는 것 때문에, 그들은 소년들처럼 은밀하고 육감적인 쾌락으로 전율했다.

장안은 은밀한 풍문들로 가득했다. 한밤중의 불법적인 체포, 나치 돌격대의 막사에서 고문을 당해 레닌의 사진에 침을 뱉고, 피마

---

73 헤르만 빌헬름 괴링(Hermann Wilhelm Göring, 1893~1946). 나치당의 초기 성원으로, 돌격대 지휘관, 게슈타포 창설자, 나치 공군 총사령관을 맡음. 후에 뉘른베르크 재판에서 사형을 선고받았으나 형 집행 전날 자살함.

자유를 삼키고, 낡은 양말을 먹도록 강요당한 죄수들에 관한 풍문이었다. 요란하게 성난 정부의 목소리가 소문들을 잠재웠고, 수많은 입들이 서로 다른 이야기를 내놓았다. 그러나 괴링도 헬렌 프랫은 침묵시키지 못했다. 그녀는 자기 나름대로 가혹 행위를 조사하기로 결심했다. 아침, 낮, 밤마다 그녀는 도시를 들쑤시고 다니면서 피해자들이나 그 친인척들을 찾아내고, 그들에게 상세한 내용을 반대심문했다. 물론 이 불운한 사람들은 입을 닫았고 완전히 겁을 먹고 있었다. 그들은 두번 다시 당하기를 원치 않았다. 그러나 헬렌은 그들을 고문한 사람들만큼이나 가차 없었다. 그녀는 뇌물을 주고, 회유하고, 괴롭혔다. 때때로 조바심에 협박을 하기도 했다. 그들에게 나중에 무슨 일이 일어날지는 솔직히 그녀의 관심사가 아니었다. 그녀는 그저 사실을 찾으러 나선 것이었다.

바이어의 죽음을 내게 처음으로 알려준 사람은 헬렌이었다. 그녀는 절대적으로 믿을 만한 증거를 가지고 있었다. 석방된 그 사무실 직원 중 한사람이 슈판다우[74]의 감방에서 그의 시신을 봤다고 했다는 것이었다. "정말 웃기는 게," 그녀가 덧붙였다. "그의 왼쪽 귀를 잘라놓았더래…… 왜 그랬는지는 모르지. 이 사람들 중 일부는 그냥 미친 사람인가봐. 왜, 빌, 무슨 일이야? 새파랗게 질렸잖아."

"내 기분이 바로 그래." 내가 말했다.

프리츠 벤델에게도 이상한 일이 일어났다. 며칠 전 그는 자동차

....
74 베를린의 행정구역 중 하나. 교도소가 있음.

사고를 당했다. 그는 팔목을 삐고 뺨이 긁혔다. 심각한 부상은 전혀 아니었다. 그렇지만 그는 커다란 반창고를 붙이고 팔을 붕대에 매어 걸고 다녀야 했다. 그리고 이제 이 화창한 날씨에도 불구하고 그는 밖으로 나다니려 하지 않았다. 어떤 종류든 붕대를 매면 오해를 사기 십상이었다. 특히 프리츠처럼 가무잡잡한 얼굴에 새까만 머리카락을 가졌다면 더더욱. 행인들은 불쾌하게 윽박질렀다. 프리츠는 물론 이것을 인정하려 하지 않았다. "제길, 내 말은, 뭔가 바보가 된 것 같다는 거야." 그는 극도로 조심스러워졌다. 우리 둘만 있을 때조차 그는 정치 이야기는 아예 꺼내지 않으려 했다. "결국 그렇게 되도록 돼 있었어." 새로운 정권에 대한 그의 유일한 논평이었다. 이 말을 할 때 그는 내 눈길을 피했다.

온 도시에 조심스럽고도 전염성이 강한 공포가 번져 있었다. 인플루엔자처럼 나도 그것을 내 뼛속에서 느낄 수 있었다. 가택 수색에 대한 첫 뉴스가 나오기 시작하자, 나는 바이어가 내게 준 서류들에 대해 슈뢰더 부인과 의논했다. 우리는 그 서류들과 내가 가지고 있던 『공산당 선언』을 부엌의 장작더미 아래 숨겼다. 장작더미를 헐었다 다시 쌓는 데 반시간이 걸렸고, 그 일이 마무리됐을 때쯤엔 우리의 조심성이 다소 유치해 보이기 시작했다. 나는 나 자신이 조금 부끄러웠고, 그래서 내 위치의 중요성과 위험성에 대해 과장해서 이야기했다. 슈뢰더 부인은 존경심을 가지고 내 말을 들어줬고, 점점 분개했다. "그럼 그들이 내 아파트에 들어올 거라는 거야, 브래드쇼 씨? 이런 뻔뻔하긴. 그렇게 하려고만 해봐! 귀싸대기를 때려줄 테니. 정말 그럴 거라고!"

그로부터 하루 이틀이 지난 밤, 나는 현관문을 엄청나게 두들기는 소리에 깨어났다. 나는 일어나서 불을 켰다. 3시였다. 이제 내 차례인가, 나는 생각했다. 나는 그들이 내가 대사관에 전화하도록 해줄 것인지 생각해봤다. 손으로 머리를 단정하게 매만지고, 나는 도도한 경멸의 표정을 지으려 노력했지만 잘되진 않았다. 그렇지만 마침내 슈뢰더 부인이 발을 끌며 나가 무슨 일인지 살펴보니, 술에 취해 집을 잘못 찾아온 옆집 세입자일 뿐이었다.

이렇게 겁을 먹고 나서, 나는 불면증으로 고생했다. 계속해서 집 밖에서 묵직한 수레가 끌려가는 소리를 들은 것 같다는 상상을 했다. 어둠속에 누워 초인종이 울리기를 기다리기도 했다. 일분. 오분. 십분. 어느날 아침엔, 비몽사몽간에 침대 위쪽 벽지를 쳐다보는데, 그 무늬가 갑자기 작은 갈고리 십자가가 연결된 것으로 보이는 것이었다. 더 나빴던 것은 그 방 물건 대부분이 갈색 계열이라는 점이었다. 녹갈색, 흑갈색, 황갈색, 아니면 적갈색. 하지만 모두 다 틀림없이 갈색이었다. 아침식사를 하면서 설사약을 먹으면 기분이 좀 나아졌다.

어느날 아침, 오토가 찾아왔다.

초인종을 울린 것은 6시 반쯤이었다. 슈뢰더 부인은 아직 일어나지 않았다. 나는 그를 직접 맞아들였다. 그는 남루한 상태로, 머리는 흐트러져 엉켜 있었고, 관자놀이가 긁힌 곳에서부터 얼굴 양옆으로 더러운 피얼룩이 있었다.

"안녕, 윌리."[75] 그가 웅얼거렸다. 그는 갑자기 손을 내밀어 내 팔을 잡았다. 간신히 나는 그가 넘어지는 것을 막았다. 그러나 내가 처음에 짐작한 것처럼 술에 취한 것이 아니었다. 그냥 기진맥진한 것이었다. 그는 내 방 의자에 털썩 고꾸라졌다. 내가 바깥 문을 닫고 돌아오자, 그는 이미 잠들어 있었다.

그를 어떻게 해야 할지 몰라 문제였다. 일찍 오기로 한 학생이 있었다. 마침내 슈뢰더 부인과 나는 여전히 반쯤 잠든 그를 겨우겨우 끌어다가 아서가 쓰던 침실로 데려가서 침대에 눕혔다. 믿을 수 없을 정도로 무거웠다. 그는 등이 바닥에 닿자마자 코를 골기 시작했다. 그가 코 고는 소리가 너무 커서, 문을 닫아도 내 방에서까지 다 들렸다. 코 고는 소리는 수업 내내 계속됐다. 한편, 곧 학교 선생이 되겠다는 아주 착한 청년인 내 학생은 소문들을 믿지 말라고 열심히 내게 호소했다. 정치적 탄압에 대해서는 모두 "유대인 이민자들이 지어낸" 이야기라고 했다.

"실제로," 그가 확언했다. "소위 공산주의자들이라는 것들은 한 줌도 안되는 범죄자들이고, 길거리의 찌꺼기들이거든요. 그들 대부분은 아예 독일 사람도 아니에요."

"내 생각에," 나는 예의 바르게 말했다. "그들이 바로 바이마르 헌법을 만든 사람들이라고 말하고 있는 것 같은데?"

이 말에 그는 잠시 휘청거렸다. 그러나 그는 곧 회복했다.

"아니, 죄송하지만, 바이마르 헌법은 맑스주의자 유대인들이 만든 거죠."

"아, 유대인들이…… 그래."

---

75 (독) Servus, Willi.

내 학생은 미소 지었다. 내가 하도 바보 같아서 그는 약간 우월 감을 느낀 듯했다. 그가 심지어 그래서 나를 좋아했다는 생각도 든다. 바로 옆방에서 특히 더 크게 코 고는 소리가 들렸다.

"외국인들에게," 그는 정중하게 양해해줬다. "독일 정치는 아주 복잡하죠."

"상당히." 나는 동의했다.

오토는 게걸스럽게 허기진 상태로 티타임 무렵에 깨어났다. 나는 나가서 쏘시지와 달걀을 사왔고 슈뢰더 부인은 그가 씻는 동안 식사를 만들어줬다. 나중에 우리는 내 방에 함께 앉았다. 오토는 담배를 줄창 피웠다. 그는 몹시 초조해서 가만히 앉아 있질 못했다. 옷은 너덜너덜했고 스웨터의 목 부분도 닳아 있었다. 얼굴도 여기저기 푹 꺼져 있었다. 그는 최소한 오년은 더 나이가 들어 보였다.

슈뢰더 부인이 그의 재킷을 벗겼다. 우리가 이야기를 나누는 동안 그녀는 재킷을 수선하면서 이따금씩 참견했다. "그게 가능해? 어찌 그런 생각을…… 감히 그런 짓을 하다니! 난 그게 알고 싶은 거라고!"

오토는 이제 보름째 도피 중이라고 말했다. 국회의사당 화재가 있고 나서 이틀 뒤, 그의 오래된 적인 베르너 발도가 돌격대 여섯 명과 함께 그를 '체포하러' 왔다는 것이다. 오토는 아이러니 없이 이 말을 사용했다. 그는 아주 자연스러운 표현이라고 생각하는 것 같았다. "이제 청산해야 할 일들이 많은 거죠." 그는 간단히 덧붙였다.

그렇지만 오토는 나치 당원 한명의 얼굴을 걷어찬 다음 천창을 통해서 탈출했다. 그들은 총을 두발 쐈지만 맞히지 못했다. 그때부터 그는 가택 급습이 두려워 베를린을 배회하며 낮에만 잠을 자고 밤에는 거리를 걷고 있는 것이었다. 첫 주는 그리 나쁘지 않았다. 동지들이 그를 재워줬고, 또다른 동지에게 넘겨줬다. 그러나 이제 그것도 너무 위험해지고 있었다. 대다수가 죽었거나 강제수용소에 있었다. 그는 공원 벤치에서 잠깐 자는 식으로 잘 수 있을 때 잠을 자며 지냈다. 그렇지만 제대로 쉴 수는 없었다. 그는 늘 경계해야 했다. 이제는 더이상 이런 식으로 견딜 수가 없었다. 내일 그는 베를린을 떠날 예정이었다. 그는 자르[76] 지역까지 가볼 생각이었다. 누군가가 알려주기를, 그곳에서 국경을 넘기가 가장 쉽다는 거였다. 물론 위험한 일이지만 여기서 감옥에 가는 것보다는 나을 것이었다.

나는 아니가 어떻게 됐느냐고 물었다. 오토는 알지 못한다고 했다. 그녀가 다시 베르너 발도와 함께 지낸다는 이야기를 들었다고 했다. 뭘 더 기대하겠어? 그는 씁쓸해하지도 않았다. 그냥 상관없었다. 그럼 올가는? 아, 올가는 잘 지내. 그 탁월한 여성 사업가는 고객 중 한명인 유력한 나치 장교의 영향력을 이용해서 소탕 작전에서 벗어났다고 했다. 지금은 다른 사람들도 그쪽으로 가기 시작했다. 그녀의 미래는 탄탄했다.

오토는 바이어의 소식도 들어 알고 있었다.

"사람들이 그러는데 텔만도 죽었대. 렌[77]도. 세상에, 세상에……[78]"

---

76 독일 남서부 지역.
77 루드비히 렌(Ludwig Renn, 1889~1979). 독일의 작가, 공산당원. 1933년 나치에

우리는 다른 유명한 이름들에 대한 소문들도 서로 나눴다. 슈뢰더 부인은 이름들이 나올 때마다 고개를 저으며 중얼거렸다. 그녀는 아무도 그녀가 그 이름들을 평생 처음 들어본다고는 꿈에도 생각지 않는다는 데 진심으로 속이 상해 있었다.

대화는 자연스럽게 아서에 대한 것으로 바뀌었다. 우리는 오토에게 불과 일주일 전에 그가 우리 둘에게 보내온 땀삐꼬[79]의 그림엽서들을 보여줬다. 그는 감탄하며 그것들을 살펴봤다.

"그럼 거기서 일을 하고 있는 건가?"

"무슨 일?"

"당의 일이지, 물론!"

"아, 그래." 나는 서둘러 수긍했다. "물론 그렇지."

"그때 빠져나간 건 참 운이 좋았던 거야, 안 그래?"

"그래…… 정말 그렇지."

오토의 눈이 빛났다.

"당에 아서 같은 사람이 더 많아야 했는데. 연설을 참 잘하잖아!"

그의 열정이 슈뢰더 부인의 마음을 뜨겁게 했다. 그녀의 눈에 눈물이 고였다.

"난 늘 노리스 씨가 내가 알던 모든 사람 중 가장 훌륭하고 세련

의해 살해됐다고 잘못 알려짐. 에스빠냐 내전에 참전했다가 동베를린에서 사망함.

78 (독) Junge, Junge……

79 멕시코 동부의 항구도시.

되고 정직한 신사라고 말할 거예요.”

우리는 모두 말이 없었다. 어스름이 드리운 방 안에서 우리는 감사와 존경으로 가득 찬 한순간을 아서와의 추억에 바쳤다. 이윽고 오토는 진정 확신에 찬 어조로 말을 이었다.

“내가 무슨 생각 하는지 알아? 그는 외국에서 선전 활동을 하고 자금을 모으면서 우리를 위해 일하고 있는 거야. 언젠가는, 봐, 그가 돌아올 거야. 히틀러와 그 일당은 조심해야 할걸⋯⋯”

밖이 어두워졌다. 슈뢰더 부인은 일어나 불을 켰다. 오토는 가봐야겠다고 말했다. 그는 이제 충분히 쉬었으니 오늘 저녁 당장 떠나야겠다고 결심한 것이다. 동이 틀 무렵이면 그는 베를린을 완전히 벗어나 있을 것이었다. 슈뢰더 부인은 격렬하게 반대했다. 그녀는 그가 꽤 마음에 들었다.

“말도 안돼요, 오토 씨. 오늘밤은 여기서 자요. 말끔하게 쉬어야 한다니까. 나치들이 여기서 당신을 찾아내지는 못할 거예요. 그러려면 우선 나를 토막토막 내야 할 테니까.”

오토는 미소를 짓고 그녀에게 충심으로 감사했지만, 설득되지는 않았다. 우리는 그를 보내줘야 했다. 슈뢰더 부인은 그의 호주머니들에 샌드위치를 가득 채워줬다. 나는 그에게 손수건 석장과 낡은 펜나이프 한개, 그리고 자전거 제조업체 홍보물로 우리 집 우편함에 끼워져 있었던 엽서에 인쇄된 독일 지도를 줬다. 오토의 지리 감각은 깜짝 놀랄 정도로 빈약했기 때문에, 이거라도 없는 것보다는 나을 터였다. 안내가 없으면 그는 아마도 어느새 폴란드로 향하고 있을지도 모를 일이었다. 나는 그에게 돈도 좀 주고 싶었다. 처음에는 듣지도 않으려고 했고, 그래서 나는 우리가 공산주의자 형제라는 부정직한 논리에 의지해야 했다. "게다가," 내가 영악하게 덧붙였다. "나중에 갚으면 되잖아." 우리는 엄숙하게 악수를 나눴다.

우리와 헤어지면서 그는 놀랍게도 쾌활했다. 그의 태도로만 보면 격려가 필요한 사람은 그가 아니라 바로 우리인 것 같았다.

"기운 내, 윌리. 걱정하지 마…… 우리의 시대가 올 거야."

"물론 그렇겠지. 안녕, 오토. 행운을 빌어."

내 방 창문에서 우리는 떠나는 그를 바라봤다. 슈뢰더 부인은 훌쩍이기 시작했다.

"불쌍한 사람…… 그에게 길이 있을 것 같아, 브래드쇼 씨? 난 그를 생각하면 밤새 잠을 못 잘 것 같은걸. 마치 내 아들이라도 되는 것 같아."

오토는 한번 뒤를 돌아봤다. 그는 경쾌하게 손을 흔들며 미소 지었다. 그러고 나서 그는 손을 호주머니에 집어넣고 어깨를 움츠리고는, 권투 선수 특유의 묵직하면서도 날렵한 걸음으로 빠르게 걸어서, 길고 어두운 거리를 따라 내려가 불 켜진 광장 쪽으로 들어갔고, 그의 적들이 어슬렁거리는 군중 속으로 사라져버렸다.

나는 그뒤로 그를 보거나 소식을 듣지 못했다.

석주 후 나는 영국으로 돌아왔다.

런던에서 지낸 지 거의 한달쯤 됐을 때 헬렌 프랫이 나를 보러 왔다. 그녀는 일련의 통렬한 기사들로 그 잡지가 독일 전역에서 판매금지되는 엄청난 성공을 거두고는 그 전날 베를린에서 귀국했다. 이미 그녀는 미국에서 훨씬 더 좋은 직장을 제안받았다. 그녀는 보름 안에 뉴욕을 공략하러 배를 타고 떠날 예정이었다.

그녀에게서 생기와 성공의 기운과 뉴스들이 물씬 풍겨나왔다. 나치 혁명 덕분에 분명 그녀는 삶에서 새로운 단계를 시작하게 된 것이었다. 그녀의 이야기를 듣고 있노라면 그녀가 지난 두달 동안 괴벨스의 책상 속이나 히틀러의 침대 아래 숨어 있다가 온 것이 아닌가 생각될 지경이었다. 그녀는 모든 사적인 대화의 세부와 모든 스캔들의 진상을 알고 있었다. 그녀는 샤흐트[80]가 노먼[81]에게 뭐라고 말했는지, 폰 파펜이 마이스너[82]에게 뭐라고 말했는지, 슐라이허가 영국 왕세자에게 곧 뭐라고 말할 것으로 예상되는지 알았다. 그녀는 티센[83]이 가진 수표의 총량이 얼마나 되는지도 알고 있었다. 그녀는 룀[84]과 하이네스[85]와 괴링과 그의 병사들에 관해서 새로운 소식들을 가지고 있었다. "맙소사, 빌, 말도 안되지!" 그녀는 여러 시간 동안 떠들었다.

마침내 위대한 자들의 그 모든 악행에 지쳐서 그녀는 좀 자잘한

....

80 할마르 샤흐트(Hjalmar Schacht, 1877~1970). 독일의 금융가, 정치인. 후에 히틀러를 지지함.

81 몬터규 노먼(Montagu Norman, 1871~1950). 영국의 은행가. 1920~44년에 잉글랜드 은행 총재를 역임함.

82 오토 마이스너(Otto Meissner, 1880~1953). 독일의 정치인. 히틀러의 비서실장.

83 프리드리히 '프리츠' 티센(Friedrich "Friz" Thyssen, 1873~1951). 독일의 자본가. 철강회사 티센크루프의 전신인 티센 회사의 대표.

84 에른스트 룀(Ernst Röhm, 1887~1934). 독일의 장군. 나치 돌격대의 창립자이자 참모장. 이후 '장검의 밤' 사건 때 반히틀러 세력으로 지목돼 숙청됨.

85 에드문트 하이네스(Edmund Heines, 1897~1934). 룀의 부관으로 그와 동성 연인 관계였을 것으로 추정되며, '장검의 밤' 사건 때 숙청됨.

인물들에 관한 이야기를 시작했다.

"프레그니츠 사건에 대해서 다 들었지?"

"아니. 아무것도 못 들었는데."

"맙소사, 시대에 한참 뒤떨어졌네!" 헬렌은 계속 또다른 이야기를 할 수 있다는 전망에 얼굴이 밝아졌다. "아니, 그게 당신 떠나고 일주일도 안돼서 벌어진 일인데. 물론 신문에선 다들 아주 쉬쉬했지.『뉴욕 헤럴드』에 있는 내 친구가 모든 비밀 정보를 줬지만 말이야."

그렇지만 이 경우엔 그 정보라는 게 헬렌에게만 있는 것은 아니었다. 당연히 그녀는 판 호른에 대해 다 아는 게 아니었으니까. 그녀가 하는 이야기의 틈새를 메워주고 싶은, 혹은 최소한 그에 대한 내 지식을 드러내고 싶은 유혹이 상당했다. 그러나 다행스럽게도 나는 그 유혹에 굴복하지 않았다. 그녀에게 뉴스를 맡기는 것은 고양이에게 우유 접시를 맡기는 것과 다를 바 없었으니까. 그리고 정말로 나는 그녀의 영민한 동료가 자기 나름대로 얼마나 많은 것을 알아냈는지 놀랐다.

우리가 스위스를 다녀온 이후로 경찰이 쿠노를 감시하고 있었던 것이 분명했다. 그들의 인내심은 정말 놀라웠다. 왜냐하면 석달내내 그는 그들의 의심을 살 만한 일은 전혀 하지 않았기 때문이다. 그리고 갑자기 4월 초에, 그는 빠리와 연락을 시작했다. 그는 그들이 논의했던 사업을 다시 고려해보려 한다고 했다. 그의 첫번째 편지는 짧았고 조심하듯 모호했다. 일주일 뒤 판 호른의 재촉으로 그는 그가 팔겠다고 제안한 것에 대한 분명한 세부 사항을 포함한,

좀더 긴 편지를 썼다. 그는 그 편지를 특별한 전령을 통해 보냈고, 모든 예방책을 사용하고 암호를 썼다. 그리고 몇시간 안에, 경찰은 모든 단어를 해독해냈다.

그들은 그날 오후 그의 아파트로 그를 체포하러 갔다. 쿠노는 친구와 차를 마시러 외출 중이었다. 그의 하인은 형사들이 장악하기 직전에 겨우 그에게 전화하여 주의하라고 경고할 수 있었다. 쿠노는 머리가 완벽하게 텅 비어버린 것 같았다. 그는 최악의 길을 택했다. 택시에 뛰어들어 동물원 역으로 곧장 갔던 것이다. 사복 형사들이 거기서 그를 단번에 알아봤다. 그들은 바로 그날 아침 그의 얼굴 그림을 봐뒀으니, 어떻게 쿠노를 몰라보겠는가? 잔인하게도 그들은 다음 기차표를 사도록 내버려뒀다. 프랑크푸르트안데어오데르[86]로 가는 표였다. 그가 플랫폼으로 가는 계단으로 올라서자 두 명의 형사가 다가와 그를 체포했다. 그러나 그는 대비가 되어 있었기에 다시 뛰어 내려갔다. 물론 출구는 전부 다 봉쇄돼 있었다. 쿠노를 쫓던 형사들은 군중 속에서 그를 놓쳤다가, 그가 화장실로 들어가는 반회전문을 열고 달려갈 때 다시 그를 찾아냈다. 그들이 사람들을 헤치고 갔을 때쯤, 그는 이미 화장실 칸에 들어가 문을 잠그고 있었다. ("신문들이," 헬렌이 비아냥거렸다. "그걸 전화 박스라고 했다니까.") 형사들은 그에게 나오라고 명령했다. 그는 대답하지 않았다. 마침내 그들은 그곳 전체에서 사람들을 내보내고 문을 부수려고 했다. 바로 그때 쿠노가 스스로에게 총을 쐈다.

---

86 독일 동부 오데르 강 연안의 도시.

"그런데 그것도 제대로 못했다니까." 헬렌이 덧붙였다. "총알이 빗나간 거야. 거의 눈이 날아갈 뻔했지. 돼지처럼 피를 흘렸고. 그래서 그를 끝장내기 위해 일단 병원으로 데려가야 했어."

"불쌍한 놈."

헬렌은 묘한 표정으로 나를 쳐다봤다.

"더러운 쓰레기를 잘 치웠다, 나는 그렇게 말하고 싶은데."

"이봐," 나는 변명하듯 고백했다. "난 그와 아는 사이였어, 가볍게지만……"

"어, 이건 놀라운데! 정말이야? 미안해. 난 말이야, 빌, 당신이 훌륭한 젊은이라고 생각하지만, 이상한 친구들도 좀 있더라. 자, 그럼 이건 흥미로울 거야. 프레그니츠가 호모인 건 물론 알고 있었겠지?"

"뭐 그렇지 않을까 짐작은 했어."

"음, 내 친구는 왜 프레그니츠가 이 내란 사건에 가담하게 됐는지 속사정을 알아냈지. 그는 급히 현금이 필요했어. 협박당하고 있었거든. 그리고 누가 협박했는지 알아? 다름 아닌 당신과 절친한 친구 해리스의 비서였어."

"노리스?"

"맞아. 음, 그러니까 그 귀하신 비서께서…… 그런데 그 비서 이름은 뭐였더라?"

"슈미트."

"그래? 봐봐. 그 사람다운 건데…… 슈미트는 프레그니츠가 어떤 젊은이에게 쓴 편지를 잔뜩 가지고 있었던 거야. 어떻게 그랬는지는 아무도 모르지. 프레그니츠가 그 값을 지불하려고 기꺼이 생명을 걸었다면, 틀림없이 매우 화끈한 내용이었겠지? 나라면 그게 무슨 그만한 가치가 있을까 싶었겠지만. 차라리 비난을 받고 말지. 그렇지만 이 사람들은 그럴 배짱이 없었던 거야……"

"당신 친구는 슈미트가 나중에 어떻게 됐는지 알아냈어?" 내가 물었다.

"아닐걸, 아니. 굳이 왜 그래야 해? 그런 사람들에게 무슨 일이 대체 일어나기나 해? 아마 그는 외국 어딘가에서 그 돈을 펑펑 쓰고 있겠지. 프레그니츠에게서 이미 꽤 많이 뜯어낸 것 같으니까. 내가 아는 한, 그는 그래도 돼. 아무 상관 없잖아?"

"내가 어떤 사람을 알거든." 내가 말했다. "상관이 있을 만한 사람."

이 일이 있고 며칠 후 나는 아서에게서 편지를 받았다. 그는 지금 멕시코시티에 있으며 그곳이 마음에 들지 않는다고 했다.

할 수 있는 한 가장 엄숙하게 자네에게 충고하는데, 이 끔찍한 도시에 **절대** 발도 들여놓지 말게. 물질적인 차원에서는 사실 나는 내게 익숙한 편의를 대부분 갖춰놓고 있어. 그렇지만 최소한 **내가** 그 말들을 이해할 수 있는 지적인 친구들이 하나도 없으니 심히 힘들어……

아서는 사업에 대해서는 많은 이야기를 하지 않았다. 그는 예전보다 훨씬 경계가 심했다.

"불경기지만, 대체로 나는 불만이 없어"라는 것이 그가 유일하게 인정한 점이었다. 그러나 독일 문제에 대해서는 거리낌 없이 이야기했다.

자네가 뭐라고 표현하든 범죄자들이나 다름없는 그자들에게 당의 일꾼들이 넘겨진 것을 생각하면 화가 치밀어서 부들부들 떨려.

그리고 그 아래엔 다음과 같은 말도 있었다.

요즘 같은 시절에도 영악하고 부도덕한 거짓말쟁이가 수백만을 어떻게 속일 수 있는지 보게 되다니 정말 비극적인 일이야.

결론으로, 그는 바이어를 높이 평가했다.

내가 늘 좋아하고 존경한 사람. 나는 내가 그의 친구였다고 말할 수 있어 자랑스러워.

그다음으로 나는 6월경 캘리포니아에서 온 엽서를 통해 아서의 소식을 들었다.

난 이곳 쎈타모니카의 햇살 아래 일광욕을 하고 있어. 멕시코에서 지내고 오니 이곳은 정말 천국이야. 나는 영화 산업과 무관하지 않은 작은 벤처 사업을 추진 중이야. 내 생각에 꽤 이윤이 날 것 같아. 곧 다시 편지 쓸게.

그는 분명 자신의 원래 의도보다 훨씬 일찍 편지를 썼다. 다음 우편으로 나는 하루 뒤에 쓴 또다른 엽서 한장을 받았다.

최악의 일이 일어났어. 오늘밤 꼬스따리까로 떠나. 거기서 자세한 이야기 쓸게.

이번엔 짧은 편지가 왔다.

멕시코가 **연옥**이었다면 이곳은 **지옥** 그 자체야.
캘리포니아에서의 목가적인 상황은 **슈미트**가 나타나면서 무참히 박살 났어!!! 그놈의 기발한 재주는 정말 **초인적**이야. 그는 거기까지 나를 따라왔을 뿐만 아니라, 내가 성사시키고 싶어하는 그 작은 거래의 정확한 내용을 알아내는 데 성공했어. 난 그의 손아귀에 잡힌 거야. 그래서 나는 내가 힘들게 벌어들인 저축의 대부분을 그에게 주고 당장 떠나야 했어.
생각해봐, 그놈은 심지어 뻔뻔스럽게 내가 전처럼 자기를 **고용**해야 한다고 제안하는 거야!!
내가 그놈을 완전히 떨쳐버렸는지는 아직 모르겠어. **감히 그러기를** 바랄 수도 없어.

최소한 아서는 미심쩍은 상태로 오래 있지는 않았다. 그 편지에 곧 뒤이어 엽서가 왔다.

그 괴물이 와버렸어!!! 페루를 시도해볼까봐.

이런 식으로 이 괴상한 여행경로가 내게 드문드문 전달됐다. 아서는 리마에서도 운이 없었다.

슈미트는 일주일도 안돼 나타났다. 그곳에서 추격전은 칠레로 이어졌다.

"그 파충류를 박멸하려는 시도가 참혹한 실패로 돌아갔어"라고 그는 발빠라이소에서 편지를 보냈다. "독기만 더 돋워놨을 뿐이야."

나는 이것이 아서가 슈미트를 살해하려고 했음을 그럴싸하게 말하는 방식이라고 생각한다.

그러나 마침내 발빠라이소에서 휴전이 선포된 것 같다. 다음 엽서에는 아르헨띠나로 기차 여행을 떠난다면서 사건의 새로운 단계를 암시했기 때문이다.

우리는 오늘 오후, 함께, 부에노스아이레스로 떠나.
우울해서 더는 못 쓰겠어.

현재 그들은 리우에 있다. 혹은 내가 마지막으로 소식을 들었을 때는 거기에 있었다. 그들의 움직임을 예상하기는 불가능하다. 언제든 슈미트는 새로운 사냥터를 찾아, 저항하는 고용주-죄수인 아서를 뒤에 질질 끌고 떠날 것이다. 그들의 새로운 동반자 관계는 과거처럼 그렇게 쉽사리 해지할 수가 없을 것이다. 이제부터 앞으로 쭉 그들은 지상을 함께 걷는 운명이리라. 나는 종종 그들을 떠올리며, 불행하게도 만약 우리가 다시 만난다면 내가 어떻게 해야 하나 생각해본다. 난 아서에 대해 그다지 안타까운 마음이 없다. 결국 그는 분명 꽤 많은 돈을 손에 넣을 테니까. 그렇지만 그는 자기 자신이 매우 안타까울 것이다.

"말해봐, 윌리엄," 그의 마지막 편지는 이렇게 끝났다. "도대체 내가 뭘 저질렀기에 이 모든 일을 당해야 해?"

발간사

고전의 새로운 기준, 창비세계문학

오늘날 우리는 인간의 존엄과 개성이 매몰되어가는 시대를 살고 있다. 물질만능과 승자독식을 강요하는 자본주의가 전지구적으로 확산되면서 현대사회는 더 황폐해지고 삶의 질은 크게 훼손되었다. 경제성장만이 최고의 선으로 인정되고 상업주의에 물든 문화소비가 삶을 지배할수록 문학은 점점 더 변방으로 밀려나고 있다. 삶의 본질을 성찰하는 문학의 자리가 위축되는 세계에서는 가진 자와 못 가진 자 할 것 없이 모두가 불행할 수밖에 없다.

이 시대야말로 인간답게 산다는 것의 의미가 무엇인지 근본적인 화두를 다시 던지고 사유의 모험을 떠나야 할 때다. 우리는 그 여정에 반드시 필요한 벗과 스승이 다름 아닌 세계문학의 고전이라는 점을 강조한다. 고전에는 다양한 전통과 문화를 쌓아올린 공동체의 경험이 녹아들어 있고, 세계와 존재에 대한 탁월한 개인들의 치열한 탐색이 기록되어 있으며, 새로운 세상을 꿈꾸는 아름다운 도전과 눈물이 아로새겨 있기 때문이다. 이 무궁무진한 상상력의 보고이자 살아 있는 문화유산을 되새길 때만 개인의 일상에서 참다운 인간적 가치를 실현하고 근대적 삶의 의미와 한계를 성찰하는 지혜를 얻을 수 있을 것이다.

'창비세계문학'은 이러한 문제의식에서 출발한다. 세계문학의 참의미를 되새겨 '지금 여기'의 관점으로 우리의 정전을 재구성해야 할 필요성이 그 어느 때보다 절실하다. '정전'이란 본디 고정된 목록으로 존재하는 것이 아니라 그때그때 주어진 처소에서 새롭게 재구성됨으로써 생명을 이어가는 것이다. 우리는 먼저 전세계 문학들의 다양성과 차이를 존중하면서 국가와 민족, 언어의 경계를 넘어 보편적 가치에 기여할 수 있는 가능성에 주목하고자 한다. 근대를 깊이 성찰한 서양문학뿐 아니라 아시아와 라틴아메리카, 중동과 아프리카 등 비서구권 문학의 성취를 발굴하고 재평가하는 것 역시 세계문학의 지형도를 다시 그리려는 창비의 필수적인 작업이 될 것이다.

여러 전집들이 나와 있는 세계문학 시장에서 '창비세계문학'은 세계문학 독서의 새로운 기준이 되고자 한다. 참신하고 폭넓으면서도 엄정한 기획, 원작의 의도와 문체를 살려내는 적확하고 충실한 번역, 그리고 완성도 높은 책의 품질이 그 기초이다. 독서시장을 왜곡하는 값싼 유행과 상업주의에 맞서 문학정신을 굳건히 세우며, 안팎의 조언과 비판에 귀 기울이고 독자들과 꾸준히 소통하면서 진정 이 시대가 요구하는 세계문학이 무엇인지 되묻고 갱신해나갈 것이다.

1966년 계간 『창작과비평』을 창간한 이래 한국문학을 풍성하게 하고 민족문학과 세계문학 담론을 주도해온 창비가 오직 좋은 책으로 독자와 함께해왔듯, '창비세계문학' 역시 그러한 항심을 지켜나갈 것이다. '창비세계문학'이 다른 시공간에서 우리와 닮은 삶을 만나게 해주고, 가보지 못한 길을 걷게 하며, 그 길 끝에서 새로운 길을 열어주기를 소망한다. 또한 무한경쟁에 내몰린 젊은이와 청소년들에게 삶의 소중함과 기쁨을 일깨워주기를 바란다. 목록을 쌓아갈수록 '창비세계문학'이 독자들의 사랑으로 무르익고 그 감동이 세대를 넘나들며 이어진다면 더없는 보람이겠다.

2012년 가을
창비세계문학 기획위원회
김현균 서은혜 석영중 이욱연 임홍배 정혜용 한기욱

창비세계문학 45

노리스 씨 기차를 갈아타다

초판 1쇄 발행 / 2015년 11월 2일

지은이 / 크리스토퍼 이셔우드
옮긴이 / 성은애
펴낸이 / 강일우
책임편집 / 권은경
조판 / 신혜원
펴낸곳 / (주)창비
등록 / 1986년 8월 5일 제85호
주소 / 10881 경기도 파주시 회동길 184
전화 / 031-955-3333
팩시밀리 / 영업 031-955-3399 편집 031-955-3400
홈페이지 / www.changbi.com
전자우편 / lit@changbi.com

한국어판 ⓒ (주)창비 2015
ISBN 978-89-364-6445-5 03840